多情劍客無情劍

(中)

古龍精品集2

多情劍客無情劍(中)

目・錄

目·錄

廿六　小店中的怪客

秋，木葉蕭蕭。

街上的盡頭，有座巨大的宅院，看來也正和枝頭的黃葉一樣，已到了將近凋落的時候。

那兩扇朱漆大門，幾乎已有一年多未曾打開過了，門上的朱漆早已剝落，銅環也已生綠鏽。

高牆內久已聽不到人聲，只有在秋初夏末，才偶然會傳出秋蟲低訴、鳥語啾啁，卻更襯出了這宅院的寂寞與蕭索。

但這宅院也有過輝煌的時候，因爲就在這裡，已誕生過七位進士、三位探花，其中還有位驚才絕艷、蓋世無雙的武林名俠。

甚至就在兩年前，宅院已換了主人時，這裡還是發生過許多件轟動武林的大事，也已不知有多少叱吒風雲的江湖高手葬身此處。

此後，這宅院就突然沈寂了下來，它兩代主人忽然間就變得消息沉沉，不知所蹤。

於是江湖間就有了種可怕的傳說，都說這地方是座兇宅！

凡是到過這裡的人，無論他是高僧、是奇士，還是傾國傾城的絕色，只要一走進這大門，他們這一生就不會有好結果。

現在，這裡白天早已不再有笑語喧嘩，晚上也早已不再有輝煌燈光，只有後園小樓上的一盞孤燈終夜不熄。

小樓上似乎有個人在日日夜夜的等待著，只不過誰也不知她究竟是在等待著什麼？……

後牆外，有條小小的衖堂，起風時這裡塵土飛揚，下雨時這裡泥濘沒足，高牆擋住了日色，衖堂裡幾乎終年見不到陽光。

但無論多卑賤、多陰暗的地方，都有人在默默的活著！

這也許是因爲他們根本沒有別處可去，也許是因爲他們對人生已厭倦，寧願躲在這種地方，被世人遺忘。

衖堂裡有個雞毛小店，前面賣些粗糲的飲食，後面有三五間簡陋的客房，店主人孫駝子是個殘廢的侏儒。

他雖然明知這衖堂裡絕不會有什麼高貴的主顧，但卻寧願在這裡等著些卑賤的過客，進來以低微的代價換取食宿。

他寧願在這裡過他清苦卑賤的生活，也不願走出去聽人們的嘲笑，因爲他已懂得無論多少財富，都無法換來心頭的平靜。

他當然是寂寞的。

有時他也會遙望那巨宅小樓上的孤燈，自嘲地默想：「小樓上的人，縱然錦衣玉食，但他的日子也許比我過得還要痛苦寂寞！」

一年多前，有一日黃昏的時候，這小店裡來了位與眾不同的客人，其實他穿的也並不是什麼很華貴的衣服，長得也並不特別。

他身材雖很高，面目雖也還算得英俊，但看來卻很憔悴，終年都帶著病容，而且還不時彎下腰咳嗽。

他實在是個很平凡的人。

但孫駝子第一眼看到他時，就覺得他有許多與眾不同之處。

他對孫駝子的殘廢沒有嘲笑，也沒有注意，更沒有裝出特別憐憫同情的神色。

這種憐憫同情有時比嘲笑還要令人受不了。

他對於酒食既不挑剔；也不讚美。他根本就很少說話。

最奇怪的是，自從他第一次走進這小店，就沒有走出去過。

第一次來的時候，他選了角落裡的一張桌子坐下，要了一碟豆乾、一碟牛肉、兩個饅頭和七壺酒。

七壺酒喝完了，他就叫孫駝子再加滿，然後就到最後面的一間屋子裡歇下，直到第二天黃昏時才走出來。

等他出來時，這七壺酒也已喝光了。

現在，已過了一年多，每一天晚上他還是坐在角落裡那桌子上，還是要一碟豆乾、一碟牛肉、兩個饅頭和七壺酒。

他一面咳嗽一面喝酒，等七壺酒喝完，他就帶著另七壺酒回到最後面那間屋子裡，一直到第二天黃昏才露面。

孫駝子也是個酒徒，對這人的酒量他實在佩服得五體投地，能喝十四壺酒而不醉的人，他一生中還未見到過。

有時他也忍不住想問問這人的姓名來歷，卻還是忍住了，因為他知道即使問了，也不會得到答案。

孫駝子並不是個多嘴的人。

只要客人不拖欠酒錢，他不願意開口。

這麼樣過了好幾個月，有一陣子天氣特別寒冷，接連下了十幾天雨，晚上孫駝子到後面去，發現那間屋子的門是開著的，這奇怪的客人已咳倒在地上，臉色紅得可怕，簡直紅得像血。

孫駝子扶起了他，半夜三更去替他抓藥、煎藥，看顧了他三天，三天後他剛起床，就又開始要酒。

那時孫駝子才知道這人是在自己找死了，忍不住勸他：「像你這樣喝下去，任何人都活不長的。」

這人卻只是淡淡的笑了笑，反問他：「你以為我不喝酒就能活得很長麼？」

少。

孫駝子不說話了。

但自從那天之後，兩人就似已變成了朋友。

沒有客人的時候，他就會找孫駝子陪他喝酒，東扯西拉的閒聊著，孫駝子發現這人懂的可真不少。

他只有一件事不肯說，那就是他的姓名來歷。

有一次孫駝子忍不住問他：「我們已是朋友，我該怎麼稱呼你呢？」

他遲疑了半晌，才笑著回答：「我是個酒鬼；不折不扣的酒鬼，你爲什麼不叫我酒鬼呢？」

於是孫駝子又發現這人必定有段極傷心的往事，所以連自己的姓名都不願提起，情願將一生埋葬在酒壺裡。

除了喝酒外，他還有個奇怪的嗜好。

那就是雕刻。

他手裡總是拿著把小刀在刻木頭，但孫駝子卻從不知道他在刻什麼，因爲他從未將手裡刻著的雕像完成過。

這實在是個奇怪的客人，怪得可怕。

但有時孫駝子卻希望他永遠不要走。

這天早上，孫駝子起床時就發覺天氣已愈來愈涼了，特別從箱子裡找出件老棉襖穿上，才走到前面。

這天早上也和別的早上沒什麼兩樣，生意還是清淡得很，幾個趕大車的走了後，孫駝子就搬了張竹凳坐到門口去磨豆腐。

他剛坐下就看到有兩人騎著馬從前面繞過來。

衖堂裡騎馬的人並不多，孫駝子也不禁多瞧了兩眼。

只見這兩人都穿著杏黃色的長衫，前面一人濃眉大眼，後面一人鷹鼻如鉤，兩人頷下都留著短髭，看來只有三十多歲。

這兩人像貌並不出眾，但身上穿的杏黃色長衫卻極耀眼，兩人都沒有留意孫駝子，卻不時仰起頭向高牆內探望。

孫駝子繼續磨他的豆腐。

他知道這兩人絕不會是他的主顧。

只見兩人走過衖堂，果然又繞到前面去了，可是沒過多久，兩人又從另一頭繞了回來。

這次兩人竟在小店前下了馬。

孫駝子脾氣雖古怪，畢竟是做生意的人，立刻停下手問道：「兩位可要吃喝什麼？」

濃眉大眼的黃衫人道：「咱們什麼都不要，只想問你兩句話。」

孫駝子又開始磨豆腐，他對說話並不感興趣。

鷹鼻如鉤的黃衫人忽然笑了笑，道：「咱們就要買你的話，一句話一錢銀子如何？」

孫駝子的興趣又來了，點頭道：「好。」

他嘴裡說著話，已伸出了一根手指頭。

濃眉大眼的黃衫人失笑道：「這也算一句話麼？你做生意的門檻倒真精。」

孫駝子道：「這當然算一句話。」

他伸出了兩根指頭。

鷹鼻人道：「你在這裡已住了多久？」

孫駝子道：「二、三十年了。」

鷹鼻人道：「你對面這座宅院是誰的？你知不知道？」

孫駝子道：「是李家的。」

鷹鼻人道：「後來的主人呢？」

孫駝子道：「姓龍，叫龍嘯雲。」

鷹鼻人道：「你見過他？」

孫駝子道：「沒有。」

鷹鼻人道：「他的人呢？」

孫駝子道：「出門了。」

鷹鼻人道：「什麼時候出門的？」

孫駝子道：「一年多以前。」

鷹鼻人道：「以後有沒有回來過？」
孫駝子道：「沒有。」
鷹鼻人道：「你既未見過他，怎會對他知道得如此詳細？」
孫駝子道：「他們家的廚子常在這裡買酒。」
鷹鼻人沉吟了半晌，道：「這兩天有沒有陌生人來問過你的話？」
孫駝子道：「沒有……若是有，我只怕早已發財了。」
濃眉大眼的黃衫人笑道：「今天就讓你發個小財吧。」
他拋了錠銀子出來，兩人再也不問別的，一起上馬而去，在路上還是不住探首向高牆內窺望。
孫駝子看著手裡的銀子，喃喃道：「原來有時候賺錢也容易得很……」
他轉過頭，忽然發現那「酒鬼」不知何時已出來，正站在那裡向黃衫人的去路凝視著，面上帶著種深思的表情，也不知在想什麼。
孫駝子笑了笑道：「你今天倒早。」
那「酒鬼」也笑了笑，道：「昨天晚上我喝得快，今天一早就斷糧了。」
他低下頭，咳嗽了一陣，忽然又問道：「今天是什麼日子了？」
孫駝子道：「九月十四。」
那「酒鬼」蒼色的臉上忽又起了一陣異樣的紅暈，目光茫然凝視著遠方，沉默了許久，才慢慢的問道：「明天就是九月十五了麼？」

這句話實在問得很多餘，孫駝子不禁笑道：「過了十四，自然是十五。」

那「酒鬼」似乎想說什麼，卻又彎下腰去，不停的咳嗽起來，一面咳嗽，一面指著桌子的空酒壺。

孫駝子嘆了口氣，搖搖頭道：「若是人人都像你這樣喝酒，賣酒的早就發財了。」

黃昏時，後園的小樓上就有了燈光。

那「酒鬼」早就坐在他的老地方開始喝酒了。

廿七　小店又來怪客

今天那酒鬼看來似乎有些異樣，他的酒喝得特別慢、眼睛特別亮，手裡沒有刻木頭，而且還特地將他桌上的蠟燭移到別的桌上。

他的眼睛一直在看著門，似乎是在等人的模樣。

但戌時早已過了，小店裡卻連一個主顧也沒有。

孫駝子長長伸了個懶腰，打著呵欠道：「今天看樣子又沒有客人上門了，還是趁早打烊吧，也好陪你喝兩杯。」

那「酒鬼」卻搖了搖頭，道：「別著急，我算定了你今天的買賣必定特別好。」

孫駝子道：「你怎麼知道？」

那「酒鬼」笑了笑，道：「我會算命。」

他果然會算命，而且靈得很，還不到半個時辰，小店裡果然一下子就來了三、四批客人。

第一批是兩個人。

一個是滿頭白髮蒼蒼，手裡拿著旱菸的藍衫老人。

還有一個想必是他的孫女兒，梳著兩條又黑又亮的大辮子，一雙水汪汪的大眼睛卻比辮子還要黑、還要亮。

第二批也是兩個人。

這兩人都是滿面虯髯、身高體壯，不但裝束打扮一模一樣，腰上掛的刀也一樣，兩人就像是一個模子裡鑄出來的。

第三批來的人最多，一共有四個。

這四人一個高大，一個矮小，一個紫面的年輕人肩上居然還扛著根長槍，還有個卻是穿著綠衣裳、戴著金首飾的女子；走起路來一扭一扭的，看起來就像是個大姑娘，論年齡卻是大姑娘的媽了。

孫駝子只怕她一不小心會把腰扭斷。

最後來的只有一個人。

這人瘦得出奇；也高得出奇，一張比馬臉還長的臉上，生著巴掌般大小的一塊青記，看起來有點怕人。

他身上並沒有佩刀、掛刀，但腰圍上鼓起了一環，而且很觸目，顯然是帶著條很粗很長的軟兵刃。

小店裡一共只有五張桌子，這四批人一來立刻就全坐滿了，孫駝子忙得團團亂轉，只希望明天的生意不要這麼好。

只見這四批人都在喝著悶酒，說話的很少，就算說話，也是低音細語，彷彿生怕被別人聽到。

孫駝子只覺得這些人每個都顯得有些奇怪，這些人平日本來絕不會到他這種雞毛小店裡來的。喝了幾杯酒，那肩上扛著槍的紫面少年眼睛就盯在那大辮子姑娘身上了，辮子姑娘倒也大方得很，一點也不在乎。

紫面少年忽然笑道：「這位姑娘可是賣唱的嗎？」

辮子姑娘搖了搖頭，辮子高高的甩了起來，模樣看來更嬌。

紫面少年笑道：「就算不賣唱，總也會唱兩句吧，只要唱得好，爺們重重有賞。」

辮子姑娘抿著嘴一笑，道：「我不會唱，只會說。」

紫面少年道：「說什麼？」

辮子姑娘道：「說書，說故事。」

紫面少年笑道：「那更好了，卻不知你會說什麼書？後花園才子會佳人？宰相千金拋繡球？」

辮子姑娘又搖了搖頭，道：「都不對，我說的是江湖中最轟動的消息、武林中最近發生的大事，保證又新鮮，又緊張。」

紫面少年拊掌笑道：「妙極妙極，這種事我想在座的諸君都喜歡聽的，你快說吧。」

辮子姑娘道：「我不會說，我爺爺會說。」

紫面少年瞪了那老頭子一眼，皺著眉道：「你會什麼？」

辮子姑娘眼珠子一轉，嫣然道：「我只會替爺爺幫腔。」

她眼睛這麼一轉，紫面少年的魂都飛了。

那綠衣婦人的臉早已板了起來，冷笑道：「要說就快說，飛什麼媚眼？」

辮子姑娘也不生氣，笑道：「既然如此，爺爺你就說一段吧，也好賺幾個酒錢。」

老頭子瞇著眼，喝了杯酒，又抽了口旱菸，才慢吞吞的說道：「你可聽說過李尋歡這個人？」

除了那紫面少年外，大家本還不大理會這祖孫兩人，但一聽到「李尋歡」這名字，每個人的耳朵都豎了起來。

辮子姑娘也笑道：「我當然聽說過，不就是那位仗義疏財、大名鼎鼎的小李探花嗎？」

老頭子道：「不錯。」

辮子姑娘道：「聽說，小李飛刀，例不虛發，直到今日爲止，還沒有一個人能躲開過，這句話不知道是真是假？」

老頭子「呼」的將一口菸噴了出來，道：「你若不相信，不妨去問問『平湖』百曉生、去問問五毒童子，你就知道這句話是真是假了。」

辮子姑娘道：「百曉生和五毒童子豈非早就全都死了嗎？」

老頭子淡淡道：「不錯，他們都死了，就因爲他們不相信這句話。」

辮子姑娘伸了伸舌頭，嬌笑道：「我可不敢不相信這句話，不相信這句話的只怕都是傻瓜。」

那面帶青記的瘦長漢子鼻孔裡似乎低低「哼」了一聲，只不過大家都已被這祖孫兩人的對答所吸引，誰也沒有留意他。

只有那「酒鬼」伏在桌上，似已醉了。

老頭子又抽了兩口旱菸，喝了口茶，才接著道：「只可惜像李尋歡這樣的英雄豪傑，如今也已死了。」

辮子姑娘愕然道：「死了？誰有那麼大的本事能殺了他。」

老頭子道：「誰也沒有那麼大的本事，有本事殺他的只有一個人。」

辮子姑娘道：「誰？」

老頭子道：「就是他自己！」

辮子姑娘楞了楞，又笑道：「他自己怎麼會殺死自己呢？我看他一定還活在世上。」

老頭子長長嘆了口氣，道：「就算他還活在世上，也和死差不多了……哀莫大於心死，可嘆呀可嘆，可惜呀可惜……」

辮子姑娘也嘆了口氣，沉默了半晌，忽又問道：「除了他之外，還有什麼人可稱得上是英雄呢？」

老頭子道：「你可聽說過『阿飛』這名字？」

辮子姑娘道：「好像聽說過。」

她眼珠子一轉，又道：「聽說此人劍法之快，舉世無雙，卻不知是真是假？」

老頭子道：「伊哭的武功如何？」

辮子姑娘道：「兵器譜中，青魔手排名第九，武功自然是好得很了。」

老頭子道：「鐵笛先生、少林心鑑、趙正義、田七……這些人的武功又如何？」

辮子姑娘道：「這幾位都是江湖中一等一的高手，誰都知道的。」

老頭子道：「阿飛的劍法若不快，這些人怎會敗在他劍下？」

辮子姑娘道：「如今這位『阿飛』的人呢？」

老頭子嘆了口氣，道：「他也和小李探花一樣，忽然不見了，誰也不知道他的消息，只知道他是和林仙兒同時失蹤的。」

辮子姑娘道：「林仙兒？不就是那位號稱天下第一美人的林姑娘？」

老頭子道：「不錯。」

辮子姑娘也嘆了口氣，漫聲道：「情是何物？偏叫世人都爲情苦，而且還無處投訴……」

那紫面少年似已有些不耐，皺眉道：「閒話少說，書歸正傳，你說的故事呢？」

老頭子長嘆著搖頭道：「像阿飛和李尋歡這樣的人物，都已不知下落，江湖中還會發生什麼大事？我老頭子還有什麼好說的！」

那面帶青印的瘦長漢子忽然冷笑了一聲，道：「那倒也不見得。」

老頭子道：「哦？閣下的消息難道比我老頭子還靈通？」

那瘦長漢子目光四轉，一字字道：「據我所知，不久就會有件驚天動地的事發生。」

老頭子道：「在那裡發生？什麼時候發生？」

瘦長漢子「拍」的一拍桌子，厲聲道：「就在此時，就在此地！」

這句話說出，那孿生兄弟和第三批來的四個人面上全都變了顏色，那綠衣婦人眼波流動嬌笑道：

「我倒看不出此時此地會發生什麼了不得的大事。」

瘦長漢子冷笑道：「據我所知，至少有六個人馬上就要死在這裡！」

綠衣婦人道：「那六個人？」

瘦長漢子喝了口酒，緩緩道：「『白毛猴』胡非、『大力神』段開山、『鐵槍小霸王』楊承祖、『水蛇』胡媚和『南山雙虎』南山韓家兄弟！」

他一口氣說了這六個名字，那孿生兄弟和第二批來的四個人都已霍然長身而起，紛紛拍著桌子罵道：「你是什麼東西？敢在這裡胡說八道？」

聲音喊得最大的正是那「大力神」段開山。

此人站起來就和半截鐵塔似的，「南山雙虎」韓家兄弟身材雖高大，比起他來還是矮了半個頭。

他罵了兩句不過癮，接著又道：「我看你才是一臉倒楣相，休想活得過今天晚上……」

這句話還未說完，瘦長漢子只一抬腿，忽然就到了他面前，「劈劈拍拍」給了他十七、八個耳光。

段開山明明有兩隻手；偏偏就無法招架，明明有兩條腿；偏偏就無法閃避，連頭都似已被打暈了，動都動不得。

別的人也看呆了。

只聽這瘦長漢子冷冷道：「你以為是我要殺你們？憑你們還不配讓我動手，我這只不過是教訓教訓你們，要你們說話斯文些。」

他一面說著話，一面已慢慢走了回去。

「鐵槍小霸王」楊承祖突然大喝一聲，道：「慢走，你倒說說看是誰要殺我們？」

喝聲中，他一直放在手邊的長槍已毒蛇般刺出。

只見槍花朵朵，竟是正宗的楊家槍法。

那瘦長漢子頭也未回，淡淡道：「要殺你們的人就快來了！……」

只見他腰一閃，已將長槍挾在脅下，楊承祖用盡全身力氣都抽不出來，一張紫臉已急得變成豬肝色。

瘦長漢子又接著道：「你們反正逃也逃不了的，還是慢慢的等著瞧吧。」

他忽然一鬆手，正在抽槍的楊承祖驟然失去重心，仰面向後跌了下去，若不是「水蛇」胡媚扶得快，連桌子也要被撞翻了。

再看他的鐵槍，竟已變成了條「鐵棍」！

鐵尖已不知何時被人折斷了！

但聽「奪」的一聲，瘦長漢子將槍尖插在桌子上，慢慢的倒了杯酒，慢慢的喝了下去，就好像什麼事都沒有發生過一樣。

但韓家兄弟、楊承祖、胡非、段開山、胡媚，這六個人就沒有他這麼好過了，一個個面面相覷，俱是面如死灰。

每個人心裡都在想：「是誰要來殺我們？是誰？……」

外面風漸漸大了，燭光閃動，映得那瘦長漢子一張青慘慘的臉更是說不出的詭異可怖。

「這人又是誰？」

「以他武功之高，想必是一等一的武林高手，我們怎會不認得他？」

「他怎會到這種地方來的？」

每個人心裡都是忐忑不定，那裡還能喝得下一口酒去？

有的人已想溜之大吉，但這樣就走，也未免太丟人了，日後若是傳說出去還能在江湖中混麼？

何況，聽那青面漢子的口氣，他們就算想逃，也逃不了！

那瘦小枯乾、臉上還長著白毛的胡非，目光閃動，忽然站了起來，走到韓家兄弟的桌子前，抱拳道：

「南山雙虎的威名，在下久已仰慕。」

南山雙虎也立刻站起，大虎韓斑抱拳道：「不敢。」

二虎韓明道：「胡大俠和胡姑娘兄妹，暗器輕功雙絕，我兄弟也久仰得很！」

胡非道：「韓二俠過獎了。」

那邊的「水蛇」胡媚也媚笑著襝衽作禮。

胡非道：「兩位若不嫌在下冒昧，就請移駕過去一敘如何？」

韓斑道：「在下等也正有此意。」

這兩批人若在別的地方相見，也許會放出兵刃來拚個你死我活，但現在同仇敵愾，不是一家人也變成一家人了。

大家都舉過杯，胡非道：「兩位久居關東，在下等卻一直在江淮間走動，兄弟實在想不出有什麼人會想將我們一網打盡。」

韓斑道：「在下正也不解。」

胡非道：「聽那位朋友的口氣要殺我們的那人，武功想必極高，我們也許真的不是他敵手，只不過……」

他忽然笑了笑，道：「三個臭皮匠，勝過一個諸葛亮，合我們六人之力，總不至於連還手之力都沒有吧。」

韓氏兄弟精神立刻一振。

韓斑大聲道：「胡兄說得好，我們六個又不是木頭，難道就會乖乖的讓別人砍腦袋嗎？」

他斜眼瞟著那青面瘦長漢子，但那人卻似根本沒有聽見。

韓明也大聲道：「常言道：『兵來將擋』。那人若不來也就罷了，若真的來……嘿嘿……」

胡媚嬌笑著替他接了下去，道：「若真的來了，就叫他來得去不得。」

這正是「人多膽壯」，六個人合在一起，就連段開山和楊承祖的膽氣也不覺壯了起來。

六個人正在你一句、我一句；你捧我、我捧你。

突聽門外有人一聲冷笑。

六個人的臉色立刻變了，喉嚨也像是忽然被人扼住，非但再也說不出一個字，連呼吸都似已將停頓。

孫駝子早已駭呆了，但這六人卻比他還要怕得厲害，他也忍不住隨著他們的目光瞧了過去。

只見門口已出現了四個人。

這四人都穿著顏色極鮮明的杏黃色長衫，其中一個濃眉大眼，一個鷹鼻如鉤，正是今天早上向他打聽消息的那兩人。

他們雖已到了門口，卻沒有走進來，只是垂手站在那邊，也沒有說話，看來一點也不可怕。

孫駝子實在想不通方才還盛氣凌人的六個人，怎會對他們如此害怕，看這六人的表情，這四個黃衫人簡直不是人，是鬼。

他們有些羨慕那「酒鬼」了；什麼也沒有瞧見，什麼也沒有聽見，自然什麼都用不著害怕。

奇怪的是，那祖孫兩人一個已快老掉了牙；一個嬌滴滴的彷彿被風一吹就要倒。

但兩人此刻居然很沉得住氣，並沒有露出什麼害怕的樣子來，那老頭子居然還能喝得下酒。

再看門口那四個黃衫人，已閃身讓出了一條路。

一個年紀很輕的少年人背負著雙手，慢慢的走了進來。

這少年身上穿的也是杏黃色的長衫，長得很秀氣；態度也很斯文，他和四人唯一不同的地方，就是黃衫上還鑲著金邊。

他長得雖秀氣，面上卻是冷冰冰的，全無絲毫表情，走到屋子裡，四下打量了一眼，眼睛就盯在那青面瘦長漢子身上。

青面漢子自己喝著酒，也不理他。

黃衫少年嘴角慢慢的露出一絲冷笑，慢慢的轉過身，冰冷的目光在楊承祖等六人身上一掃。

這六人看來個個都比他兇狠些，但被他目光這一掃，六人似乎連腿都軟了，連坐都坐不穩了。

黃衫少年慢慢的走了過去，自懷中取出六枚黃銅鑄成的制錢，在六個人的頭上各放了一枚。

六個人竟似忽都變成了木頭人，眼睜睜的瞧著這人將東西隨隨便便的擺在自己頭上，連個屁都不敢放。

黃衫少年還剩下幾個銅錢，拿在手裡「叮叮噹噹」的搖著，緩緩走到那老人和辮子姑娘的桌前。

老頭子抬起頭瞧了他一眼，笑道：「朋友若是想喝酒，就坐下來喝兩杯吧，我請你。」

他似已有些醉了，嘴裡就好像含著個雞蛋似的，舌頭也比平時大了三倍，說的話簡直沒人能聽得清。

黃衫少年沉著臉，冷冷的瞧著他，突伸手在桌上一拍，擺在老頭子面前的一碟花生米就突然全部從碟子裡跳了起來，暴雨般向老頭子臉上打了過去。

那老頭子也不知是看呆了，還是嚇呆，連閃避都忘了閃避，幾十粒花生米眼看已快打在他臉上。

黃衫少年長袖突又一捲，將花生米全都捲入袖中，他袍袖再一抖，花生米就又一連串落回碟子。

老頭子眼睛發直，張大了嘴說不出話來。

那辮子姑娘卻已拍手嬌笑起來，笑道：「這把戲真好看極了，想不到你原來是個變戲法的，你再變幾手給我們瞧瞧好不好？我一定要爺爺請你喝酒。」

黃衫少年露了手極精純的內家掌力；又露了手極高妙的接暗器功夫，誰知卻遇著個不識貨的買主，居然將他看成變戲法的。

但這黃衫少年卻一點也沒有生氣，上上下下打量了辮子姑娘幾眼，目中似乎帶著笑意，慢慢的走了開去。

辮子姑娘著急道：「你的戲法爲什麼不變了？我還想看哩。」

那青面瘦長漢子突然冷笑了一聲，道：「這種戲法還是少看些爲妙。」

辮子姑娘眨著眼道：「爲什麼？」

青面漢子冷冷道：「你們若是會武功，他方才那兩手戲法只怕已將你們變死了。」

辮子姑娘偷偷瞟了黃衫少年一眼，似乎有些不信，卻已不敢再問了。

黃衫少年根本就沒有理會那青面漢子在說什麼，慢慢的走到那「酒鬼」的桌子前。「叮叮噹噹」的搖著手裡的制錢。

那「酒鬼」早已人事不知，伏在桌上睡得好像死人一樣。

黃衫少年冷笑著，一把拎起他的頭髮，將他整個人都拎了起來，仔細看了兩眼，手才放鬆。

他的手一鬆，這「酒鬼」就「砰」的又跌回桌子上，還是人事不知又呼呼大睡了起來。

青面漢子冷冷道：「一醉解千愁，這話倒真不錯，喝醉了的人確實比清醒的佔便宜。」

黃衫少年還是不睬他，背負著雙手，慢慢的走了出去。

奇怪的是，胡非、段開山、楊承祖、胡媚、韓斑、韓明這六人也立刻一連串跟了出去，就好像有條繩子牽著似的。

這六人一個個都是哭喪著臉，直著脖子，腳下雖在一步步往前走，上半身卻連動也不敢動，生怕頭上的銅錢會掉下來。

看他們這種誠惶誠恐、小心翼翼的樣子，彷彿只要頭上的銅錢一跌落，立刻就要有大禍臨頭了。

孫駝子活了幾十年，倒真還未見過這樣的怪事。

他以前曾經聽人說過，深山大澤中往往會出現山魅木客，最喜吃猴腦，高興時就將全山的猴子全召來，看到中意的就放塊石頭在牠腦袋上，被看中的猴子，絕不敢反抗；也絕不敢逃走，只是頂著那塊石頭，乖乖的等死。

孫駝子以前總認為這只不過是齊東野語，不足為信。但現在看到段開山這些人的模樣，竟真的和那些猴子差不多。

以他們六人的武功，無論遇見什麼人，至少也可以拚一拚，為何一見到這黃衫少年就好像老鼠遇見了貓。

孫駝子實在不明白。

他也並不想去弄明白，活到他這麼大年紀的人，就知道有些事還是糊塗些好，太明白了反而煩惱。

好久沒有下雨了，偖堂裡的風沙很大。

另四個黃衫人不知何時已在地上畫了幾十個圓圈，每個圓圈不過是裝湯的海碗那麼大。

段開山等六人走出來，也不等別人吩咐，就站到這些圓圈裡去了，一個人站一個圓圈，恰好能將腳擺在圓圈裡。

六個人立刻又像是變成了六塊木頭。

黃衫少年又背負著雙手，慢慢的走回小店，在段開山他們方才坐過的那張桌子上坐下。

他臉上始終冷冰冰的，到現在為止連一句話都沒有說。

過了約莫兩盞茶時候，又有個黃衫人走入了衖堂。

這人年齡比較大些，耳朵被人削掉了一個，眼睛也瞎了一隻，剩下的一隻獨眼中，閃閃的發著兇光。

他穿的杏黃色長衫上也鑲著金邊，身後也一連串跟著七、八個人，有老有少，有高有矮。

看他們的裝束打扮，顯然並不是沒名沒姓的人，但現在卻也和段開山他們一樣，一個個都哭喪著臉、直著脖子，小心翼翼的跟在那獨眼人身後，走到小店前，就乖乖的站到圓圈裡去。

其中有個人黝黑瘦削，滿面都是精悍之色。

段開山等六人看到他，都顯得很詫異，似乎在奇怪：「怎麼他也來了？」

獨眼人目光在段開山等六人面上一掃，嘴角帶著冷笑，也背負著雙手，慢慢的走入了小店，在黃衫少年對面坐下。

兩人互相看了一眼，點了點頭，誰也沒有說話。

又過了盞茶時候，衖堂裡又有個黃衫人走了進來。

這人看來顯得更蒼老，鬚髮俱已花白，身上穿的杏黃色長衫上也鑲著金邊，身後也一連串跟著十來個人。

遠遠看來，他長得也沒有什麼異樣，但走到近前，才發現這人的臉色竟是綠的，襯著他花白的頭髮，更顯得詭秘可怕。

他不但臉是綠的，手也是綠的。

站在小店外的人一看到這綠面白髮的黃衫客，就好像看到了鬼似的，都不覺倒抽了口涼氣，有的人甚至已在發抖。

還不到半個時辰，併堂裡地上畫的幾十個圓圈都已站滿了人，每個人都屏息靜氣、噤若寒蟬，既不敢動，也不敢說話。

穿金邊黃衫的人已到了四個，最後一個是個鬚髮皆白的老人，身形已佝僂、步履已蹣跚，看來比那說故事的老頭子還要大幾歲，簡直老得連路都走不動了，但帶來的人卻偏偏最多。

這四人各據桌子的一方，一走進來就靜靜的坐在那裡，誰也不開口，四個人彷彿都是啞吧。

外面站在圈子裡的一群人，嘴卻好像全被縫起來似的，裡裡外外除了呼吸聲外，什麼聲音都聽不到。

這小店簡直就變得像座墳墓，連孫駝子都已受不了！那祖孫兩人和青面漢子卻偏偏還是不肯走。

他們難道還在等著看把戲。

這簡直是要命的把戲。

廿八　要人命的金錢

也不知過了多久，衖堂盡頭突然傳來一陣「篤，篤，篤……」之聲，聲音單調而沉悶。

但這聲音在這種時候聽來，卻另有一種陰森詭秘之意，每個人心頭都好像有棍子在敲。

「篤，篤，篤……」簡直要把人的魂都敲散了。

四個黃衫人對望了一眼，忽然一起站了起來。

「篤，篤，篤……」聲音愈來愈響，愈來愈近。

淒涼的夜色中，慢慢的出現了一條人影！

這人的左腿已齊根斷去，拄著拐杖。

拐杖似是金屬所鑄，點在地上，就發出「篤」的一響。

暗淡的燈光往小店裡照出去，照在這人臉上，只見這人披頭散髮、面如鍋底、臉上滿是刀疤！

三角眼、掃地眉。鼻子大得出奇，這張臉就算沒有刀疤，也已醜得夠嚇人了。

無論誰看到這人，心裡難免要冒出一股寒氣。

四個黃衫人竟一起迎了出去，躬身行禮。

這獨腿人已擺了擺手。

「篤、篤、篤……」人也走入了小店。

孫駝子這時看出他身上穿的也是件杏黃色的長衫，卻將下擺掔在腰帶裡，已嚇得連顏色都分不清了。

這件嚇得要命的黃衫上，卻鑲著兩道金邊。

青面漢子瞧見這人走進來，臉色似也變了變。

那辮子姑娘更早已扭過頭去，不敢再看。

獨腿人三角眼裡光芒閃動，四下一掃，看到那青面漢子時，他似乎皺了皺眉，然後才轉身過：「你們多辛苦了。」

他像貌兇惡，說起來卻溫和得很，聲音也很好聽。

四個黃衫人齊躬身道：「不敢。」

獨腿人道：「全都帶來了麼？」

那黃衫人道：「是。」

獨腿人道：「一共有多少位？」

其中一個黃衫人道：「四十九人。」

獨腿人道：「你能確定他們全是爲那件事來的麼？」

黃衫老人道：「在下等已調查確實，這些人都是在這三天內趕來的，想必都是爲了那件事而來，否則怎會不約而同地來到這裡？」

獨腿人點了點頭，道：「調查清楚就好，咱們可不能錯怪了好人。」

黃衫老人道：「是。」

獨腿人道：「咱們的意思，這些人明白了沒有？」

黃衫老人道：「只怕還未明白。」

獨腿人道：「那麼你就去向他們說明白吧。」

黃衫老人道：「是。」

他慢慢的走了出去，緩緩道：「我們是什麼人，各位想必已知道了，各位的來意，我們也清楚得很。」

他又慢慢的自懷中取出了一封信，才接著道：「各位想必都接到了這同樣的一封信，才趕到這裡來的。」

大家既不敢點頭，又怕說錯了話，只能在鼻子裡「嗯」了一聲，幾十個人鼻子裡同時出聲，那聲音實在奇怪得很。

黃衫老人淡淡道：「憑各位的這點本事，就想來這裡打主意，只怕還不配，所以各位還是站在這裡，等事完再走的好，我們可以保證各位的安全，只要各位站著不動，絕沒有人會來傷及各位毫髮。」

他淡淡笑了笑，接道：「各位想必都知道，我們不到萬不得已時，是不傷人的。」

他說到這裡，突然有人打了個噴嚏。

打噴嚏的人正是「水蛇」胡媚。

女人爲了怕自己的腰肢看來太粗，寧可凍死也不肯多穿件衣服的，大多數女人都有這個毛病。胡媚這個毛病更重。

她穿得既少，衖堂裡的風又大，她一個人站在最前面，恰好迎著風口，吹了半個多時辰，怎會不著涼。

平時打個噴嚏，最多也只不過抹抹鼻涕也就算了，但這噴嚏在此刻打出來，卻真有點要命。

胡媚一打噴嚏，頭上頂著的銅錢就跌了下來。

只聽「噹」的一聲，銅錢掉在地上，骨碌碌滾出去好遠，不但胡媚立刻面無人色，別的人臉色也變了。

黃衫老人皺了皺眉，冷冷道：「我們的規矩，你不知道？」

胡媚顫聲道：「知……知道。」

黃衫老人搖了搖頭，道：「既然知道，你就未免太不小心了。」

胡媚身子發抖道：「晚輩絕不是故意，求前輩饒我這一次。」

黃衫老人道：「我也知道你不會是故意的，卻也不能壞了規矩，規矩一壞、威信無存，你也是老江湖了，這道理你總該明白。」

胡媚轉過頭，仰面望著胡非，哀喚道：「大哥，你……你也不替我說句話？」

胡非緩緩閉起眼睛，面頰上的肌肉不停顫動，黯然道：「我說話又有什麼用？」

胡媚點了點頭，淒然笑道：「我明白……我不怪你！」

她目光移向楊承祖，道：「小楊你呢？我……我就要走了，你也沒有話要對我說？」

楊承祖眼睛直勾勾的瞪著前面，臉上連一點表情都沒有。

胡媚道：「你難道連看都不願看我一眼？」

楊承祖索性也將眼睛閉上了。

胡媚突然格格的笑了起來，指著楊承祖道：「你們大家看看，這就是我的情人，這人昨天晚上還對我說，只要我對他好，他不惜為我死的，但現在呢？現在他連看都不敢看我，好像只要看了我一眼，就會得痲瘋病似的……」

她笑聲漸漸低沉，眼淚卻已流下面頰，喃喃道：「什麼叫做情？什麼叫做愛？一個人活著又有什麼意思？真不如死了反倒好些，也免得煩惱……」

說到這裡，她忽然就地一滾，滾出七八尺，雙手齊揚，發出了數十點寒星，帶著尖銳的風聲，擊向那黃衫老人。

她身子也已淩空掠過，似乎想掠入高牆。

「水蛇」胡媚以暗器輕功見長，身手果然不俗，發出的暗器又多，又急、又準、又狠！

黃衫老人，卻只是淡淡皺了皺眉，緩緩道：「這又何苦？」

他說話走路都是慢吞吞的，出手卻快得驚人，這短短四個字說完，數十點寒星已都被他捲入袖中。

胡媚人剛掠起，驟然覺得一股大力襲來，身子不由自主「砰」的撞到牆上，自牆上滑落，耳鼻五官都已沁出了鮮血。

黃衫老人搖著頭道：「你本來可以死得舒服些的，又何苦多此一舉。」

胡媚手捂著胸膛，不停地咳嗽，咳一聲，一口血。

黃衫老人道：「但你臨死之前，我們還可以答應你一個要求。」

胡媚喘息著道：「這……這也是你們的規矩？」

黃衫老人道：「不錯。」

胡媚道：「我無論要求什麼事，你們都答應我？」

黃衫老人道：「你若有什麼未了的心願，我們可以替你去做，你若有仇未報，我們也可以替你去報！」

他淡淡笑了笑，悠然接著道：「能死在我們手上的人，運氣並不錯。」

胡媚目中突然露出了一種異樣的光芒，道：「我既已非死不可，不知可不可以選個人來殺我。」

黃衫老人道：「那也未嘗不可，卻不知你想選的是誰？」

胡媚咬著嘴唇，一字字道：「就是他，楊承祖！」

楊承祖的臉色立刻變了，顫聲道：「你……你這是什麼意思？你難道想害我？」

胡媚淒然笑道：「你對我雖是虛情假意，我對你卻是情真意濃，只要能死在你的手上，我死也甘心了。」

黃衫老人淡淡道：「殺人只不過是舉手之勞而已，你難道從未殺過人麼？」

他揮了揮手，就有個黃衫大漢拔出了腰刀，走過去遞給楊承祖，微笑著道：「這把刀快得很，殺人一定用不著第二刀！」

楊承祖情不自禁搖了搖頭，道：「我不……」

剛說到「不」字，他頭頂上的銅錢也掉了下來。

「噹」的一聲，銅錢掉在地上，直滾了出去。

楊承祖整個人嚇呆了，剎那間冷汗已濕透了衣服。

胡媚又已瘋狂般大笑起來，格格笑道：「你說過，我若死了，你也活不下去，現在你果然要陪我死了，你這人總算還有幾分良心……」

楊承祖全身發抖，突然狂吼一聲，大罵道：「你這妖婦，你好毒的心腸！」

他狂吼著奪過那把刀，一刀砍在胡媚脖子上，鮮血似箭一般的飛濺而出，染紅了楊承祖的衣服。

他喘著氣、發著抖、慢慢的抬起頭。

每個人的眼都在冷冷的望著他。

夜色淒迷，不知何時起了一片乳白色的濃霧。

楊承祖跺了跺腳，反手一刀向自己的脖子抹了過去。

他的屍體正好倒在胡媚身上。

孫駝子這才明白這些人走路時爲何那般小心了，原來要是他們一不小心將頭頂上的銅錢掉落，就非死不可！

這些黃衫人的規矩不但太可怕，也太可惡！

那青面漢子卻根本無動於中，對這種事似已司空見慣，孫駝子只奇怪那黃衫人爲何沒有在他頭頂上也放一枚銅錢。

就在這時，那獨腿人忽然站了起來，慢慢的走到那青面瘦長漢子的桌前，在對面坐下。

青面漢子慢慢的抬起頭，盯著他。

兩個人都沒有說話，但孫駝子卻忽然緊張了起來，就好像有什麼可怕的事立刻就要發生了。

他覺得這兩人的眼睛都像是刀，恨不得一刀刺入對方心裡。

霧更重了。

也不知過了多久，獨腿人臉上忽然露出了一絲微笑。

他笑得很特別，很奇怪，一笑起來，就令人立刻忘了他的兇惡和醜陋，變得說不出的溫和親切。

他微笑著道：「閣下是什麼人，我們已知道了。」

青面漢子道：「哦！」

獨腿人道：「我們是什麼人，閣下想必也已知道。」

青面漢子冷冷道：「近兩年來不知道你們的人，只怕很少。」

獨腿人又笑了笑，慢慢的自懷中取出了一封信。

這封信正和那黃衫人取出來的一樣，看來並沒有什麼特別之處，但就連孫駝子也忍不住想瞧瞧信封上寫的是什麼。

那辮子姑娘的一雙大眼睛更不時地偷偷往這邊瞟，只可惜獨腿人已將這封信用手壓在桌上，微笑著道：「閣下不遠千里而來，想必也是爲了這封信來的。」

青面漢子道：「不錯。」

獨腿人道：「閣下可知道這封信是誰寫的麼？」

青面漢子道：「不知道。」

獨腿人笑道：「據我們所知，江湖中接到這樣信的至少也有一百多位，但卻沒有一個人知道信是誰寫的，我們也曾四下打聽，卻連一點線索也沒有。」

青面漢子冷冷道：「若連你們也打聽不出，還有誰能打聽得出！」

獨腿人笑道：「我們雖不知道信是誰寫的，但他的用意我們卻已明白。」

青面漢子道：「哦？」

獨腿人道：「他將江湖中成名的豪傑全引到這裡來，爲的就是要大家爭奪埋藏在這裡的寶物，然後自相殘殺！他才好得漁翁之利。」

青面漢子道：「既然如此，你們爲何要來？」

獨腿人道：「正因他居心險惡，所以我們才非來不可！」

青面漢子道：「哦？」

獨腿人笑了笑道：「我們到這裡來，就爲的是要勸各位莫要上那人的當，只要各位肯放手，這一場禍事就可消弭於無形了。」

青面漢子冷笑道：「你們的心腸倒真不錯。」

獨腿人似乎根本聽不出他話中的刺，還是微笑道：「我們只希望能將大事化小事，小事化無事，讓大家都能安安靜靜的過幾年太平日子。」

青面漢子緩緩道：「其實此間是否真有寶藏，大家誰也不知道。」

獨腿人撫掌道：「正是如此，所以大家若是爲了這種事而拚命，豈非太不值得了。」

青面漢子道：「我既已來了，好歹也得看他個水落石出，豈是別人三言兩語就能將我打發走的。」

獨腿人立刻沉下了臉，道：「如此說來，閣下是不肯放手的了！」

青面漢子冷笑道：「我就算放了手，只怕也輪不到你們！」

獨腿人也冷笑著道：「除了閣下外，我倒想不出還有誰能跟我們一爭長短的。」

他將手裡的鐵拐重重一頓，只聽「篤」的一聲火星四濺，四尺多長的鐵拐，赫然已有三尺多插入地下。

青面漢子神色不變，冷冷道：「果然好功夫，難怪百曉生作兵器譜，要將你這隻鐵拐排名第八。」

獨腿人厲聲道：「閣下的蛇鞭排名第七，我早就想見識見識了！」

青面漢子道：「我也正想要你們見識見識！」

廿九　長眼睛的鞭子

只見青面漢子左手輕輕在桌上一按，人已凌空飛起，只聽「呼」的一聲，風聲激盪，右手裡不知何時已多了條烏黑的長鞭。

軟兵器愈長愈難使，能使七八尺軟鞭的人，已可算是高手，此刻這青面漢子的蛇鞭卻長得嚇人，縱然沒有三丈，也有兩丈七八。

他的手一抖，長鞭已帶著風聲向站在圓圈裡的一群人頭頂上捲了過去，只聽「叮叮噹噹」一連串聲響，四十多枚銅錢一起跌落在地上。

這四十幾人有高有矮，他長鞭一捲，就把他們頭上的銅錢全部捲落，且未傷及任何一人毫髮。

這四十幾人可說沒有一個不是見多識廣的老江湖，但能將一條鞭子使得如此出神入化的，卻是誰也沒有見過。

鞭子到了他手上，就像是忽然變活了，而且還長了眼睛。

四十幾人互相瞧了一眼，忽然同時展動身形，躥牆的躥牆，上房的上房，但見滿天人影飛舞，剎那間就逃得乾乾淨淨。

那黃衫老人臉色也變了，厲聲道：「你要了他們的奪命金錢，難道是準備替他們送命麼？」

獨腿人冷笑道：「有『鞭神』西門柔的一條命，也可抵得過他們四十幾條命了！」

他鐵拐斜揚，一隻腳站在地上，整個人就好像釘在地上似的，穩如泰山。

黃衫老人雙手一伸一縮，自長袖中退出了一對判官筆。

面色慘綠的黃衣人轉了個身，手裡也多了對奇形外門兵刃，看來似刀非刀、似鋸非鋸，陰森森的發著碧光，兵刃上顯然有劇毒。

那黃衫少年始終未曾開口說話，雙手也始終藏在袖中，此刻才慢慢的伸了出來，用的兵刃赫然竟是一雙子母鋼環。

用兵器講究的是：「一寸長、一寸強、一寸短、一寸險」。這子母鋼環更是險中之險，只要一出手，就是招招搶攻的進手招式，不能傷人，便被人傷，是以武林中敢用這種絕險兵器的人並不多。

敢用這種兵器的人武功就絕不會弱。

四個人身形展動，已將那青面漢子西門柔圍住。

只有那獨眼黃衣人卻退了幾步，反手拉開了衣襟，露出了前胸的兩排刀帶，帶上密密的插著七七四十九柄標槍，有長有短，長的一尺三寸，短的六寸五分，槍頭的紅纓鮮紅如血！

五個人的眼睛都瞬也不瞬的盯在西門柔手裡的長鞭上，顯然都對這條似乎長著眼睛的鞭子有些戒懼之心。

獨腿人陰惻惻一笑，道：「我這四位朋友的來歷，閣下想必已看出來了吧。」

西門柔道：「我早就看出來了。」

獨腿人道：「按理說，以我們五人的身分，本不該聯手對付你一個，只不過今日的情況卻不同。」

西門柔冷笑道：「江湖中以多為勝的小人我也見得多了，又不止你們五個。」

獨腿人道：「我本不想取你性命，但你既犯了我們的規矩，我們怎能再放你走，規矩一壞，威信無存，這道理你自然也明白。」

西門柔道：「我若一定要走呢？」

獨腿人道：「你走不了的！」

西門柔忽然大笑起來，道：「我若真要走時，憑你們還休想攔得住我！」

他的手一抖，長鞭忽然捲起了七八個捲子，將自己捲在中央，鞭子旋轉不息，看來就像是陀螺似的。

獨腿人大喝一聲，鐵拐橫掃出去。

這一拐掃出，雖是一招平平常常的「橫掃千軍」，但力道之強、氣勢之壯，卻當真無與倫比！江湖中每天也不知有多少人在用這同樣的招式，但也只有他才真的無愧於這「橫掃千軍」四字。

西門柔長笑不絕，鞭子旋轉更急，他的人已突然沖天飛起。

那獨眼大漢雙手齊揚，眨眼間已發出了十三柄標槍，但見紅纓閃動，帶著呼嘯的風聲向西門柔打了過去。

長的標槍先發，短的標槍卻先至，只聽「咔嚓，咔嚓」一連串聲響，長長短短一十三根標槍全都被旋轉的鞭子拗斷，斷了的標槍向四面八方飛出，有的飛入高牆，有的釘在牆上，餘力猶未盡，半截槍桿仍在「嗡嗡」的彈動不歇，槍頭的紅纓都被抖散了，一根根落下來，隨風飛舞。

西門柔的人卻像是陣龍捲風般愈轉愈快，愈轉愈高，再幾轉便轉入濃霧中，瞧不見了。

獨腿人喝道：「追！」

他鐵拐「篤」的一點，人也沖天飛起，這一條腿的人竟比兩條腿的人輕功還高得多，眨眼間也消失在濃霧中。

但鐵拐掃動時所帶起的風聲仍遠遠傳來，所有的黃衫人立刻都跟著這風聲追了下去，衖堂裡立刻又恢復了昔日的平靜，只留下一灘血泊、兩具屍體。

若不是這兩具屍身，孫駝子真以爲這只不過是場噩夢。

只見那老頭子不知何時已清醒了，眼睛裡連一點酒意也沒有，他目送黃衣人一個個走遠，才嘆了口氣，喃喃道：「難怪西門柔的蛇鞭排名還在青魔手之上，看他露了這兩手，就已不愧『鞭神』兩字，百曉生畢竟還是有眼光的。」

辮子姑娘道：「武林中用鞭子的人，難道真沒有一個能強過他嗎？」

老頭子道：「軟兵刃能練到他這種火候的，三十年來還沒有第二個。」

辮子姑娘道：「那一條腿的怪物呢？」

頭子道：「那人叫諸葛剛，江湖中人又稱他『橫掃千軍』，掌中一隻金剛鐵拐淨重六十三斤，天下武林豪傑所使的兵器，沒有一個比他更重的了。」

辮子姑娘笑道：「一個叫西門柔，一個叫諸葛剛，看來兩人倒真是天生的冤家對頭。」

老頭子道：「西門柔武功雖柔，爲人卻很剛正，諸葛剛反倒是個陰險狡猾的人，兩人武功相剋，脾氣也不同，只不過柔能克剛，鬥武功諸葛剛雖稍遜一籌。鬥心機西門柔就難免要吃虧了。」

辮子姑娘道：「依我看，那白鬍子老頭比諸葛剛還要陰險得多。」

老頭子道：「那人叫高行空，是點穴的名家，還有那獨眼龍叫燕雙飛，雙手能在頃刻間連發四十九柄飛槍，百發百中，這兩人在百曉生的兵器譜中一個排名三十七，一個排名四十六，在江湖中也是一等一的高手。」

辮子姑娘撇了撇嘴，道：「排名四十六的還能算高手麼？」

老頭子道：「這世上練武的人何止千萬，能在兵器譜上列名的又有幾個？」

辮子姑娘道：「那臉色發綠的人用的是什麼兵器？」

老頭子道：「那人叫『毒螳螂』唐獨，用的兵器就叫做『螳螂刀』，刀上劇毒，無論誰只要被劃破一絲血口，一個對時內必死無救！」

辮子姑娘吃吃笑道：「我想起來了，聽說此人專吃五毒，所以吃得全身發綠，連眼球子都是綠的，他老婆還送了他頂綠帽子。」

老頭子敲著火石，點起了旱菸，長長吸了一口，道：「這幾人雖都是江湖中一等一的高手，但若論來頭之大，卻還都比不上那年紀輕輕的小伙子。」

辮子姑娘道：「不錯，我也看出這人有兩下子，他年紀最輕，卻最沉得住氣，用的兵器也最扎手，卻不知他是什麼來歷。」

老頭子道：「你可聽說過『龍鳳環』上官金虹這名字？」

辮子姑娘道：「當然聽說過，此人掌中一對子母龍鳳環，在兵器譜中排名第二，名次猶在小李探花的飛刀之上，江湖中誰人不知，那個不曉。」

老頭子道：「那少年叫上官飛，正是上官金虹的獨生子，諸葛剛、唐獨、高行空、燕雙飛，也都是上官金虹的屬下。」

辮子姑娘伸舌頭，道：「難怪他如此強橫霸道了，原來他們還有這麼硬的後台。」

老頭子道：「上官金虹沉寂了多年，兩年前忽然東山復起，網羅了兵器譜中的十七位高手，組成了『金錢幫』，這兩年來戰無不勝，橫行無忌，江湖中人人為之側目，聲勢之壯，甚至已凌駕在『丐幫』之上！」

辮子姑娘撇著嘴道：「丐幫乃是武林中第一大幫，他們這些邪門外道怎麼比得上？」

老頭子長長嘆了口氣，道：「這兩年來，江湖中人才凋零，正消邪長，那些志氣消沈的英雄俠士若再不奮發圖強，金錢幫真不知要橫行到幾時了。」

說到這裡，他們似有意、若無意的向那「酒鬼」瞟了一眼，那酒鬼卻仍伏在桌上，沉醉不醒。

辮子姑娘嘆了口氣，道：「如此說來，這件事既有金錢幫插手，別的人也只好在旁邊看看了。」

老頭子笑了笑，道：「那倒也不見得。」

辮子姑娘道：「難道還有什麼人的武功比上官金虹更強麼？」

老頭子道：「龍鳳環在兵器譜中雖然排名第二，但排名第三的小李飛刀、排名第四的嵩陽鐵劍，武功都未必在上官金虹之下！」

他又笑了笑，才接著道：「何況，在龍鳳環之上，還有根千變萬化，妙用無方的『如意棒』哩！」

辮子姑娘眼睛亮了，道：「那如意棒究竟有什麼妙用？爲何能在兵器譜中排名第一？」

老頭子搖了搖頭，道：「如意棒又叫做天機棒，天機不可洩露，除了那位『天機老人』外，別的人怎會知道？」

辮子姑娘嘟著嘴，沉默了半晌，忽又笑了，道：「金錢幫就算很了不起，但名字卻起得太不高明了，簡直又俗氣又可笑。」

老頭子正色道：「錢能役鬼，也可通神，天下萬事萬物，還有那一樣的魔力能比『金錢』更大。你活到我這種年紀，就會知道這名字一點也不可笑了。」

辮子姑娘道：「但世上也有些人是金錢所不能打動的。」

老頭子嘆道：「那種人畢竟很少，而且愈來愈少了……」

辮子姑娘又嘟起了嘴，垂頭望著自己的指甲。

老頭子抽了幾口菸，在桌邊上磕出了斗中的煙灰，緩緩道：「我說的話，你都聽見了麼？」

辮子姑娘大眼睛一轉，也瞟了那酒鬼，展顏笑道：「我又沒有喝醉，怎麼會聽不見。」

老頭子點了點頭，道：「那些人的來歷，你想必也全都明白了？」

辮子姑娘道：「全明白了。」

老頭子道：「很好，這樣你以後遇著他們時，就會小心些了……」

他面帶著微笑，慢慢的站了起來，喃喃道：「這裡的酒雖不錯，但一個人只要活著，總不能永遠泡在酒缸裡，糊裡糊塗的過一輩子，該走的時候，還是要走的……掌櫃的，你說是嗎……」

這祖孫兩人一問一答，就好像在向別人說話似的。

孫駝子也不覺聽得出神了，此刻忍不住笑道：「老先生對江湖中的事如此熟悉，想必也是位了不起的大英雄，這裡的賬，就讓我替你老人家結了吧。」

老頭子搖著頭笑道：「我可不是什麼英雄，不過是個酒蟲……但無論英雄也好、酒蟲也好，一個人欠的賬總要自己付的，賴也賴不了，躲也躲不掉。」

他取出錠銀子放在桌上，扶著他孫女兒的肩頭，蹣跚的走了出去，也漸漸的消失在無盡的夜霧裡。

孫駝子望著他的背影，又出了半天神，回過頭，才發現「酒鬼」不知何時也已醒了，而且已走到「鞭神」西門柔方才坐過的那張桌子前，拿起了諸葛剛方才留在桌上的那封書信。

孫駝子笑道：「你今天可真不該喝醉的，平白錯過了許多好戲。」

那酒鬼笑了笑，又嘆了口氣道：「真正的好戲也許還在後頭哩，只怕我想不看都不行。」

孫駝子皺了皺眉，他覺得今天每個人說話都好像有點陰陽怪氣，好像每個人都吃錯了藥似的。

那酒鬼已抽出了信，只瞧了兩眼，蒼白的臉上突又泛起了一陣異樣的紅暈，彎下腰去不停的咳嗽起來。

孫駝子忍不住問道：「信上寫的是什麼？」

那酒鬼道：「沒……沒什麼。」

孫駝子眨了眨眼，道：「聽說那些人全都是爲了這封信來的。」

那酒鬼道：「哦？」

孫駝子笑道：「他們還說這裡有什麼藏寶，那才真是活見鬼了。」

他一面抹著桌子，一面又道：「你還想不想喝酒？今天我請你。」

他聽不到回答，轉過頭，只見那酒鬼正呆呆的站而那裡，出神的遙望著遠方，也不知在瞧些什麼。

他目中雖沒有醉意，卻帶著種說不出的淒涼蕭索之意。

孫駝子順著他的目光望了過去，就看到了高牆內，小樓上的那一點孤燈，在濃霧中看來，這一盞孤燈彷彿更遙遠了……

孫駝子回到後院的時候，三更早已過了。

院子裡永遠是那麼寂靜，那酒鬼屋子裡燈光還在亮著，門卻沒有關起，被風一吹，「吱吱」的發響。

孫駝子想起那天晚上的事，立刻就走了過去，敲著門道：「你睡了麼？爲何沒關門。」

屋子裡寂靜無聲。

孫駝子將門輕輕推開了一線，探頭進去，只見床上的被疊得整整齊齊，根本就沒有人睡過。

那酒鬼已不見了。

「三更半夜的，他會跑到那裡去？」

孫駝子皺了皺眉，推門走了進去。

屋子裡很凌亂，床頭堆著十七八塊木頭，但卻瞧不見那把刻木頭的小刀，桌子還有喝剩下的半壺酒。

酒壺旁有一團揉縐了的紙。

孫駝子認得這張紙正是諸葛剛留下來的那封信。

他忍不住用手將信紙攤平，只見上面寫著：「九月十五夜，興雲莊有重寶將現，盼閣下勿失之交臂。」

就只這短短三句話，下面也沒有署名，但信上說的愈少，反而愈能引起別人的好奇之心。

寫信的這人，實在很懂得人的心理。

孫駝子皺起了眉，面上也露出一種奇異表情。

他知道興雲莊就是他小店對面那巨大的宅第，但卻再也想不出那「酒鬼」會和興雲莊有什麼關係！

卅 漫漫的長夜

夜霧淒迷，木葉凋零，荷塘內落滿了枯葉，小路上荒草沒徑，昔日花紅柳綠、梅香菊冷的庭院，如今竟充滿了森森鬼氣。

小橋的盡頭，有三五精舍，正是「冷香小築」。

在這裡住過的有武林中第一位名俠；江湖中第一位靈人，昔日此時，梅花已將吐艷，香氣醉沁人心。

但現在，牆角結著蛛網，窗台積著灰塵，早已不復再見昔日的風流遺跡，連不老的梅樹都已枯萎。

小樓上的燈火仍未熄，遠方傳來零落的更鼓。

已是四更。

漫漫長夜已將盡，濃霧中忽然出現了一條人影。

這究竟是深夜無寐的人？還是來自地府的幽靈？

只見他頭髮蓬亂，衣衫不整，看來是那麼落拓、憔悴，但他的神采看來卻仍然是那麼瀟灑，目光也亮得像是秋夜的寒星。

他蕭然走過小橋，看到枯萎了的梅樹，他不禁發出了深長的嘆息，梅花本也是他昔日的良伴，今日卻已和人同樣憔悴。

然後他的人忽然如燕子般飛起！

小樓上的窗子是關著的，淡黃色的窗紙上，映著一條纖弱的人影，看來也是那麼寂寞、那麼孤零。窗欞上百條裂痕，從這裂痕中望進去，就可以看到這孤零寂寞的人，正面對著孤燈，在縫著衣服。

她的臉色蒼白，美麗的眼睛也失去了昔日的光采。

她面上全沒有絲毫表情，看來是那麼冷淡，似乎早已忘卻了人間的歡樂，也已忘卻了紅塵的愁苦。

她只是坐在那裡，一針針的縫著，讓青春在針尖溜走。

衣服上的破洞可以縫補，但心靈上的創傷卻是誰也縫合不了的……

坐在她對面的，是個十三四歲的孩子。

他長得很清秀，一雙靈活的眼睛使他看來更聰明，但他的臉色也那麼蒼白，蒼白得使人忘了他還是個孩子。

他正垂著頭，在一筆筆的練著字。

他年紀雖小，卻也已學會了忍耐寂寞。

那落拓的人幽靈般伏在窗外，靜靜的瞧著他們。

他眼角已現出了淚痕。

也不知過了多久，那孩子忽然停下了筆、抬起了頭，望著桌上閃動的火焰癡癡的出了神。

那婦人也停下了針線，看到了她的孩子，她目中就流露出不盡的溫柔，輕聲道：「小雲，你在想什麼？」

孩子咬著嘴唇，道：「我正在想，爹爹不知要到什麼時候才會回來。」

婦人的手一陣顫抖，針尖扎在她自己的手指上，但她卻似乎全未感覺到痛苦，她的痛苦在心裡。

那孩子又道：「媽，爹爹爲什麼會突然走了呢？到現在已兩年了，連音訊都沒有。」

婦人沉默了很久，才輕輕嘆了口氣，道：「他走的時候，我也不知道。」

那孩子目中突然露出了一種說不出的狡黠之色，道：「但我卻知道他是爲什麼走的。」

婦人皺了皺眉，輕叱道：「你小小的孩子，知道什麼？」

那孩子道：「我當然知道，爹爹是爲了怕李尋歡回來找他報仇才走的，他只要一聽到李尋歡這名字，臉色就立刻變了。」

婦人想說話，到後來所有的話都化做了一聲長長的嘆息。

她也知道孩子懂得很多，也許太多了。

那孩子又道：「但李尋歡卻始終沒有來，他爲什麼不來看看媽呢？」

婦人的身子似又起了一陣顫抖，大聲道：「他爲什麼要來看我？」

那孩子嘻嘻一笑，道：「我知道他一直是媽的好朋友，不是嗎？」

婦人的臉色更蒼白，忽然站了起來，板著臉道：「天已快亮了，你還不去睡？」

那孩子眨了眨眼睛，道：「我不睡，是爲了陪媽的，因爲媽這兩年來晚上總是睡不著，連孩兒我看了心裡都難受得很。」

婦人緩緩的闔起眼睛，一連串眼淚流下面頰。

那孩子卻站了起來，笑道：「我也該去睡了，明天就是媽的生日，我得早些起來……」

他笑著走過來，在那婦人的面頰上親了親，道：「媽也該睡了，明天見。」

他笑著走了出去，一走到門外，笑容就立刻瞧不見了，目中露出了一種怨毒之色，喃喃道：「李尋歡，別人都怕你，我可不怕你，總有一天，我要你死在我手上的。」

婦人目送著孩子走出門，目中充滿了痛苦、也充滿了憐惜，這實在是個聰明的孩子。

她只有這麼一個孩子。

這孩子就是她的命，他就真做了什麼令她傷心的事；就真說了什麼令她傷心的話，她都還是同樣的疼他愛他。

母親對孩子的愛，是永無止境、永無條件的。

她又坐了下來，將燈火挑得更亮了些。

她怕黑暗。

每天夜色降臨的時候，她心裡就會生出一種說不出的畏懼。

就在這時，她聽到窗外傳來了一陣輕輕的咳嗽聲。

她臉色立刻變了。

她整個人似已僵住，呆呆的坐在那裡，癡癡的望著那窗子，目中似乎帶著些欣喜，又似乎帶著些恐懼……

也不知過了多久，她才慢慢的站了起來，慢慢的走到窗口，用一隻正在顫抖著的手，慢慢的推開了窗戶，顫聲道：「什麼人？」

乳白色的濃霧一縷縷飄入窗戶，婀娜四散，十四夜的滿月被濃霧掩沒，已能看得到一輪淡淡的微光。

四下那有什麼人影。

那婦人目光茫然四下搜索著，淒然道：「我知道你來了，你既然來了，爲何不出來和我相見呢？」

沒有人聲，也沒有回應。

那婦人長長嘆了口氣，黯然道：「你不願和我相見，我也不怪你，我們的確對不起你，對不起你……」

她聲音愈來愈輕，又呆呆的佇立了良久，才緩緩關起窗子。

窗子裡的燈火也漸漸微弱，終於熄滅。

大地似已完全被黑暗所吞沒。

黎明前的一段時候，永遠是最黑暗的。

但黑暗畢竟也有過去的時候，東方終於現出了一絲曙色，隨著黑暗同來的夜霧，也漸漸淡了。

小樓前的梧桐樹後，漸漸現出了一條人影。

他就這樣動也不動的站在那裡，也不知已站了多久，他的頭髮、衣服，幾乎都已被露水濕透。

他目光始終癡癡的望著那小樓上的窗戶，彷彿從未移動過，他看來是那麼蒼老、疲倦、憔悴……

他正是昨夜那宛如幽靈般在濃霧中出現的人，也正是那個在孫駝子的小店中終日沉醉不醒的酒鬼！

他雖然沒有說話，可是心裡卻在呼喚。

「詩音，詩音，你並沒有對不起我，是我對不起你……」

「我雖不能見你的面，可是這兩年來，我日日夜夜都在你附近，保護著你，你可知道嗎？」

一線驕陽劃破晨霧，天色更亮了。

這人以手掩著嘴，勉強忍住咳嗽，悄悄的穿過已被泥濘和落葉掩沒的青石小徑，穿過紅漆已剝落的月門，悄悄的走到前面。

整個宅院已完全荒廢，昔日高朋滿座的廳堂，今日已只剩下蛛網、灰塵和一扇扇已被風雨吹得七零八落的窗戶。

四下不見人跡，也聽不到人聲。

他走下長長的石階，來到前院。

前院似乎比後園更荒涼，更殘破，只有大門旁的那門房小屋，門窗還勉強可以算完整的。

昔日曾經到過這裡的人，無論誰也想不到這輝煌的宅第，在短短不到兩年的時間，就已變成如此模樣。

他又彎下腰，低低的咳嗽著，一線陽光照上他的頭，就在這一夜間，他本來漆黑的頭髮，竟已被憂痛和感傷染白了雙鬢。

然後，他緩緩走到那門房小屋前。

門是虛掩著的，他輕輕推開了。

一推開門，立刻就有一股廉價的劣酒氣撲鼻而來，屋子裡又髒又亂，一個人伏在桌上，手裡還緊緊的抓著個酒瓶。

又是個酒鬼。

他自嘲的笑了笑，開始敲門。

伏在桌上的人終於醒了，抬起頭，才看出他滿面都是麻子，滿面都是被劣酒侵蝕成的皺紋，鬚髮也已白了。

誰也不會想到他就是武林第一美人林仙兒的親生父親。

他醉眼惺忪的四面瞧著，揉著眼睛，喃喃道：「大清早就有人來敲門，撞見鬼了麼？」

說完了這句話，他才真的見到了那落拓的中年人，皺眉叱道：「你是什麼人？怎麼跑到這裡來了？你怎麼來的？」

他嗓子愈來愈大，似又恢復了幾分大管家的氣派。

落拓的中年人笑了笑，道：「兩年前我們見過面，你不認得我了嗎？」

麻子定睛看了他幾眼，臉上立刻變了顏色，霍然站了起來，就要往地上拜倒，驚喜著道：「原來是李……」

落拓的中年人不等他拜下已扶住了他，不等他話說完，已掩住了他的嘴，微笑著緩緩道：「你還認得我就好，我們坐下來說話。」

麻子趕緊搬凳子，陪著笑道：「小人怎會不認得大爺你呢？上次小人有眼無珠，這次再也不會了，只不過……大爺你這兩年來的確老了許多。」

落拓的中年人似乎也有些感嘆，道：「你也老了，大家都老了，這兩年來你們日子過得還好麼？」

麻子搖了搖頭，嘆道：「在別人面前，我也許還會吹吹牛，但在大爺你面前……」

他又嘆了口氣，苦笑著接道：「不瞞大爺，這兩年的日子，連我都不知怎麼混過去的，今天賣幅字畫，明天賣張椅子來渡日，唉……」

落拓的中年人皺眉道：「家裡難道連日子都過不下去了？」

麻子低下了頭，揉著眼睛。

落拓的中年人道：「龍……龍四爺走的時候，難道沒有留下安家的費用？」

麻子搖了搖頭，眼睛都紅了。

落拓的中年人臉色更蒼白，又不住咳嗽起來。

麻子道：「夫人自己本還有些首飾，但她的心腸實在太好了，都分給了下人們，叫他們變賣了做些小生意去謀生，她……她寧可自己受苦，也不願虧待了別人。」

說到這裡，他語聲也已有些哽咽。

落拓的中年人沉默了很久，感嘆著道：「但你卻沒有走，你實在是個很忠心的人。」

麻子低著頭笑了，吶吶道：「小人只不過是無處可去罷了……」

落拓的中年人柔聲道：「你也用不著自謙，我很了解你，有些人的脾氣雖然不好，心卻是很好的，只可惜很少有人能了解他們而已。」

麻子的眼睛似又紅了，勉強笑著道：「這酒不好，大爺你若不嫌棄，將就著喝兩杯吧。」

他慇懃的倒酒，才發現酒瓶已空了。

落拓的中年人展顏笑道：「我倒不想喝酒，只想喝杯……茶你說奇不奇怪，我也居然想喝茶了，許多年來，這倒是破題兒第一次。」

麻子也笑了，道：「這容易，我這就去替大爺燒壺水，好好的沏壺茶來。」

落拓的中年人道：「你無論遇著誰，千萬都莫要提起我在這裡。」

麻子點著頭笑道：「大爺你放心，小人現在早已不敢再多嘴了。」

他興沖沖的走了出去，居然還未忘記掩門。

落拓的中年人神色立刻又黯淡了下來，黯然自語：「詩音、詩音，你如此受苦，都是我害了你，我無論如何也要保護你，絕不會讓任何人傷害到你！」

陽光照上窗戶，天已完全亮了。

茶葉並不好。

但茶只要是滾燙的，喝起來總不會令人覺得難以下嚥，這正如女人，女人只要年輕，就不會令人覺得太討厭。

落拓的中年人慢慢的啜著茶，他喝茶比喝酒慢多了，等這杯茶喝完，他忽然笑了笑，道：「我以前有個很聰明的朋友，曾經說過句很有趣的話。」

痲子陪笑道：「大爺你自己說話就有趣得很。」

落拓的中年人道：「他說，世上絕沒有喝不醉的酒，也絕沒有難看的少女，他還說，他就是爲了這兩件事，所以才活下去的。」

他目中帶著笑意，接著道：「其實真正好的酒要年代愈久才愈香，真正好的女人也要年紀愈大才愈有味道。」

痲子顯然還不能領略他這句話中的「味道」，楞了半晌，替這落拓的中年人又倒了杯茶，才問道：「大爺你這次回來，可有什麼事嗎？」

落拓的中年人沉默著，過了很久才緩緩道：「有人說，這地方有寶藏……」

痲子失笑道：「寶藏？這地方當真有寶藏，那就好了。」

他忽又斂去了笑容，眼角偷偷瞟著那落拓的中年人，試探著道：「這地方若真有寶藏，大爺你總該知道。」

落拓的中年人嘆了口氣，道：「你我雖不信這裡有寶藏，怎奈別人相信的卻不少。」

麻子道：「造謠的人是誰？他爲什麼要造這種謠？」

落拓的中年人沉吟著道：「他不外有兩種用意，第一，他想將一些貪心的人引到這裡來互相爭奪、互相殘殺，他才好混水摸魚。」

麻子道：「除此之外，他還有什麼別的意思？」

落拓的中年人目光閃動，緩緩道：「我已有許多年未曾露面了，江湖中有許多人都在打聽我的行蹤，他這樣做，也許就是爲了要引我現身；誘我出手！」

麻子挺胸道：「出手就出手，有什麼關係，也好讓那些人瞧瞧大爺你的本事。」

落拓的中年人苦笑道：「這次來的那些人之中有幾個只怕連我都對付不了！」

麻子吃驚道：「這世上難道真還有連大爺你都對付不了的人麼？」

落拓的中年人還未說話，突然大門外傳來一陣敲門聲。

一個清亮的聲音在喊道：「借問這裡可是龍四爺的公館麼？在下等特來拜訪。」

麻子喃喃道：「奇怪，這裡已有兩年連鬼都沒有上門，今天怎麼會忽然來了客人？」

過了約半個時辰，麻子才笑嘻嘻的回來，一進門就笑道：「今天原來是夫人的生日，連我都忘了，難爲那些人倒還記得，是特地來向夫人拜壽的。」

落拓的中年人沉思著，問道：「來的是些什麼人？」

麻子道：「一共來了五位，一位是很有氣派的老人家，一位是個很帥的小伙子，還有位是個獨眼龍，最可怕的是個臉色發綠的人。」

落拓的中年人皺眉道：「其中是否還有位一條腿的跛子？」

麻子點頭道：「不錯……大爺你怎會知道的，難道也認得他們麼？」

落拓的中年人低低的咳嗽，目中卻已露出了比刀還銳利的光芒，這種銳利的目光使他看來就彷彿忽然變了個人。

麻子卻未注意，笑著又道：「這五人長得雖有些奇形怪狀，但送的禮倒真不輕，就連龍四爺以前還在的時候，都沒有人送過這麼重的禮。」

落拓的中年人道：「哦？」

麻子道：「他們送的八色禮物中，有個用純金打成的大錢，至少也有四五斤重，我倒真還未見過有人出手這麼大方的。」

落拓的中年人皺了皺眉，道：「他們送的禮，夫人可收下來了麼？」

麻子道：「夫人本來不肯收的，但那些人卻坐在客廳裡不肯走，好歹也要見夫人一面，還說他們本是龍四爺的好朋友，夫人沒法子，只好叫少爺到客廳裡去陪他們了。」

他笑著道：「大爺你莫看少爺小小年紀，對付人可真有一套，說起話來比大人還老到，那幾位客人沒有一個不誇他聰明絕頂的。」

落拓的中年人凝視著杯中的茶，喃喃道：「這五人既已來了，還會有些什麼人來呢？還有什麼人敢來呢？」

衣服的孩子說話。

諸葛剛、高行空、燕雙飛、唐獨和上官飛此刻正在那家具已大半被搬空了的大廳裡，和一個穿紅

這五人雖然都是目空一切的江湖梟雄，此刻對這孩子倒並沒有絲毫輕慢之態，說話也客氣得很。只有上官飛仍然靜靜的坐在那裡，一言不發，世上好像沒有什麼事能使這冷漠的少年人開口的。

諸葛剛面上又露出了親切和藹的笑容，道：「少莊主驚才絕艷、意氣風發，他日的成就，必然不可限量，但望少莊主那時莫要將我們這些老廢物視如陌路，在下等就高興得很了。」

那孩子也笑道：「晚輩他日的成就若能有前輩們一半，也就心滿意足，但那也全得仰仗前輩們的提攜。」

諸葛剛拊掌大笑道：「少莊主真是會說話，難怪龍四爺……」

他笑聲突然停頓，目光凝視著廳外。

只見那麻子又已肅容而入，跟著走進來的，是個黑巾黑袍、黑鞋黑襪，背後斜背著柄烏鞘長劍的黑衣人。

他身材高大而魁偉，比那麻子幾乎寬了一倍，但看來卻絲毫不見臃腫，反而顯得很瘦削矯健。

他面上帶著種奇異的死灰色，雙眉斜飛入鬢，目光睥睨間，驕氣逼人，頷下幾縷疏疏的鬍子，隨風飄散。

他整個人看來顯得既高傲，又瀟灑；既嚴肅，又不羈。

無論誰只要瞧了他一眼，就知道他絕不會是個平凡的人。

諸葛剛等五人對望了一眼，似乎也都在猜此人的來歷。

那穿紅衣裳的孩子早已迎下石階，抱拳笑道：「大駕光臨，蓬蓽生輝，晚輩龍小雲……」

黑衣人上下打量了他一眼，截口道：「你就是龍嘯雲的兒子？」

龍小雲躬身道：「正是，前輩想必是家父的故交，不知高姓大名。」

黑衣人淡淡道：「我的名姓說出來你也不會知道。」

他大步走上石階，昂然入廳。

諸葛剛等五人也站起相迎，諸葛剛抱拳笑道：「在下……」

他只說了兩個字，黑衣人就打斷了他的話，道：「我知道你們，你們卻不必打聽我的來歷。」

諸葛剛道：「可是……」

黑衣人又打斷了他的話，冷冷道：「我的來意和你們不同，我只是來瞧瞧的。」

諸葛剛展顏笑道：「既然如此，那真是再好也沒有了，等此間事完，在下等必有謝意。」

黑衣人道：「我不管你們；你們也莫要管我，大家互不相涉，爲何要謝？」

他找了張椅子坐下，竟閉目養起神來。

諸葛剛等五人又對望了一眼。

高行空微笑道：「久聞此間乃江湖第一名園，不知少莊主可否帶領在下等到四處去瞧瞧。」

龍小雲嘆了口氣，道：「晚輩無能，致使家道中落，庭園荒廢……」

高行空正色截口道：「山不在高，有仙則名；水不在深，有龍則靈，十年來此間名俠美人高士輩出，縱是三五茅舍，也已是令人大開眼界了。」

龍小雲道：「既是如此，各位請。」

「咻」的一聲，寒鴉驚起。

一行人穿過小徑，漫步而來。

當先帶路的是龍小雲，走在最後面的就是那黑衣人，他眼睛半張半闔，雙手都縮在袖中，神情似乎十分蕭索。

龍小雲指著遠處一片枯萎了的梅林，道：「那邊就是冷香小築。」

燕雙飛眼中光芒閃動，道：「聽說小李探花昔日就住在那裡？」

龍小雲低下了頭，道：「不錯。」

燕雙飛手掌輕撫著隱在長衫中的飛槍，冷笑著道：「他是飛刀，我是飛槍，有朝一日，若能和他較量較量，倒也是快事。」

黑衣人遠遠的站著，冷冷道：「你若真能和他較量，那就是怪事了。」

燕雙飛霍然轉過身，怒目瞪著他。

卅一　小李飛刀

龍小雲見燕雙飛似已怒極，趕緊笑道：「他的飛刀也是凡鐵所鑄，又不是什麼仙兵神器，但江湖中人卻說得他就好像傳說中的劍仙一樣，我有時聽了真覺得有些好笑。」

黑衣人淡淡道：「聽說他廢去了你的武功，你對他想必是一直懷恨在心。」

龍小雲笑道：「李大叔本是我的長輩，長輩教訓晚輩，晚輩怎敢起懷恨之心，何況一個人不會武功，也未必就不能做大事的，前輩你說是麼！」

他笑得是那麼無邪。

黃衣人凝視著他，似也看不透這孩子的真面目。

諸葛剛卻已拊掌笑道：「有志氣，果然有志氣！就憑這句話，已不愧爲龍四爺的公子。」

龍小雲躬身道：「前輩過獎了。」

上官飛忽然道：「聽說林仙兒本也住在那裡的，是麼？」

他畢竟是開口了，連龍小雲都似覺得有些詫異，陪笑道：「不錯。」

上官飛道：「她到那裡去了？」

龍小雲道：「林阿姨是在兩年前的一個晚上突然失蹤的，連自己的衣服首飾都未帶走，誰也不知道她去了那裡，有人說，她是被阿飛擄走的，也有人說她已死在阿飛手上。」

上官飛皺了皺眉，閉上嘴再也不說話了。

一行人走過小橋，來到了那小樓前。

諸葛剛目光閃動，似乎對這小樓特別感興趣。

高行空已問道：「不知這又是什麼所在？」

龍小雲道：「這就是家母的居處。」

高行空笑道：「在下等本是來向令堂大人拜壽的，不知少莊主可容我等上樓拜見。」

龍小雲眼珠子一轉，笑道：「家母一向不願見客，待晚輩先上去說一句好麼？」

高行空道：「請。」

龍小雲慢慢的走上樓，身形竟已有些佝僂，全無少年人的活潑之態。

高行空等他上了樓，才低聲冷笑道：「這孩子詭得很，長大了倒真不得了。」

唐獨笑道：「像他這樣的小孩子，能活得長才是怪事。」

諸葛剛面上笑容已不見，沉聲道：「你認清楚了就是這地方麼？」

高行空聲音壓得更低，道：「我已將昨夜來的那封信仔細研究過數次，李家的寶藏，就在這小樓裡，據說他們數代高官，珍寶聚集之豐，天下無人能及。」

他一面說話，一面用眼角瞟著那黑衣人。

黑衣人遠遠的站在那裡，正低著頭在看草叢中兩隻蟋蟀相鬥，似乎根本未注意他們在說話。

諸葛剛眼睛發著光，道：「珍寶倒還是小事，但老李探花的古玩字畫，和小李探花的武功秘笈，卻是幫主志在必得的，你我今日萬萬不可空手而回。」

高行空點頭，龍小雲已走下了樓。

諸葛剛立刻展顏而笑，道：「令堂大人可曾答應了麼？」

龍小雲面上帶著詫異之色，搖著頭道：「家母不在樓上。」

諸葛剛淡淡皺了皺眉，道：「到那裡去了？」

龍小雲道：「晚輩也在奇怪，家母一向很少下樓的。」

諸葛剛道：「既是如此，想必就會回來的，我們上樓去等她吧。」

只見三個黃衫人快步奔了過來，道：「待屬下等先上去打掃打掃，再請堂主上樓。」

這三人本來站得比那黑衣人還遠，此刻飛步而來，龍小雲似乎想阻攔，又不敢阻攔，終於還是讓開了路。

諸葛剛沉吟著，揮手道：「你們先上去瞧瞧也好，只不過……」

他話還未說完，三個黃衫人腳步還未停，小樓忽然躍下了一條人影，人在空中，手裡的長鞭已揮出。

只聽「呼」的一聲，三丈長鞭忽然抖出了三個圓圈，不偏不倚恰巧套上了這三人的脖子。

長鞭一鬆，「格」的一聲，又鬆開。

第一人連聲音都未發出，就已倒了下去，頭顱軟軟的歪在一邊，脖子竟已生生被長鞭勒斷了。

氣。

第二人慘呼了一聲，仰天跌倒，舌頭已吐出來，雙眼怒凸，急劇的喘息了幾聲，終於還是斷了氣。

第三人手掩著咽喉，奔出數步，才撲面跌倒，身子不停的在地上顫動著，喉嚨裡發出了一連串「格格」之聲。

他僥倖還未死，卻比死還要痛苦十倍。

自小樓上掠下的人這時才飄落下地，一張枯瘦蠟黃的馬臉上，帶著比巴掌還大的一塊青記，赫然正是「鞭神」西門柔。

他一鞭揮出，就有三人倒地，連諸葛剛都不禁爲之聳然動容。

只有那黑衣人面上卻露出不屑之色，淡淡道：「鞭神蛇鞭原來也不過如此。」

他仰起頭，長長嘆了口氣，意興似乎更蕭索。

他似乎覺得很失望。

要知西門柔這一鞭力道若是用足，那三人便得立刻同時死在他鞭下，但此刻三人死時既有先後，死法也不一樣，顯見西門柔這一鞭力量拿捏得還未能恰到好處，是以鞭上的力道分佈不勻，火候還差了半分。

諸葛剛眼睛亮了，陰惻惻笑道：「西門柔，昨夜你僥倖逃脫，今日看你還能逃得了麼？」

西門柔鐵青著臉，掌中蛇鞭突又飛出。

這一鞭來得無聲無息，直到鞭梢捲到後，才聽到「嗤」的一聲急響，顯見他這一鞭速度之快，猶在聲音之上。

就在這時，諸葛剛身子突然倒翻而起，鐵拐凌空迎上了長鞭，鞭梢反捲，立刻毒蛇般將鐵拐捲住。

只聽「篤」的一聲，鐵拐插入地下。

諸葛剛單足朝天，倒立在鐵拐上，整個人忽然有如陀螺般旋轉起來，鐵拐也團著他轉。

纏在鐵拐上的長鞭，愈纏愈緊，愈捲愈短，西門柔的人也不由自主被拉了過來，三丈長的蛇鞭轉瞬間已有大半被捲在鐵拐上。

只因西門柔單手揮鞭，諸葛剛卻是全身都支在鐵拐上，是以西門柔鞭上的力道，無論如何也萬萬比不上鐵拐之強。

他面色由青變紅，由紅變白，一粒粒汗珠由鼻子兩側沁了出來。

諸葛剛大喝一聲，倒立在鐵拐上的身子，忽然橫掃而出。

這一招看來活脫脫正又是一著「橫掃千軍」，只不過他以人作拐掃出，卻以拐作人釘在地上。

鐵拐是死的，人卻是活的，這一招「橫掃千軍」被他使出來，實已脫胎換骨，妙到毫巔。

西門柔若將鞭撒手，自然可以避開這一著，只是他以「鞭神」爲號，若將長鞭撒手，以後還有何面目見人。

他長鞭若不撒手，只有以剩下的左手硬碰硬去接這一腳，手上的力量怎及腳上強，這一招接下手，他這隻手勢必要被踢碎。

其實若論武功內力，臨陣變化，西門柔都絕不在諸葛剛之下，但諸葛剛這一招「橫掃千軍」卻是練來專門對付西門柔的。

西門柔畢竟也是一等一的高手，臨危不亂，輕叱一聲，身形忽然展動，圍著鐵拐飛轉不停。

他自然是想將纏在鐵拐上的長鞭撤出，怎奈諸葛剛卻也早已算準了他這一著，足尖一踢，身子如倒扯風旗，也隨著旋轉起來，足尖始終不離西門柔前胸方寸之間，如影隨形，如蛆附骨。

這一招變化之生動奇妙，委實無與倫比。

只有那黑衣人卻又嘆了口氣，喃喃道：「金剛鐵拐原來也不過如此……」

要知諸葛剛這一招時間部位若真拿捏得分毫不差，這一腳踢出，西門柔便該無處閃避應聲倒地。此刻他這招使得顯然還慢了一些，但縱然如此，西門柔已是被逼入死地，危在頃刻。

他身形雖快，但繞著圓圈在外飛轉，無論如何也不如圓中心的鐵拐急，眼見長鞭已愈收愈短，他若不撒手拋鞭，就得傷在諸葛剛足下。

唐獨目光閃動，陰惻惻笑道：「死到臨頭，又何必再作困獸之爭，我來助你一臂之力吧！」

他雙手一伸一縮，已撤出了他的獨門長刀「螳螂刀」，只見慘碧色的光華一閃，交剪般向西門柔後背劃了過去。

但他的刀剛揮出，人剛躍起，突然像是被隻無形的手迎面擊了一拳，整個人突然倒翻而出，仰天跌倒在地上。

他連一聲慘叫聲還未發出，呼吸已立刻停頓了！因爲他咽喉上已插著一把刀！

一把看來並沒有什麼特別的小刀！

每個人的臉色都變了。

諸葛剛眼角也瞥見了這柄刀，立刻失聲道：「小李飛刀！」

這一聲喚出，他心神已分，真力已散，身子突然向反方向轉動起來，但卻已是身不由主。

西門柔手腕一緊，已抽出了他的蛇鞭！

諸葛剛凌空一個翻身，倒掠兩丈，「篤」的一聲，鐵拐落地，他的人也立刻又似釘在地上，穩如泰山。

但他的眼睛卻是驚慌不定，只見小樓外已慢慢的走出一個人來。

這人衣衫襤褸，頭髮蓬亂，看來是那麼潦倒，那麼憔悴，但他的一雙眼睛卻比刀還要銳利。

諸葛剛的手緊握鐵拐，指節卻已因用力而發白，嘎聲道：「小李探花？」

這人淡淡笑了笑，道：「不敢。」

「篤」的，諸葛剛不由自主又退後了一步，厲聲道：「你我素無冤仇，你何苦來跟我們作對？」

李尋歡淡淡道：「我從不願和人作對，卻也不喜歡別人跟我作對。」

他輕撫著手裡的刀鋒，悠悠道：「這裡並沒有什麼寶藏，各位徒勞往返，我也覺得抱歉得很……各位走的時候，就請將帶來的禮物再帶走吧。」

諸葛剛、上官飛、高行空，眼睛盯著他手裡的刀鋒，咽喉裡就像是已被件冰冷的東西塞住，再也說不出一句話來。

燕雙飛忽然大喝一聲，道：「我們若不走又待如何？」

李尋歡淡淡一笑，道：「奉勸閣下，不如還是走了的好。」

燕雙飛厲聲道：「李尋歡，我早就想和你一較高低了，別人怕你，我燕雙飛卻不怕你！」

他反手扯開了長衫，露出了前胸兩排飛槍。

只見紅纓飄飛，槍尖在秋日下閃閃的發著光，就像是兩排野獸的牙齒，在等著擇人而噬。

李尋歡卻連瞧也未瞧他一眼。

燕雙飛大喝一聲，雙手齊揮，霎眼間已發出九柄飛槍，但見紅纓漫天，還未擊到李尋歡面前，突又紛紛掉了下來。

再看燕雙飛竟已仰天跌倒，咽喉上赫然已多了柄雪亮的飛刀！

小李飛刀！

誰也未看出這柄刀是何時刺入他咽喉的，但顯然就在他雙手剛揮出的那一剎那間。

他手上的力量還未完全使出，刀已刺入了他咽喉，是以發出去的飛槍勢力也不足，才會半途跌落在地。

好快的刀！

燕雙飛雙睛怒凸，目中充滿了驚疑不信之色，他一直認為自己出手已夠快的了，始終不信還有比他更快的。

他死也不信世上竟有如此快的刀！

那黑衣人俯首瞧了瞧燕雙飛的屍身，嘴角露出一絲冷笑，淡淡道：「我早已說過，你若能和他較量，那才是怪事，你如今相信了麼？」

他緩緩抬起頭，凝視著李尋歡一字字道：「小李飛刀果然未令我失望。」

李尋歡道：「閣下是……」

黑衣人打斷了他的話，緩緩道：「我久慕小李探花之名，今日相見，卻無以爲敬……」

他說這裡，突然旋身。

只聽「嗆」的一聲龍吟，劍已出手。

劍身也是烏黑色的，不見光華，但劍一出鞘，森寒的劍氣已逼人眉睫。

高行空只覺心頭一寒，烏黑的劍已無聲息到了他雙目之間，森寒的劍氣已針一般刺入了他眼睛。

他剛閉上眼睛，疼痛已消失。

他已倒了下去。

諸葛剛只看到鐵劍一揮，高行空眉心的血就已箭一般標出，非但沒有招架，也沒有閃避。

他了解高行空的武功，也知道高行空絕不是這黑衣人的敵手，但他卻不懂高行空爲何連閃避都沒有閃避。

可是這時他已沒有再思索的餘地，他只覺一陣砭人肌膚的寒氣襲來，當下大喝一聲，鐵拐帶著風聲橫掃而出。

他號稱「橫掃千軍」，以「橫掃千軍」成名，這一招「橫掃千軍」使出來，實在是神充氣足，威不可當。

黑衣人鐵劍反手揮出。

只聽「噹」的一聲，火星四濺，六十三斤的金剛鐵拐迎著劍鋒便已斷成兩截，鐵劍餘勢更猛！諸葛剛但覺面目一寒，也不再有痛苦。

他也倒了下去。

這只不過是頃刻間事，西門柔忽然仰天長嘆了一聲，黯然道：「看來今日之江湖，已無我西門柔爭雄之地了……」

他跺了跺腳，沖天掠過，只一閃便已消失在屋脊後。

他身形剛掠起，上官飛身形也展動。

就在這時，劍氣已撲面而來。

上官飛長嘯一聲，掌中子母鋼環突出。

又是「叮」的一聲，火星四濺，鋼環竟將鐵劍生生夾住。

黑衣人輕叱道：「好！」

「好」字出口，他鐵劍一橫，鋼環齊斷。

劍已逼住了上官飛咽喉。

上官飛閉上了眼睛，面上仍是冷冷淡淡，全無表情，這少年的心腸就像是鐵石所鑄，既不知道什麼是驚慌，也不知道什麼是恐懼。

黑衣人盯著他，冷冷道：「你可是上官金虹的門下弟子？」

上官飛點了點頭。

黑衣人道：「我劍下本來從無活口，但你年紀輕輕，能接我一劍也算不易……」

他平轉劍鋒，輕輕在上官飛肩頭一拍，道：「饒你去吧！」

上官飛還是站著不動，緩緩張開了眼睛，瞪著黑衣人道：「你雖不殺我，但有句話我卻要對你說明。」

黑衣人道：「你說。」

上官飛一字字道：「今日你雖放了我，他日我卻必報此仇，到那時我絕不會放過你！」

黑衣人突然仰天大笑起來，道：「好，果然不愧是上官金虹的兒子……」

他笑聲驟然停頓，瞪著上官飛道：「他日你若能令我死在你手上，我非但絕不怪你，而且還會引以爲傲，因爲畢竟沒有看錯了人。」

上官飛面上仍然毫無表情，道：「既是如此，在下就告辭了！」

黑衣人揮手道：「你好好幹去吧，我等著你！」

上官飛目光凝視著他，慢慢躬身一揖，慢慢的轉過身……

黑衣人突又喝道：「且慢！」

上官飛慢慢的停下了腳步。

黑衣人道：「你記著，今日我放你，並非因爲你是上官金虹之子，而是因爲你自己！」

上官飛沒有回頭，也沒有說話，慢慢的走了出去。

黑衣人目送著上官飛的背影，良久良久，才轉過身面對著李尋歡，以劍尖指著地上的兩具屍身，淡淡道：「今日相見，無以爲敬，謹以此二人爲敬，聊表寸心。」

李尋歡沉默著，凝視著他掌中鐵劍，忽然道：「嵩陽鐵劍？」

黑衣人道：「正是郭嵩陽。」

李尋歡長長嘆了口氣，道：「嵩陽鐵劍果然名下無虛！」

郭嵩陽也俯首凝視著自己掌中的鐵劍，緩緩道：「卻不知嵩陽鐵劍比起小李飛刀又如何？」

李尋歡淡淡一笑，道：「我倒不想知道這答案。」

郭嵩陽道：「爲什麼？」

李尋歡道：「因爲……你我無論誰想知道這答案，只怕都要後悔的。」

郭嵩陽霍然抬頭。

他灰色的臉上，似已起了種激動的紅暈，大聲道：「但這件事遲早還是要弄明白的，是麼？」

李尋歡長嘆著，喃喃道：「我只希望愈遲愈好……」

郭嵩陽厲聲道：「我倒希望愈早愈好。」

李尋歡道：「哦？」

郭嵩陽道：「你我一日不分高下，我就一日不能安心。」

李尋歡沉默了許久，才又嘆了口氣，道：「你想在什麼時候？」

郭嵩陽道：「就在今日！」

李尋歡道：「就在此地？」

郭嵩陽目光一掃，冷笑道：「此間本是你的舊居，我若在此地與你交手，已被你先佔了地利。」

李尋歡微笑著點了點頭，道：「不錯，就憑這句話，閣下已不愧為絕頂高手。」

郭嵩陽道：「但時間既已由我來選，地方便該由你來決定。」

李尋歡笑了笑，道：「那倒也不必。」

郭嵩陽也沉默了許久，才斷然道：「好，既是如此，請隨我來！」

李尋歡道：「請。」

他走了兩步，卻又忍不住回頭向小樓上望了一眼。

他這才發現龍小雲一直在狠狠的盯著他，目中充滿了怨毒之色。

郭嵩陽的鐵劍無論多神妙，諸葛剛無論死得多麼慘，都未能使這孩子的目光移開片刻。

但李尋歡一看到他，他立刻就笑了，躬身道：「李大叔，你老人家好。」

李尋歡暗中嘆息了一聲，微笑著道：「你好。」

龍小雲道：「家母時時刻刻在惦記著你老人家，大叔你也該常來看看我們才是。」

李尋歡苦笑著點了點頭。

這孩子的話，常常都使他不知該如何回答才好。

龍小雲眼珠子一轉，突然拉住了他的衣袖，悄聲道：「那人看樣子很兇惡，大叔還是莫要跟他去吧。」

李尋歡苦笑道：「你長大了就會知道，有些事你縱然不願意去做，卻也非做不可的。」

龍小雲道：「可是……可是……大叔你若萬一有個三長兩短，還有誰會來保護我們母子兩人呢？」

李尋歡似乎突然怔住了。

也不知過了多久，他再次抬起頭來的時候，才發現林詩音不知何時已出現在樓頭，正俯首凝視著他們。

她目中雖有敘不盡的怨苦，卻又帶著些欣慰之色。

她的愛子終於和李尋歡和好了，而且看來還如此親密，世上還有什麼更令她覺得高興的事呢？

李尋歡只覺心裡一陣刺痛，竟不敢再抬頭。

龍小雲已高聲喚道：「媽，你看，李大叔剛來就要走了。」

林詩音勉強笑了笑，道：「李大叔有事，他……他不能不走的。」

她的笑容看來是那麼淒涼，那麼幽怨，李尋歡此刻若是抬頭看到，他的心只怕要碎了。

龍小雲道：「媽，你難道沒有什麼話要跟李大叔說麼？」

林詩音的嘴唇輕輕顫抖著，道：「有什麼話等他回來時再說也不遲。」

龍小雲嘟起了嘴，眨著眼道：「我看……李大叔這一去，只怕就再也回不來了。」

林詩音輕叱道：「胡說，快上來，讓李大叔走。」

龍小雲終於點了點頭，緩緩放開李尋歡的衣袖，垂首道：「好，大叔你走吧，也不必再記掛我們，我母子反正是無依無靠慣了，誰都不必爲我們擔心。」

他揉著眼睛，似已在啼哭。

郭嵩陽已走上了小橋頭，正抱著手在冷冷的瞧著他們。

李尋歡終於轉身走了過去。

他既沒有抬頭去瞧一眼，也沒有說話。

此時此刻，無論說什麼都已是多餘的，何況，他也根本不知道該說什麼，也不敢再看林詩音的眼色。

一個人若用情太專，看來反倒似無情了。

直到他走遠，龍小雲才抬起頭，盯著他的背影，目中充滿了怨毒之意，嘴角也帶著種惡毒的微笑，喃喃道：「我知道你現在心裡一定很難受，我就是要你難受，無論誰像你這樣的心情時還要去跟郭嵩陽這樣的高手決鬥，實無異自尋死路！」

牆外的秋色似乎比牆內更濃。

郭嵩陽雙手縮在衣袖中，慢慢的在前面走著。

李尋歡默默的跟在他身後。

路很長，窄而曲折，也不知盡頭處在那裡。

秋風瑟瑟，路旁的草色已枯黃。

郭嵩陽走得雖慢，步子卻很大。

李尋歡目光凝視著他的腳步，似已看得出神。

路上的土質很鬆，郭嵩陽每走一步，就留下個淺淺的腳印，每個腳步的深淺都完全一樣。

每個腳步間的距離也完全一樣。

他看來雖似在漫不經心的走著，其實卻正在暗中催動著身體裡的內力，他的手足四肢已完全協調。

是以他每一步踏出，都絕不會差錯分毫。

等他的內力催動到極致，身體四肢的配合協調也到了巔峰時，他立刻就會停下來——

那就是路的盡頭。

卅二 知己仇敵

到了那裡，他們兩人中就有一人的生命也到了盡頭！

李尋歡很明白這點。

郭嵩陽的確是很可怕的對手！

李尋歡這一生中，也許直到今天才遇著個真正的對手！

每個練武的人，武功練到巔峰時，都會覺得很寂寞，因為到了那時，他就很難再找到一個真正的對手。

所以有人不惜「求敗」，因為他覺得只要能遇著一個真正的對手，縱然敗了，也是愉快的。

但李尋歡此刻的心情卻一點也不愉快。

他的心亂極了。

他知道以自己此刻這種心情，去和郭嵩陽這樣的對手決鬥，勝算實不多，自己這一去，能回來的機會只怕很少。

這條路的盡頭處，也許就是他生命的盡頭處！

這條路也許就是他的死路！

他並不怕死，可是他現在能死麼？

四野愈來愈空曠，遠遠可以望見一片楓林。

楓葉紅如血！

「難道那就是路的盡頭？」

郭嵩陽的步子愈來愈大，留下來的腳印卻愈來愈淡了，顯見他身體內外一切都已漸漸到達巔峰。

到那時，他的精神、內力、肉體，都將和他的劍融而爲一，他的劍就不再是無知的鋼鐵，而有了靈性。

到那時，他一劍刺出，必將是無堅不摧，勢不可當的！

李尋歡突然停下了腳步。

他並沒有說話，也沒有發出絲毫聲音，但郭嵩陽卻已感覺到了，他的精神已進入虛明，已渾然忘我。

天地間萬事萬物的變化，都再也逃不出他的耳目。

他沒有回頭，一字字道：「就在這裡？」

李尋歡沉默了很久，緩緩道：「今天……我不能和你交手！」

郭嵩陽霍然轉過身，目光刀一般瞪著李尋歡，厲聲道：「你說什麼？」

李尋歡垂下了頭，心在刺痛著。

他知道到了這時再說「不能交手」，實無異臨陣脫逃，這種事他本來寧死也不肯做的。

但現在卻非做不可。

郭嵩陽厲聲道：「你說你不能和我交手？」

李尋歡無言的點了點頭。

郭嵩陽道：「爲什麼？」

李尋歡長長的嘆了口氣，道：「我承認敗了！」

郭嵩陽張大了眼睛，瞪著他，就像是從未見過這個人似的。

良久良久，郭嵩陽忽也長長嘆息了一聲，道：「李尋歡，李尋歡，你果然不愧爲當世的英雄！」

李尋歡黯然笑一笑，道：「英雄？像我這樣的人能算是英雄？」

郭嵩陽搖了搖頭，嘆息著道：「普天之下，也許只有你才能算得上是英雄！」

李尋歡還沒有說話，郭嵩陽已接著道：「你說你已承認敗了，是麼……但我卻知道一個人肯認輸時需要多大的勇氣，這句話我也許寧死也不願說的。」

他笑了笑，又接著道：「但死卻容易多了，能爲了別人而寧可自己認輸，自己受委屈，這才是真正的英雄！真正的男子漢！」

李尋歡嘎聲道：「你……」

他只覺心頭激動，不能自已，只說一個字喉嚨就似已被塞住。

郭嵩陽道：「我很了解你，你說你不能和我交手，只因你覺得你自己現在還不能死，你知道還有人需要你照顧，你不能拋下她不管！」

李尋歡黯然無言，熱淚幾乎已將奪眶而出。

一個最可靠的朋友，固然往往會是你最可怕的仇敵，但一個可怕的對手，往往也會是你最知心的朋友。

因爲有資格做你對手的人，才有資格做你的知己。

因爲只有這種人才能了解你。

李尋歡心裡也不知是高興？是難受？還是感激？只不過無論是那種感情，都是他無法說出口來的。

郭嵩陽忽然又道：「但我今日還是非和你交手不可！」

李尋歡愣了愣，道：「爲什麼？」

郭嵩陽淡淡一笑，道：「普天之下，又有幾個李尋歡？今日我若不與你交手，他日再想找你這樣對手，只怕是永遠找不到的了！」

李尋歡緩緩道：「只要此間事了，閣下他日相邀，我隨時奉陪。」

郭嵩陽搖了搖頭，道：「到那時，你我只怕更無法交手了。」

李尋歡道：「爲什麼？」

郭嵩陽目光移向遠方，遠方天上，正有朵白雲冉冉飄動。

他面上帶著一絲黯淡的微笑，一字字道：「到那時，你我說不定已成了朋友！」

李尋歡沉默了很久，黯然道：「寧可與我爲敵，卻不願做我的朋友？」

郭嵩陽沉下了臉，厲聲道：「郭某此生已獻與武道，那有餘力再交朋友？何況……」

他語聲又漸漸和緩，接著道：「朋友易得，能肝膽相照的對手卻無處可尋……」

這「肝膽相照」四字，本是用來形容朋友的，他此刻卻用來形容仇敵，若是別人聽到，非但難以明瞭，只怕還會發笑。

但李尋歡卻很了解他的意思。

郭嵩陽道：「放眼天下，能與我一決生死的對手，自然不止你一人，但武力縱然強勝我十倍的人，我也未必放在眼裡，若要我死在他們手上，更是心有不甘！」

李尋歡嘆道：「不錯，要找個能令你尊敬的朋友並不困難，要找個能令你尊敬的仇敵卻太難了。」

郭嵩陽厲聲道：「正是如此，是以今日你我一戰，勢在必行，郭嵩陽今日縱然死於你手，亦是死而無憾！」

李尋歡黯然道：「可是我……」

郭嵩陽揚手打斷了他的話，道：「你的意思我都了解，今日你若不幸戰死，你的未了心願，我必替你完成，你所要保護的人，我絕不容許他人傷及她毫髮。」

李尋歡長揖到地，肅然道：「得此一言，李尋歡死有何憾？……多謝！」

他生平從未向人說過「謝」字，此刻這「多謝」二字卻是發自心底。

郭嵩陽也還了一揖，肅然道：「多謝成全，請！」

李尋歡道：「請！」

朋友間能互相尊敬，固然可貴，但仇敵間的敬意卻往往更難得，也更令人感動。

只可惜這種情感永遠是別人最難了解的！

也許就因爲它難以了解，所以才更彌足珍貴。

風吹過，捲起了漫天紅葉。

楓林裡的秋色似乎比林外更濃了。

劍氣襲人，天地間充滿了淒涼肅殺之意。

郭嵩陽反手拔劍，平舉當胸，目光始終不離李尋歡的手！

他知道這是隻可怕的手！

李尋歡此刻已像是變了個人似的，他頭髮雖然是那麼蓬亂，衣衫雖仍那麼襤褸，但看來已不再潦倒，不再憔悴！

他憔悴的臉上已煥發出一種耀眼的光輝！

這兩年來，他就像是一柄被藏在匣中的劍，韜光養晦，鋒芒不露，所以沒有人能看到它燦爛的光華！

此刻劍已出匣了！

他的手伸出，手裡已多了柄刀！

一刀封喉，例無虛發的小李飛刀！

風更急，穿林而過，帶著一陣陣淒厲的呼嘯聲。

郭嵩陽鐵劍迎風揮出，一道烏黑的寒光直取李尋歡咽喉，劍還未到，森寒的劍氣已刺碎了西風！

李尋歡腳步一溜，後退了七尺，背脊已貼上了一棵樹幹。

郭嵩陽鐵劍已隨著變招，筆直刺出。

李尋歡退無可退，身子忽然沿著樹幹滑了上去。

郭嵩陽長嘯一聲，沖天飛起，鐵劍也化做了一道飛虹。

他的人與劍已合而為一。

逼人的劍氣，摧得枝頭的紅葉都飄飄落下。

離枝的紅葉又被劍氣所摧，碎成無數片，看來就宛如滿天血雨！

這景象淒絕！亦艷絕！

李尋歡雙臂一振，已掠過了劍氣飛虹，隨著紅葉飄落。

郭嵩陽長嘯不絕，凌空倒翻，一劍長虹突然化做了無數光影，向李尋歡當頭灑了下來。

這一劍之威，已足以震散人的魂魄！

李尋歡周圍方圓三丈之內，卻已在他劍氣籠罩之下，無論任何方向閃避，都似已閃避不開的了。

只聽「叮」的一聲，火星四濺。

李尋歡手裡的小刀，竟不偏不倚迎上了劍鋒。

就在這一瞬間，滿天劍氣突然消失無影，血雨般的楓葉卻還未落下，郭嵩陽木立在血雨中。

他的劍仍平舉當胸。

李尋歡的刀也還在手中，刀鋒卻已被鐵劍折斷！

他靜靜的望著郭嵩陽，郭嵩陽也靜靜的望著他。

兩個人面上都全無絲毫表情。

但兩個人心裡都知道，李尋歡這一刀已無法再出手。

小李飛刀，急如閃電，就因爲刀鋒破風，其勢方急，此刻刀鋒既已折斷，速度便要大受影響。

這柄刀縱然出手，也是無法傷人的了！

常勝不敗的小李飛刀，此刻竟是有敗無勝！

李尋歡的手緩緩垂下！

最後的一點楓葉碎片也已落下。楓林中又恢復了靜寂！

死一般的靜寂。

郭嵩陽長長嘆息了一聲，慢慢的插劍入鞘。

他面上雖仍無表情，目中卻帶著種蕭索之意，黯然道：「我敗了！」

李尋歡道：「誰說你敗了？」

郭嵩陽道：「我承認敗了！」

他黯然一笑，緩緩接著道：「這句話我本來以爲死也不肯說的，現在說出了，心裡反覺痛快得很，痛快得很，痛快得很……」

他一連說了三遍，忽然仰天而笑。

淒涼的笑聲中，他已轉身大步走出楓林。

李尋歡目送他遠去，又彎下腰不停的咳嗽起來。

就在這時，突然一人拍手道：「了不起，了不起，實在太了不起……」

聲音清脆，如出谷黃鶯。

李尋歡抬起頭，就看到一個梳著大辮子的小姑娘穿林而來，竟是那說書老人的孫女兒。

她連那雙動人的大眼睛裡都帶著笑意，道：「能看到兩位今日一戰，連我也死而無憾的了！」

李尋歡也許還沒有說話的心情，所以只笑了笑。

辮子姑娘道：「昔日帝王谷主蕭王孫與藍大先生戰於泰山絕頂，藍大先生持百斤大鐵錐，蕭王孫用的卻是根衣帶，他以至柔敵至剛，與藍大先生惡戰一晝夜，據說天地皆爲之變色，日月也失卻光彩。」

她嬌笑道：「你說這一戰精彩不精彩？」

李尋歡微笑道：「聽姑娘說得如此生動，我幾乎也像是到了泰山絕頂，得見帝王谷主與藍大先生的雄風，實在是精彩極了。」

辮子姑娘抿嘴笑道：「想不到你說的話比你的飛刀還要厲害得多。」

李尋歡道：「哦？」

辮子姑娘嬌笑道：「你一劍雖然可以要人的命，但你只要說一句話，卻可令女孩子們將心都交給你，要女人的心，豈非比要男人的命困難多了麼？」

她用那雙勾魂攝魄的大眼睛瞟著他，連李尋歡都已覺得有些受不了，他從未想到這小姑娘竟如此「可怕」。

幸好辮子姑娘已接著道：「昔年『水母』陰姬號稱天下第一高手，但『俠盜』楚留香的膽子卻比天還大，竟直闖神水宮，獨鬥陰姬，兩人由地上打到水裡，再由水裡打到半空，『水母』陰姬的武功雖無敵，到最後還是被楚留香打敗了！」

她又嬌笑著問道：「你說這一戰精彩不精彩？」

李尋歡不敢再多話，點頭笑道：「精彩極了。」

辮子姑娘道：「這些戰役雖然驚天動地，而且還能名留千古，但比起兩位方才那一戰來，卻還是差得遠了。」

李尋歡笑道：「我一向不是個謙虛的人，卻也有自知之明，姑娘也未免太過獎了吧。」

辮子姑娘正色道：「我說的是真話，你本有三次機會可致郭嵩陽的死命，但卻都未出手，到後來你殺氣已竭，刀鋒已折，郭嵩陽說不定已可將你置之於死地，但他卻心甘情願的認敗服輸了……」

她輕輕嘆了口氣，接著道：「像你們這樣，才真正是男子漢大丈夫，才真正無愧於英雄本色，你若一刀殺了他，他若一刀殺了你，你們的武功就算再高，我也不會瞧在眼裡。」

李尋歡默然半晌，長嘆道：「郭嵩陽的確不愧為真英雄！」

辮子姑娘道：「你呢？」

李尋歡苦笑著搖了搖頭，道：「我？……我又算得了什麼！」

辮子姑娘眼珠子一轉，道：「我問你，他第一劍揮出，用的是什麼招式？」

李尋歡道：「風捲流雲。」

辮子姑娘道：「第二招呢？」

李尋歡道：「流星追月。」

辮子姑娘道：「他由第一招『風捲流風』，變為第二招『流星追月』時，變化太急，是以劍法中就有了破隙，你的飛刀若在那一刹那間出手，是不是立刻可以要他的命？」

李尋歡不說話了。

卅三 驚人之語

辮子姑娘道：「這是你錯過殺他的第一次機會，你還要不要我再說第二次？」

李尋歡苦笑道：「不說也罷。」

辮子姑娘冷笑道：「別人都說李尋歡是個真正的男人，想不到原來也有些娘娘腔。」

李尋歡平生也挨過不少罵，但被人罵做「娘娘腔」，這倒還真是生平第一次，他實在有些哭笑不得。

辮子姑娘的大眼睛瞅著他，道：「你既然沒話說，為什麼不咳嗽呢？」

李尋歡嘆了口氣，道：「姑娘目光如炬，想必也是位高人，我倒失敬了。」

辮子姑娘又嫣然一笑，抿著嘴道：「你少捧我，我還沒有你肩膀那麼高，怎麼能算是高人？」

李尋歡果然已忍不住咳嗽起來。

辮子姑娘柔聲道：「我知道你一向不願自誇自讚，總是替別人吹噓，這是你的好處，卻也正是你的毛病，一個人既然活著，就不能太委屈自己。」

李尋歡道：「姑娘……」

辮子姑娘嘟起嘴，道：「我既不姓『姑』，也不叫做『娘』，你為什麼總是叫我姑娘。」

李尋歡也笑了，他忽然覺得這女孩子很有趣。

辮子姑娘板著臉道：「我姓孫，叫孫小紅，可不是上官金虹那個『虹』，而是紅黃藍白那個『紅』。」

李尋歡道：「在下李……」

辮子姑娘道：「你的名字我早就知道了，而且早就想找你鬥一鬥！」

李尋歡愕然道：「鬥什麼？」

孫小紅格格笑道：「我自然不會找你鬥武功，若論武功，我再練一百年也比不上你，我是想找你鬥酒的，我只要聽說有人酒量比我好，心裡就不服氣。」

李尋歡失笑道：「我知道喝酒的人都有這毛病，卻想不到你也有同病。」

孫小紅道：「只不過我現在找你鬥酒，未免佔了你的便宜。」

李尋歡道：「為什麼？」

孫小紅板起了臉，正色道：「你方才和人拚過命，體力自然差些，酒量也未免要打個折扣，喝酒也和比武一樣，天時地利人和，這三樣是一樣也差不得的。」

李尋歡笑道：「就憑你這一句話，已不愧為酒中高手，能與你這樣的高手鬥酒，醉亦無憾。」

孫小紅大眼睛裡發出了光，那是個欣喜的光芒，也是種讚賞的光芒，但她的臉卻還是故意板著，道：「那麼……我既已佔了天時，就不能再佔地利，這地方就由你來選吧。」

李尋歡忍住了笑，道：「既是如此，請隨我來。」

孫小紅道：「請！」

黃昏以前，正是一天中生意最清淡的時候。

孫駝子正坐在門口曬太陽。

就在這時候，李尋歡帶著孫小紅來了，孫駝子再也想不到這兩人會湊在一起，而且還有說有笑的。

這兩人會成爲朋友，倒真是件怪事。

李尋歡故意不去看孫駝子的表情，心裡卻也覺得好笑，他實在連自己也不知道自己怎會和這位小姑娘交上朋友的。

這位小姑娘說起話來就像是百靈鳥，一開口就「吱吱喳喳」的說個不停，而且有時簡直叫人招架不住。

李尋歡一向認爲世上只有兩件事最令他頭疼。

第一件就是吃飯時忽然發現滿桌上的人都是不喝酒的。

第二件就是忽然遇著個多嘴的女人。

這第二件事往往比第一件事更令他頭疼十倍。

奇怪的是，他現在非但一點也不覺得頭疼，反而覺得很愉快。

大多數酒量好的人，總喜歡有人來找他拚酒的，只要有人來找他拚酒，別的事都可暫時放到一邊。

這拚酒的對手若是個漂亮女人，那就更令人愉快了。

一個女人若是又聰明、又漂亮、又會喝酒，就算多嘴些，男人也可以忍受的——但除了這種女人外，別的女人還是少多嘴的好。

一路上，李尋歡已知道，那說書的老頭子叫孫白髮，就是這位孫小紅姑娘的爺爺，她父母很早就死了，一直都是跟著爺爺過活的，祖孫兩人相依為命，簡直從來也沒有一天離開過。

聽到這裡，李尋歡就忍不住要問她：「那麼你爺爺現在為何沒有在你身邊呢？」

孫小紅這次的回答倒很簡單。她說：「我爺爺到城外接人去了。」

李尋歡本來還想問她：「接人為何要到城外去接？」

「接的人是誰？」

「既然只不過是去接人，為什麼不帶你去？」

但李尋歡一向很識相，也一向不願被人看成是個多嘴的男人——和孫小紅在一起，也根本就沒有機會讓他多嘴。

她好像存心不讓李尋歡再問第二句話，已搶著先問他：「小李飛刀，例不虛發，你這手飛刀是怎麼練出來的呢？」

「聽說你有個好朋友叫『阿飛』，他出手之快，也和你差不多，但現在他已忽然失蹤了，你知不知道他在那裡？」

「你也失蹤了兩年，江湖中誰也想不到你原來一直躲在孫駝子的小店裡，你爲什麼要躲在那裡？」

「現在你行藏既露，以後來找你的人一定不少，你是不是還打算留在這裡？如果你想走，又要去那裡？」

「梅花盜究竟是什麼人？」

「他已有兩年未露面，是不是已被人除去了？」

「他是被誰除去的？是不是你？」

孫小紅問的這些話，李尋歡一句也沒有答覆——有些話固然是他不願回答的，有些話卻連他自己也不知該如何回答。

他早已猜出林仙兒就是梅花盜。

他也早已知道阿飛是絕不忍向林仙兒下手的。

那天，他還是讓阿飛去了，他知道這少年的外表雖冷酷，但心裡面卻蘊藏像火一般的熱情。

他知道阿飛必定是帶著林仙兒走了。

但他們到那裡去了呢？

林仙兒以後是不是會洗心革面，重新做人？

林仙兒是不是真的會對阿飛生出感情？

想起這些問題，李尋歡就不免要嘆息。

他也不知道今後自己該怎麼打算？

直到了孫駝子的小店，坐了下去，他才暫時停止去想這些令他煩惱的事，因為這時酒已擺到他面前。

孫小紅一直在瞅著他，眼睛裡帶著溫柔的笑意。彷彿她不但很欣賞這個人，也很了解這個人。

李尋歡抬起頭，接觸到她的溫柔的眼光。

他的心居然跳了跳。

孫小紅嫣然笑道：「現在我們可以開始拚酒了麼？」

李尋歡道：「好。」

孫小紅眼波流動，道：「那麼，你說我們該如何拚法？」

李尋歡道：「拚酒難道還有許多種方法？」

孫小紅道：「當然了，你不知道？」

李尋歡笑道：「我只知道一種方法，那就是大家都把酒喝到肚子裡去，誰喝的酒先在肚子裡造反，誰就輸了。」

孫小紅「噗哧」一笑，又忍住，搖著頭道：「如此看來，你喝酒的學問還是不夠。」

李尋歡道：「哦？」

孫小紅道：「拚酒有文拚，有武拚。」

李尋歡道：「文拚是如何拚法？武拚又是如何拚法？」

孫小紅道：「你剛剛說的法子，就是武拚，那簡直就是牛飲。」

李尋歡道：「牛飲？」

孫小紅道：「大家直著脖子，把酒拚命往嘴裡倒，不是牛飲是什麼？」

李尋歡笑道：「不把酒往嘴裡倒，難道往耳朵裡倒？」

孫小紅笑也不笑，板著臉道：「你要真能用耳朵喝酒，我倒真比不過你，只好算你贏了。」

李尋歡笑道：「用耳朵喝酒太慢，我可沒那麼斯文。」

孫小紅道：「我一個女孩子，怎麼能跟你武拚，但文拚也有許多種，你可以隨便選一種。」

李尋歡道：「有那幾種？」

孫小紅道：「有猜拳行令，擊鼓傳花，但這些法子都太俗氣，像我們這種人拚酒，自然不能用這麼俗氣的法子。」

李尋歡道：「如此說來，還剩下幾種法子來讓我選呢？」

孫小紅道：「只剩下一種法子。」

李尋歡忍不住笑了。

孫小紅自己也忍不住笑了，嫣然道：「雖然只剩下一種法子，但這種法子不但最新奇，也最有趣，就算有一萬種法子，你也一定會選這種的。」

李尋歡笑道：「酒已在桌上，我只想快點喝下去，用什麼法子都無妨。」

孫小紅道：「好，你聽著，這法子其實也簡單得很。」

李尋歡只好聽著。

孫小紅道：「我問你一句話，你若能回答，就算你贏了，我就得喝一大杯。」

李尋歡道：「我若答不出，就算輸了麼？」

孫小紅道：「你就算回答不出，也不算輸，直到我將自己問的這問題回答出來，你才算輸。」

她嫣然一笑，接著道：「你說這法子公平不公平？好不好？」

李尋歡沉吟著，道：「我若輸了，就輪到我來問你了，是嗎？」

孫小紅搖頭道：「不對，贏的人可以一直問下去，直到輸爲止。」

李尋歡笑道：「你若一直問我些你的私人瑣事，我豈非要一直輸到底。」

孫小紅也笑了，道：「我當然不能問你那些話，我若問你，我母親是誰？我兄弟有幾人？我有幾歲？……你當然不知道。」

李尋歡道：「那麼，你準備問些什麼呢？」

孫小紅道：「只要拚酒一開始，你就可以聽到我要問些什麼。」

李尋歡拿起杯酒，笑道：「我已在準備輸了。」

孫小紅笑道：「好，你聽著，我現在就開始問你第一句話。」

她忽然歛去了笑容，目光凝視著李尋歡，一字字道：「你知不知道那封信是誰寫的？」

這句話實在問得很驚人！

李尋歡的眼睛立刻亮了，失聲道：「我不知道……你難道知道？」

孫小紅淡淡一笑，道：「我若不知道，就不會問你了，寫那封信的人就是……」

她故意停住語聲，停了很久，才緩緩接著道：「就是林仙兒！」

這問題的回答更驚人！

李尋歡雖然一向很沉得住氣，此刻也不禁聳然動容，道：「你怎麼知道是她？」

孫小紅悠然道：「現在還未輪到你問我，先喝了這杯酒再說吧！」

李尋歡立刻將杯中酒一飲而盡。

孫小紅道：「你可知道阿飛現在的情況？」

李尋歡道：「不知道。」

孫小紅道：「他雖然還是和林仙兒在一起，但林仙兒做的事，他卻完全被蒙在鼓裡。」

李尋歡急著問道：「他……他現在何處？」

孫小紅搖著，嘆著氣道：「你怎麼如此性急，等你贏了時再問也不遲呀？」

李尋歡只好將第二杯酒也喝了下去，這杯子比碗還大，他喝得比平時更快，因為他急著要聽第三個問題。

孫小紅道：「你可知道林仙兒為何要寫那封信？」

李尋歡道：「不知道。」

他雖已隱約的猜出了林仙兒的目的，卻還是無法確定。

孫小紅道：「因爲她知道只要有人想對龍夫人林詩音不利，你就一定會挺身而出的，她要誘你現身，再找人找你！因爲她一直將你當做最大的對頭，最怕的是你，最恨的也是你，你若不死，她就不敢出頭。」

李尋歡長長嘆了口氣，喝下第三杯酒。

孫小紅道：「你可知道第一個要殺你的人是誰？」

李尋歡苦笑道：「要殺我的人太多了，又豈非一個。」

孫小紅道：「但能殺得了你的人卻也許只有兩三個，第一個就是上官金虹！」

這回答並未出李尋歡意料，他喝下第四杯，卻又忍不住問道：「他現在來了麼？」

卅四 驚人的消息

孫小紅搖著頭笑道：「你看你，老毛病又犯了，還未輪到你問的時候，你偏偏要問。」

她接著又道：「上官金虹這人的脾氣，你當然知道，普通的寶藏，自然不能令他動心，這次他怎麼會動了心呢？」

李尋歡道：「不知道。」

孫小紅道：「因爲他聽說昔年天下第一位名俠沈浪是令尊的好朋友。」

李尋歡道：「沈大俠的確是先父的道義之交，但他多年前便已買棹東渡，退隱於海外之仙山，卻和這件事有何關係？」

孫小紅笑道：「我就讓你先問一問吧，不然我看你真要憋死了，但你卻得先喝三大杯，我才回答你這個問題。」

她彷彿存心想將李尋歡灌醉似的，只不過她的問題實在太驚人，回答更驚人，李尋歡明知要喝醉，也只得喝下去。

孫小紅這才接著道：「因爲他聽說沈大俠歸隱之前，曾託令尊保管兩本書，這兩本書就是他畢生所練的武功心法，你只練了其中的一本，小李飛刀就已無敵於天下，若是兩本都練成，那還得了，所以連上官金虹那樣的人也無法不動心了。」

李尋歡怔了半晌，苦笑道：「若真有這回事，怎會連我自己都不知道？」

孫小紅道：「我也知道這全是林仙兒造出來的謠言，沈大俠絕世驚才，最了解人心之弱點，又怎會留下什麼武功秘笈來讓後人爭奪。」

她笑了笑，緩緩接著道：「就算他有武功秘笈要留下，也不會留在你家，他和令尊既然是道義之交，又怎會在你家留下個禍胎？」

李尋歡嘆了口氣，道：「正是如此。」

孫小紅眨著眼，道：「我知道你心裡一定有很多問題想問我，我若不讓你贏一次，你不急死才怪，所以我現在要問你的，你一定能回答得出。」

她眼睛瞅著李尋歡，慢慢的問道：「你現在心裡頭是不是還只有她一個人？甚至不惜為她而死……我說的『她』是誰，你自然知道的。」

李尋歡又怔住了。

他從未想到孫小紅會問出這麼樣一句話來。

無論誰問他這句話，他本絕不會回答的——這是他一生中最痛苦的秘密，也是他最秘密的痛苦。

若有人問他這句話，無異將一把刀刺入他心裡。

他實在不懂孫小紅為何要問出來？

但孫小紅的目光卻仍是那麼溫柔，看不出有絲毫惡意。

少女們太多好奇，她難道也只是爲了好奇。

她自然絕不會是爲了要傷害李尋歡的，否則她怎會向李尋歡說出那麼多秘密？而且每件秘密說出後都只有對李尋歡有利。

但她究竟是誰呢？

她怎麼知道那麼多秘密？

她的祖父顯然也是位風塵異人，「孫白髮」看來只不過是他的化名，那麼，他本來的名字是什麼呢？

他出城去接的是誰？是不是上官金虹？

阿飛和林仙兒究竟藏在那裡？

這許多問題正是李尋歡不惜犧牲一切也得知道的！

李尋歡沉默了很久，終於長長嘆息了一聲，黯然道：「只道無情卻有情，情到濃時情轉薄……是無情？是有情？又有誰分得清？又有誰？……」

他語聲愈來愈低，終於連聽也聽不清了。

孫小紅也長長嘆息了一聲，幽幽道：「多情自古空餘恨，你這又是何苦？……又是何苦？……」

她聲音更低，簡直連她自己都聽不清。

過了很久，她才忽然舉杯一飲而盡，展顏笑道：「這次我認輸了，你問吧，你可以繼續問下去，但我若能回答，還是算你輸，你還是要喝一杯。」

李尋歡沉吟著，問道：「阿飛現在究竟在什麼地方？」

孫小紅笑了笑，道：「我早就知道你第一句要問的就是這句話了，除了『她』之外，阿飛恐怕就是你最關心的人。」

李尋歡嘆道：「無論誰交到他那種朋友，都無法不關心他的。」

孫小紅悠悠笑道：「若有人能交到你這種朋友，豈非也一樣無法不關心你。」

她笑得似乎有些奇怪，忽然自懷中取出個紙捲，道：「這就是阿飛住的地方，你按圖尋訪，就能找到他。」

李尋歡緊緊握住了這紙捲，道：「多謝。」

這是他同一天內第二次說「謝」字。

孫小紅盯著他，道：「我對你說出了你最切身的秘密，你不謝我，我告訴你是誰要殺你，你也不謝我，現在你為何要謝我？」

李尋歡沉默著。

孫小紅道：「你縱然不說，我也知道，因為你有了這張圖，就可以找到阿飛，你只有找到他，才可能救他，勸他莫要對一個不值得的女人太迷戀，勸他莫要毀了自己，你是為了他才謝我的。」

她笑得彷彿很淒涼，幽幽道：「這正如你為了林詩音而謝郭嵩陽一樣……你難道永遠也不會為了自己說個『謝』字麼？」

李尋歡還是沉默著。

孫小紅凝視著他，目光更溫柔，輕輕嘆息著道：「我爺爺常說，一個人若是總不為自己著想，活著也未免太可憐了。」

李尋歡忽然笑了笑，淡淡道：「一個人若總是為自己著想，活著豈非更可憐？」

孫小紅也沉默了起來。

她仔細咀嚼著李尋歡這兩句話中的滋味，過了很久，嘴角才漸漸露出一絲溫柔的微笑。

一個人若總是為自己著想，活著也實在無趣得很。

李尋歡又喝了杯酒，道：「孫老爺子出城去接人，卻不知接的是誰？」

孫小紅目光閃動，道：「其實他並不是去接人，而是去送人的。」

李尋歡道：「送人？送誰？」

孫小紅一字字道：「上官金虹！」

這回答又使李尋歡怔住了。

他忍不住追問道：「上官金虹根本還未入城，怎會就要走了？」

孫小紅眨著眼，笑道：「我爺爺既然是專程去送他的，他怎麼好意思不走？」

李尋歡道：「莫非孫老爺子……」

他又彎下腰去咳嗽起來。

一彎下腰，他就忽然覺得一陣酒意上湧，頭竟有些暈了。

孫駝子一直遠遠的站著，此刻忍不住走過來，皺著眉道：「你今天喝的太多，也太快，有什麼話，還是留到明天再問吧。」

李尋歡搖了搖頭，笑道：「你可知道上官金虹這個人麼？」

孫駝子道：「我不知道，我也不喝酒。」

李尋歡大笑道：「你又沒有跟我們拚酒，這杯酒你自然用不著喝的。」

孫駝子看著他，眼睛都發了直，好像從來未見過這個人似的，因為他從未看到這人如此大笑過。

他也想不到這人居然也會如此大笑。

李尋歡已接著道：「但我卻可以告訴你，上官金虹自命是天下第一高手，一向眼高於頂，目空一切，從來也不肯買任何人的帳，這次卻買了孫老先生的帳，那麼你猜，這孫老先生會是什麼樣的人呢？」

孫駝子道：「我猜不出。」

李尋歡道：「我也猜不出，所以我一定要問，非問明白不可。」

孫駝子道：「你問的太多，所以你一定要醉了，非醉不可。」

李尋歡笑道：「醉了又有什麼不好？人生難得幾回醉？……」

他又舉起了酒杯，道：「孫姑娘，我問你，孫老爺子究竟是誰？」

孫小紅笑道：「孫老爺子就是我父親的父親，我自己的爺爺。」

李尋歡大笑道：「不錯不錯，這回答簡直正確極了……」

他又將杯中酒一飲而盡。

喝完了這杯酒，他目光已矇矓，喃喃道：「我還有句話要問你。」

孫小紅的眼睛卻亮得很，微笑著道：「趁你還未醉的時候，趕快問吧！」

李尋歡道：「我問你，你爲何一心想要灌醉我？爲什麼？……」

孫小紅替他將酒杯倒滿，才含笑道：「因爲我本來就是要跟你拚酒的，自然要將你灌倒。每個喝酒的人都希望別人比自己先醉倒，你說對不對？」

李尋歡道：「對，對，對，對極了……」

喝完了這杯酒，他終於伏倒在桌上。

這次他真的醉了。

孫小紅和孫駝子兩個人都沒有話說，只是靜靜的看著李尋歡，彷彿還要看他是真醉？還是假醉？

天已經黑了。

孫駝子掌起了燈，喃喃道：「吃晚飯的時候到了，只怕又有客人要上門……」

他嘴裡說著話，忽然走過去，將兩扇門板上了起來，又加起了木栓，好像不準備做生意了，也不準備讓孫小紅出去。

孫小紅居然也沒有說話。

門板很重，孫駝子上門時本來一向很吃力，但今天他力氣好像忽然變大了十倍，搬起門板來就好像在搬一根稻草似的，一點也不費力。

孫小紅忽然又笑了，道：「別人都說二叔你是天生神力，偏偏只有我到今天才見到……」

孫駝子轉過頭，皺著眉道：「誰是你的二叔？姑娘你莫非也醉了。」

孫小紅吃吃笑道：「二叔裝得真像，但現在又何必還要裝呢？」

孫駝子瞪了她一眼，目中突然有寒光暴射而出。

這雙眼睛那裡還是孫駝子的眼睛？

李尋歡若是看到這雙眼睛，心裡也一定會佩服得很，因爲他們朝夕相處了將近兩年，李尋歡竟也未看出這駝子的真面目。

只可惜李尋歡現在什麼也瞧不見了。

孫小紅道：「我知道他今天是真的醉了，絕不是裝醉。」

孫駝子沉聲道：「但你可知道他的酒量？他怎會醉得這麼快？」

孫小紅道：「二叔你這就不懂了，一個人喝酒時的心情若不好，體力又差，就算他酒量再好，也很容易被人灌醉的。」

孫駝子道：「你爲何要灌醉他？」

孫小紅道：「二叔你也不知道？這是爺爺的吩咐呀。」

孫駝子道：「哦？」

孫小紅道：「他現在行蹤已露，要找他麻煩的人也不知有多少，這兩天就要接二連三的來了，所以爺爺就想將他帶到別地方去避一避風頭。」

她嘆了口氣，接著道：「但二叔你也該知道他的脾氣，若不灌醉他，怎麼能把他帶得走？」

孫駝子「哼」了一聲，道：「老實說，你爺爺做的事，我實在有點不懂。」

孫小紅道：「不懂？什麼地方不懂？」

孫駝子道：「李尋歡志氣消沉，不願見人的時候，他老人家總是想激他出手，現在李尋歡總算出手了，他老人家反而又要他去躲起來避風頭。」

孫小紅搖了搖頭，道：「二叔你這就錯了，志氣消沉和避風頭完全是兩回事，怎麼可以一概而論？」

她瞧了伏在桌上的李尋歡一眼，苦笑著接道：「你可知道想要這顆頭顱的人有多少麼？」

孫駝子冷笑道：「無論有多少人，除了上官金虹外，別的人又何足懼呢？」

孫小紅嘆道：「二叔你又錯了，敢在李尋歡腦袋上打主意的人，自然就絕不會是容易打的。」

孫駝子道：「那些人都是些什麼樣的角色？你說給我聽聽。」

孫小紅道：「男的不說，先說女的，其中就有苗疆『大歡喜女菩薩』和關外『藍蠍子』……」

她只說了兩個人的名字，孫駝子已皺起了眉頭。

孫小紅道：「百曉生重男輕女，兵器譜上不列女子高手，但這兩個母夜叉的名字，二叔你總也該聽過的。」

孫駝子沉著臉，點了點頭。

孫小紅道：「藍蠍子是青魔手的情人，大歡喜女菩薩是五毒童子的乾娘，她們早已在打聽李尋歡的行蹤，若聽說他在這裡，一定會立刻趕來。」

她嘆了口氣，接著道：「她們兩人中只要有一個趕到，就夠他受的了。」

孫駝子拿起塊抹布，慢慢的抹著桌子。

他心情不好的時候，就喜歡抹桌子。

孫小紅道：「說完了女的，再說男的。」

她閉上眼睛，扳著手指頭道：「男的有上官金虹，呂鳳先，荆無命，還有……還有個人二叔你一定猜不出是誰。」

孫駝子還是在慢慢的抹著桌子，頭也不抬，道：「誰？」

孫小紅道：「胡不歸。」

孫駝子霍然抬起頭，驚問道：「胡不歸？是不是那胡瘋子？」

孫小紅道：「不錯，這人一向瘋瘋癲癲，用的是柄竹劍，據說他的劍法也跟他的人一樣，瘋瘋癲癲的，有時精奇絕俗，妙到毫巔，有時卻又糟得一塌糊塗，簡直連看都看不得，所以百曉生作兵器譜時，才沒有將他的名字列上。」

孫駝子臉色更沉重，徐徐道：「高是真的，糟是假的……」

他沉默了很久，才接著道：「只不過此人一向不跟別人打交道，這次為何要找李尋歡的麻煩？」

孫小紅道：「聽說他是被龍嘯雲請出來的，龍嘯雲的師父以前好像幫過他的忙。」

孫駝子皺著眉道：「這人一向難找，誰也不知道他在那裡，龍嘯雲能找到他，本事倒真不小。」

孫小紅道：「就因爲此人難找，所以龍嘯雲才會一去兩年。」

孫駝子道：「你剛剛說的那呂鳳先，就是兵器譜上名列第五的溫侯銀戟？」

孫小紅道：「不錯，他找的倒並不單祇是李尋歡。」

孫駝子道：「他還想找誰？」

孫小紅道：「此人近年來練了幾手很特別的功夫，所以凡是兵器譜上列名在他之前的人，他都想找來鬥一鬥。」

孫駝子道：「那荊……荊……」

孫小紅道：「荊無命？」

孫駝子道：「嗯，這荊無命，又是何許人也？」

孫小紅道：「荊無命就是上官金虹屬下第一號的打手！」

孫駝子皺著眉道：「我怎會從未聽說過他的名字？」

孫小紅道：「此人出道才不過兩年多，聽爺爺說，武林後起一代的高手中，最厲害的兩個人就是這荊無命和阿飛！」

孫駝子道：「哦？」

孫小紅道：「他用的也是劍，出手也和阿飛一樣，又狠、又準、又快！除此之外，這人還有一樣最可怕的地方！」

孫駝子在聽著，聽得很留神。

孫小紅道：「他平時很少出手，但只要一和人交上手，就連自己的性命都不要了，每一招用的都是要命的招式，他自稱荊無命，意思就是說他這條命早已和人拚掉了，所以根本就不把自己的死活放在心上。」

這一次，孫駝子沉默得更久，才慢慢的問道：「你爺爺呢？」

孫小紅道：「他老人家和我約好在城外見面……」

她抿嘴笑了笑，又道：「他老人家知道我一定有法子將李尋歡帶去的。」

孫駝子沉重的面容上也不禁露出了一絲微笑，搖著頭道：「你這小丫頭倒真是個鬼靈精。」

孫小紅嘟起嘴，不依道：「人家已經快二十了，二叔還說人家是小丫頭。」

卅五　吃人的蠍子

孫駝子突又長長嘆了口氣，喃喃道：「不錯，你的確已不小了，上次我看到你的時候，你還只有五六歲，但現在你已經是大人了……」

他垂頭望著手裡的抹布，又開始慢慢的抹著桌子。

孫小紅也低下了頭，道：「二叔已有十三四年沒有回過家了麼？」

孫駝子沉重的點了點頭，喃喃道：「不錯，十四年，還差幾天就是十四年。」

孫小紅道：「二叔爲什麼不回家去瞧瞧？」

孫駝子忽然重重一拍桌子，厲聲道：「我既已答應在這裡替人家守護十五年，就得在這裡十五年，連一天都不能少，我們這種人說出來的話，就得像釘子釘在牆上一樣牢靠，這道理你明不明白？」

孫小紅垂首道：「我明白。」

過了很久，孫駝子的目光才又回到手裡的抹布上。

當他開始抹桌子的時候，他銳利的目光就黯淡了下來，那種咄咄逼人的凌厲光彩，立刻就消失了。

一個人若已抹了十四年桌子，無論他以前是什麼人，都會變成這樣子的，因爲當他在抹著桌上油垢的時候，也就是在抹著自己的光彩。

粗糙的桌子被抹光，凌厲的鋒芒也被磨平了。

孫駝子徐徐道：「這些年來，家裡的人都還好嗎？」

孫小紅這才展顏一笑，道：「都很好，大嫂和三嫂今年都添了寶寶，最妙的是，四嬸居然也生了對雙胞胎，所以今年四叔和大哥、三哥，都一定會趕回去過年……今年過年一定會比往年更熱鬧多了……」

她眼角瞥見孫駝子黯淡的面色，立刻停住了嘴，垂首道：「大家都在盼望著二叔能快些回去，不知道……」

孫駝子勉強一笑，道：「你回去告訴他們，等明年過年的時候，我也可以回去了。」

孫小紅拍手道：「那好極了，我還記得二叔做的煙花最好……」

孫駝子笑道：「明年我一定替你做，但現在……現在你還是快走吧，免得你爺爺等得著急。」

他瞧了李尋歡一眼，又皺眉道：「但這麼大一個人，你怎麼能帶得走呢？」

孫小紅笑道：「我就當他是條醉貓，往身上一背就行了。」

她剛站起來，突然一人冷冷道：「你可以走，但這條醉貓卻得留下來！」

這聲音急促、低沉，而且還有些嘶啞，但卻帶著種說不出的魅力，彷彿可以喚起男人的情慾。

這無疑是個女人的聲音。

孫駝子和孫小紅都面對著前門，這聲音卻是自通向後院的小門旁發出來的，她什麼時候進了這屋子，孫小紅和孫駝子竟不知道。

孫駝子臉色一沉，反手將抹布甩了出去。

他抹了十四年桌子，每天若是抹二十次，一年就是七千三百次，十四年就是十萬零兩千兩百次。抹桌子的時候，手自然要緊緊捏著抹布，無論誰抹了十萬多次桌子，手勁總要比平常人大些。何況孫駝子的大鷹爪力本已馳名江湖，此刻將這塊抹布甩出去，挾帶著勁風，力道絕不在天下任何一種暗器之下。

只聽「砰」的一聲，塵土飛揚，磚牆竟被這塊抹布打出了個大洞，但站在門旁的人還是好好的站在那裡。

她身子好像並沒有移動過，看她現在站的地方，這塊抹布本該將她的胸口打出個大洞來才是。但也不知怎的，這塊抹布偏偏沒有打著她。

抹布飛來的時候，她身子不知道怎麼樣一扭，就閃開了。

這也許是因爲她的腰很細，所以扭起來特別方便。

腰細的女人，看起來總特別苗條，特別動人。

這女人動人的地方並不止她的細腰。

她的腿很長、很直，胸脯豐滿而高聳，該瘦的地方她絕不胖，該胖的地方，她也絕不瘦。

她的眼睛長而媚，嘴卻很大，嘴唇也很厚。

她的皮膚雖白，但卻很粗糙，而且毛髮很濃。

這並不能算是個美麗的女人，但卻有可以誘人犯罪的媚勁，大多數男人見到她，心裡立刻就會想起一件事。

她自己也很明白那是件什麼事。

她很少令男人失望。

她穿的是套藍色的衣服，衣服很緊，緊緊的裹著她的身子，使她的曲線看來更爲突出。

孫駝子回過頭，盯著她。

她也在盯著孫駝子，那眼色看來就好像她已將孫駝子當做世上最英俊，最可愛的男人，已將孫駝子當做她的情人似的。

但等她的目光轉到孫小紅時，就立刻變得冷酷起來。

她對任何男人多多少少都有些興趣。

她對任何女人都討厭得很。

孫駝子乾咳了兩聲，道：「藍蠍子？」

藍蠍子笑了。

她笑起來的時候，眼睛瞇得更細、更長，就像是一條線。

一條可以勾往男人心的線。

她媚笑著道：「你真是好眼力，有眼光的男人，我總是喜歡的。」

孫駝子板著臉，沒有說話。

他不喜歡對付女人，他也根本不會對付女人。

藍蠍子道：「但我的眼光也不錯，我也知道你們是誰了。」

孫駝子厲聲道：「你既然知道，居然還敢來？」

藍蠍子輕輕嘆了口氣，道：「我本也不願得罪你們，但這醉貓我卻非帶走不可。」

她又嘆了口氣，柔聲道：「你也許不知道，我要找個能令我滿意的男人有多麼困難，好容易才找到一個，卻被這醉貓殺死了。」

孫小紅忍不住道：「伊哭可不是他殺死的。」

藍蠍子道：「無論是不是他殺死的，這筆帳我卻已算到他身上。」

孫小紅道：「無論你怎麼算帳，都休想能帶得走他！」

藍蠍子嘆著氣道：「我也知道你們不會這麼容易讓我帶他走的，我又不太願意跟你們動手，這怎麼辦呢？」

她忽然向後面招了招手，輕喚道：「你過來。」

孫駝子這才看到後院中還有條人影。

這人身材很高大，藍蠍子一招手，他就大步走了過來。

只見他衣衫華麗，漆亮的鬍子修飾得很整齊，腰帶上掛著柄九環刀，看來當真是相貌堂堂，威風凜凜。

藍蠍子道：「你們可認得他是誰麼？」

孫駝子剛搖了搖頭，孫小紅已搶著道：「我認得他。」

藍蠍子道：「你真的認得？」

孫小紅道：「他姓楚，叫楚相羽，外號叫『活霸王』，是京城『洪運鏢局』的總鏢頭。」

藍蠍子媚笑著瞟了這位「活霸王」一眼，道：「連這位小妹妹都認得你，看來你的名頭可真不小。」

活霸王面上不禁露出得意之色，腰挺得更直。

孫小紅道：「江湖中有名氣的人，大大小小我倒差不多全認識，但我卻不知道這位總鏢頭怎麼會和你走在一起的？」

藍蠍子笑道：「他是在路上吊上我的。」

她摸了摸活霸王的鬍子，媚笑道：「我就是看上他這把鬍子，才乖乖的跟著他走。」

孫小紅也笑了，道：「是他吊上了你，還是你吊上了他？」

藍蠍子笑道：「當然是他吊上我……你們只知道楚大鏢頭的名氣響、武功高，卻不知道他吊女人的本事更是高人一等。」

孫駝子早已滿面怒容，忍不住喝道：「你帶這人來幹什麼？」

藍蠍子道：「一個人能當得了總鏢頭，武功自然是不錯的，是嗎？」

孫駝子道：「哼。」

藍蠍子道：「這位楚大鏢頭掌中一柄九環刀，的確得過真傳，『九九八十一手萬勝連環刀』使出來，等閒七八十個人也休想近得了他的身。」

孫駝子道：「哼。」

藍蠍子道：「我若說我一招就能要他的命，你們信不信？」

楚相羽一直得意洋洋的站在那裡，顧盼自賞，此刻就好像忽然被人踩了一腳，失聲道：「你說什麼？」

藍蠍子柔聲道：「我也沒說什麼，只不過說想要你的命而已。」

楚相羽臉色發青，怔了半晌，忽又笑了，道：「你在說笑話。」

藍蠍子嘆了口氣，道：「常言道，一夜夫妻百夜恩，你自然以爲我不會殺你的，是嗎？」

楚相羽道：「我知道你在開玩笑。」

藍蠍子道：「但你可知道世上有種毒蟲叫『蠍子』麼？」

楚相羽道：「我怎麼會不知道，蠍子在我們北方最多了。」

藍蠍子道：「那麼，你知不知道母蠍子卻有種奇怪的毛病。」

楚相羽道：「什麼毛病？」

藍蠍子道：「我告訴你，母蠍子和公蠍子交配之後，一定要將公蠍子吃掉才過癮。」

楚相羽面色雖已有些變了，還是勉強笑道：「但你卻不是蠍子。」

藍蠍子媚笑道：「誰說我不是蠍子？我明明是藍蠍子呀，你不知道？」

楚相羽的人立刻跳了起來，往後面跳開七八尺，「砰」的一聲，桌子也被他撞翻了，他下盤倒很穩，並沒有被翻倒。

只聽「嘩啦啦」一響，他已拔出了腰畔的九環刀，橫刀當胸，刀鋒在外，眼睛瞪著藍蠍子，就好像見到了鬼一樣。

他也是老江湖了，自然聽過「藍蠍子」的大名，但他卻再也想不到這比小魚還容易上鉤的女人，就是藍蠍子。

藍蠍子柔聲道：「我勸你，下次你若想在路上吊女人，最好先弄清楚她的底細，只可惜……」

她嘆了口氣，慢慢的走向楚相羽，接著道：「只可惜你已永遠沒有下次了！」

楚相羽大吼道：「站住，你再往前走一步，我就宰了你！」

藍蠍子媚眼如絲，膩聲道：「好，你宰了我吧，我倒真想死在你手裡。」

楚相羽大喝一聲，九環刀橫掃而出。

刀風虎虎，刀環相擊，聲勢果然驚人。

但他只使出了這一刀！

只見一道藍晶晶，碧森森的寒光一閃，楚相羽已慘呼著倒了下去，甚至連這聲慘呼都沒有完全發出來。

他身上也並沒有什麼傷痕，只是咽喉上多了兩點鮮紅的血跡，正宛如被蠍子螫過了一樣。

藍蠍子的衣服雖緊，袖子卻很長，這使她看來有些飄飄欲仙的感覺，使她的風姿看來更美。此刻她雙手都藏在袖子裡，誰也看不出她是用什麼殺死楚相羽的——無論她用的是什麼，一定都可怕得很。

孫駝子和孫小紅冷言旁觀，並沒有出手攔阻，也許是因爲他們根本不願出手——一個隨便就在路上吊女人的男人，總不會是什麼好東西。

藍蠍子還在俯首瞧著楚相羽。

她瞧了很久，彷彿是在欣賞著自己的成績。

然後，她又笑了，笑得更媚。

她媚笑著道：「我只用了一招，你們現在總該相信了吧。」

孫駝子和孫小紅都沒有說話。

藍蠍子道：「我的武功還算不錯吧！」還是沒有人回答。藍蠍子道：「伊哭的青魔手雖然在兵器譜中名列第九，但百曉生若是將我也算上，他至少要退到第十，兩位說對不對？」

這倒不是假話。她出手的確比伊哭更快，更毒！

藍蠍子眼睛瞟著孫駝子，柔聲道：「憑我這樣的武功，總可以將這醉貓帶走了吧。」

孫駝子板著臉，冷冷道：「不可以！」

藍蠍子嘆了口氣道：「我究竟要怎麼樣才能將他帶走呢？難道要我陪你上床？」

孫駝子怒喝一聲，雙手齊出。

只見他左手握拳，右手如爪，左拳擊出，石破天驚，右爪如鉤，變化萬千，雖是赤手空拳，但威勢卻比楚相羽方才那一刀更強十倍。

藍蠍子腰肢一扭，忽然就瞧不見了。

她的腰就像是水中的蛇一樣，可以隨意扭動，你明明看到她是往左邊扭的，她忽然已到了你右邊。

孫駝子一招擊出，她已到了孫駝子身後。

幸好孫駝子也非庸手，左拳突曲，將這一拳擊出去的力量鬆開，右爪卻突然緊握成拳，將這一爪抓出去的力量硬生生收了回來。

兩人交手，最難的就是將已擊出的招式「懸崖勒馬」半途收回，要知一招擊出，便如箭已離弦，若是半途撤招，總難免有些生硬勉強。

但孫駝子此刻這一招收發之間，卻絕不拖泥帶水。

別人若是將手上力量撤回，身子也難免要隨著後退，那正是自投羅網，送到藍蠍子手裡。

但孫駝子幸好是個「駝子」，他手上力量一撤，就全都聚集在他背後的「駝峰」之上。

他的肩一縮，駝峰已向藍蠍子撞了過去。

這一著正也是孫駝子的成名絕技之一，他背後駝峰已練得堅逾精鋼，這一撞之力，何止百斤。

藍蠍子自然是識貨的，腰肢一扭，長袖飛舞，人已到了孫駝子面前，面上帶著媚笑，眼睛裡也帶著媚笑。

她媚笑著道：「你不但眼光高，武功也高，只要你說一聲，什麼地方我都跟你去。」

孫駝子厲聲道：「你去死吧！」

藍蠍子媚眼如絲，輕輕道：「我要死，也得死在床上！」

面對著這麼樣的一個女人，看著她的媚笑，聽著她的膩語，就算不意亂情迷，想入非非，也難免要有些心猿意馬，手下也就難免要留三分情。

但你留情，她卻不留情。

所以十年來，已不知有多少男人死在她手下。

只可惜她今天遇見的是孫駝子。

孫駝子看到女人，就好像掉了牙的老太婆看到五香蠶豆一樣，一點興趣也沒有，怒叱一聲，鐵爪又已擊出。

藍蠍子長袖一捲，後退了幾步，道：「等一等。」

孫駝子再次撤招道：「還等什麼？」

藍蠍子嘆了口氣，柔聲道：「你就算一定要逼我出手，先看看我用的兵刃也不遲呀。」

她的話還未說完，袖中已有一道藍晶晶，碧森森的寒光飛出，如閃電般斜劃孫駝子面目。

孫駝子大喝一聲，鐵爪迎向藍光，抓了過去！

他與人交手，素來喜歡速戰速決，所以他雖然知道藍蠍子用的必是件極奇特的外門兵器，但仗著自己苦練四十年的大鷹爪力，想在一招間便奪下她的兵刃，令她根本沒有還手的餘地！

這一抓更是威不可當！

對方用的兵刃縱然銳利，縱然能割破他的手，但兵刃還是要被他奪下，孫駝子對自己這出手一抓，素來自信得很。

只不過，他的自信也許太強了些。

孫小紅一直靜靜的站在那裡，好像全沒有出手的意思。

但她的眼睛卻始終未曾離開過藍蠍子的衣袖。

她的眼睛快得很。

那道青藍色的寒光一飛出，她已看清楚了。

她從未看過如此奇異的兵刃。

那看來就像是一隻放大了十幾倍的蠍子毒尾，長長的，彎彎的，似軟實硬，又可以隨意曲折。

最可怕的是，這兵刃由頭到尾，都帶著鈎子般的倒刺。

孫小紅自然也對她二叔的大鷹爪力很有信心，但她也知道只要他的手一抓著藍蠍子的兵刃，也難免要被這隻專吃男人的毒蠍子吃下去！

藍蠍子的出手固然快，孫駝子的出手也快。

孫小紅知道自己無論如何也攔阻不及了，她想不到她二叔抹了十四年的桌子後，脾氣還如此暴烈！

她卻不知道孫駝子正因爲已忍了十四年，脾氣早已憋不住了，所以此刻一有機會出手，就不顧一切，想一擊得手！

她情急之下，忍不住驚呼出聲來！

就在這時，半空中忽然伸出了一隻手！

這隻手的動作竟比她的聲音還快，她驚呼之聲剛發出，這隻手已半途抓住了藍蠍子的手腕。

只聽「咔嚓」一聲，「噹」的一響，藍光落地。

藍光落地時，藍蠍子的人已退出一丈外，她退得太倉猝，也太快，竟「砰」的撞在牆上。

然後所有的一切聲音，所有的一切動作就全都停頓了下來，屋子裡突然變得死一般靜寂，連空氣都彷彿已凝結。

每個人都石像般怔住了。

每個人的眼睛都吃驚的望著這隻手，藍蠍子眼睛裡不但充滿了驚訝，也充滿了恐懼痛苦！

她的手腕已被折斷了！

這隻令人吃驚，令人恐懼的手終於縮了回去。

它伸出時雖快，縮回時卻很慢。

然後，一個人緩緩站了起來，卻正是那已爛醉如泥的李尋歡！

孫小紅又驚又喜，失聲道：「原來你沒有醉。」

李尋歡淡淡的笑了笑，道：「我的心情雖然不好，體力雖然不支，酒量卻一向不錯。」

孫小紅瞪著他，一雙動人的大眼睛裡，充滿了各式各樣的感情，也不知是驚奇？是歡喜？是佩服？還是失望？

她畢竟還是沒有灌醉李尋歡。

藍蠍子眼睛裡的媚態卻早已不見了，剩下的只有驚慌和恐懼。

因爲李尋歡的手裡不知何時已多了一把刀！

小李飛刀！

小李飛刀縱未出手，也足已令人喪膽——小李飛刀最可怕的時候，也就是它還未出手的時候。

因爲它出手之後，對方就已不知道什麼叫可怕了。

死人是不知道害怕的！

屋子裡只剩下呼吸的聲音。

這沉重的呼吸卻比完全靜寂還令人覺得靜寂，簡直靜寂得令人窒息，令人受不了令人要發瘋。

卅六　奇異的感情

藍蠍子額上的冷汗不停的流下來，一粒比一粒大……

她全身都在顫抖著，忽然大叫了起來，道：「你飛刀爲何還不出手？你爲何還不殺了我？」

李尋歡緩緩道：「你肯不顧一切來爲伊哭復仇，總算對他還有真情，他死了，你自然很痛苦……很痛苦……」

他凝視著手裡的刀鋒，目中似乎帶著一絲痛苦之色，黯然道：「我很了解這種痛苦！很了解……我只希望你明白，這種痛苦絕不是殺人就能減輕的，你無論殺多少人，也不能將這種痛苦減輕半分。」

寒光一閃，小李飛刀突然出手。

只聽奪的一聲，雪亮的刀已釘在藍蠍子身旁的門楣上。

李尋歡揮手道：「你走吧。」

藍蠍子呆住了。

也不知過了多久，她忽然問道：「那麼，這種痛苦要怎樣才能減輕呢？」

李尋歡嘆了口氣，喃喃道：「我也不知道……也許你想到另一個人能代替他時，這種痛苦就能減輕了，我只希望你能找得到。」

藍蠍子呆呆望著他，目中突然流下了眼淚……

孫小紅也在癡癡的望著李尋歡。

她從未見過這樣的男人，幾乎不相信世上真有這樣的男人，她盯著他，彷彿想看透他的心。

藍蠍子已走了，是帶著眼淚走的。

李尋歡已沉默了很久，忽然笑了笑，道：「你一定很奇怪，我爲何沒殺她！」

孫小紅沒有說話。

孫駝子一直垂首望著地上那件奇異的兵刃，也沒有說話。

李尋歡緩緩接道：「這因爲我一向總認爲一個人若還有淚可流，就不該死。」

孫小紅忽也笑了笑道：「我知道你不喜歡殺人，你不殺她，我一點也不奇怪，我只奇怪你明明沒有醉，爲何要裝醉呢？」

李尋歡微笑道：「你也是喝酒的人，總該知道裝醉比真醉有趣多了，若是真的爛醉如泥，非但當時無趣，第二天頭疼起來更要人的命。」

孫小紅嫣然道：「有道理。」

李尋歡道：「但只要是喝酒的人，就沒有永遠不醉的，你若真想灌醉我，以後的機會還多得很。」

孫小紅輕輕嘆了口氣，眨著眼道：「可是我自己心裡明白，這次我既已錯過機會，以後只怕就再也休想灌得醉你了。」

李尋歡失笑道：「其實我……」

他的話還未說出，突見孫駝子大步走到櫃台後，攫起一罈酒，一掌拍開泥封，仰起脖子就往嘴裡倒。

他也不知灌了多少，孫小紅才總算奪下了他手裡的酒罈子，跺腳道：「人家寧可裝佯也不願被人灌醉，二叔你爲何要自己灌醉自己呢？」

孫駝子倒在櫃台後的椅子上，眼睛已發直，喃喃道：「一醉解千愁，我還是醉了的好……醉了的好……」

孫小紅道：「爲什麼？」

孫駝子突又跳了起來，大聲道：「你問我爲什麼，我告訴你，因爲我不願受人的恩惠，無論誰的恩惠我都受不了，我寧可被砍一刀。」

他的人又倒在椅上，以手蒙著臉，喃喃道：「李尋歡，李尋歡，你爲何要救我？我被人救過一次，已夠受的，你可知道我這些年來的日子是怎麼過的嗎？」

李尋歡想問他：「誰曾經救過你？」

「你爲何要答應他在這裡守護十五年？」

「你守護的究竟是什麼？」

但孫駝子語聲愈來愈低，也不知是醉了？還是睡著了？

李尋歡瞧了瞧孫小紅，也想問問她，但一看到孫小紅那雙又靈活，又調皮的大眼睛，他就立刻打消了這主意。

像孫小紅這種女孩子，你若想問她什麼秘密，那是一定問不出的。

李尋歡只有長長嘆了口氣，道：「你二叔真不愧是大丈夫！」

孫小紅用眼角瞟著他，抿嘴笑道：「你的意思是不是說，只有大丈夫才會真的醉得這麼快！」

李尋歡緩緩道：「我的意思是說，只有大丈夫才肯一諾千金，至死不改，只有大丈夫才不願受人的恩惠，只有大丈夫才肯爲了別人，犧牲自己。」

孫小紅眼波流動，道：「所以你也要爲了保護別人而留在這裡，是不是？」

李尋歡沉默著。

孫小紅道：「無論爲了什麼原因，你都不肯走的，是不是？」

李尋歡還是沉默著。

孫小紅道：「可是，你有沒有想到阿飛呢？你不想去看看他？他難道不是你的朋友？」

李尋歡又沉默了很久，才緩緩道：「他至少應該能照顧自己。」

孫小紅眼珠子一轉，道：「我常聽人說，林仙兒看來雖像是天上的仙子，但卻專門帶男人入地獄。」她一字字接著道：「你不怕你的朋友被她帶入地獄？」

李尋歡的嘴又閉上了。

孫小紅嘆了口氣道：「我也知道你絕對不肯走的，爲了她，你別的事都可以放下，無論什麼事都可以放下！……」

她眼波忽然變得無限溫柔，脈脈的望著李尋歡，幽幽道：「可是，你爲什麼不去找個人來代替她呢？」

李尋歡面上泛起了一陣痛苦之色，又彎下腰去不停的咳嗽起來。

孫小紅垂首弄著衣角，緩緩道：「你不願走，我也不能勉強你，可是你至少應該去看看我的爺爺。」

李尋歡勉強忍住咳嗽，道：「他……他在那裡？」

孫小紅道：「他老人家在城外的長亭等我。」

李尋歡道：「長亭？」

孫小紅道：「因爲上官金虹一定會經過那裡。」

李尋歡沉吟著道：「上官金虹縱然經過那裡，他也未必看得到。」

孫小紅道：「一定能看得到，因爲上官金虹從不乘車，也不騎馬，他一向喜歡走路的，他常說一個人生著兩條腿，就是爲了要走路。」

李尋歡淡淡一笑，道：「你知道的倒真不少。」

孫小紅嫣然道：「的確不少。」

李尋歡道：「你不但知道上官金虹要來，還知道他會從那裡來，你不但知道那封信是林仙兒寫的，還知道她隱藏在那裡……」

他盯著孫小紅的眼睛，慢慢的問道：「這些事，你是怎麼知道的？」

孫小紅咬著嘴唇，嬌笑道：「我有我的法子，我偏不告訴你。」

夜深沉。

城外的夜色總比城內更濃，更深。

天地間一片靜寂，晚風中偶然會傳來一兩聲秋蟲的低語。

孫小紅的步子很輕快，就像是永遠也不會疲倦似的，因爲無論對什麼事，她都有很大的興趣。

她對生命充滿了熱愛。

她還年輕。

李尋歡走在她身旁，和她正是個極強烈的對比。

他很羨慕她，甚至有點淡淡的妒忌，等他發現自己這種妒忌的時候，他才忽然吃了一驚。

「我難道已真的老了？」

因爲他知道唯有老人才會對年輕人的熱愛生出妒忌。

他自嘲的笑了笑，喃喃道：「若是在十年前，我一定不會和你走得這麼近。」

孫小紅道：「爲什麼？」

李尋歡悠悠道：「江湖中人人都知道我是個浪子，像你這樣的女孩子和我走在一起，別人看到就難免要說閒話的。」

他笑了笑，接著道：「幸好我現在已老了，別人看到我們，一定會以爲我是你的父親。」

孫小紅叫了起來，道：「我的父親？你以爲你真的有那麼老了嗎？」

李尋歡道：「當然。」

孫小紅忽然吃吃的笑了起來。

李尋歡道：「你笑什麼？」

孫小紅抿嘴笑道：「我笑你！」

李尋歡道：「爲什麼？」

孫小紅道：「因爲我知道你一定很怕我。」

李尋歡道：「我怕你？」

孫小紅的眼睛亮得就像是天上的星星。

她吃吃的笑著道：「就因爲你怕我，才會對我說這種話，你怕你自己會對我……對我好，所以才硬說自己是老頭子，是不是？」

李尋歡只有苦笑。

孫小紅道：「其實呀，你若是老頭子，我就是老太婆了。」

她忽然停下腳步，仰面望著李尋歡柔聲道：「只有自己先覺得老了的人，才會真的變老，我爺爺就從來不肯服老，你還年輕得很，求求你以後莫要再說自己老了好嗎？」

夜色很濃，看不清她面上的表情，只能看到她那雙發亮的大眼睛。

她眼睛裡充滿了柔情，純真的柔情。

唯有少女的情感才會如此純真。

李尋歡看到這雙眼睛，忽然想起十餘年前的林詩音。

那時的林詩音豈非也如此純真。

但現在呢？

李尋歡暗中嘆了口氣，避開她的目光，遙望前方，忽然笑道：「你看，前面已是長亭，我們快走吧，莫要讓你爺爺等得著急。」

無星無月，也看不到燈光。

黑沉沉的夜色中，只能看到長亭中有一點火光，忽明忽滅，火光到亮時候，才能看出一個人的影子。

孫小紅道：「你看到那點火光了麼？」

李尋歡道：「看到了。」

孫小紅眼波流動，笑道：「你猜那是什麼？猜得出，我佩服你。」

李尋歡道：「那是你爺爺在抽旱煙。」

孫小紅拍手笑道：「呀……你真是天才兒童，我真佩服你。」

李尋歡也忍不住笑了。

也不知爲了什麼，和這女孩子在一起，他笑的時候就好像多了些，咳嗽的時候卻少了些。

孫小紅道：「不知道上官金虹來過了沒有？他老人家是否已將他送走？……」

說著說著，她目光忽然露出一絲憂鬱之色，道：「我們快趕過去吧，看看……」

她話未說完，李尋歡忽然扯住了她的手。

孫小紅的心一跳，臉已有些發燙。

她偷偷瞟了李尋歡一眼，才發現李尋歡的神情彷彿很凝重，一雙銳利的眼神，正出神的瞧著遠方的道路。

遠方的道路上，已出現了兩點火光。

那是兩盞燈籠。

高挑著的燈籠。

燈籠是金黃色的，用一根細竹竿高高挑起。

金黃色的燈光下，可以看出挑燈的人身上也穿著金黃色的衣服，甚至連他們的臉也已被燈光映得發黃。

黃得詭秘，黃得可怕。

李尋歡身形一閃，已將孫小紅拉到道旁的樹後。

孫小紅壓低了語聲，道：「金錢幫？」

李尋歡點了點頭。

孫小紅皺了皺眉，道：「原來上官金虹現在才到，莫非他路上也遇著什麼事了麼？」

李尋歡淡淡道：「也許因爲他只有兩條腿，所以走不快。」

只見前面兩盞燈籠，後面還有兩盞燈籠，相隔約莫三丈。

前面的燈籠與後面的燈籠間，還有兩個人。

這兩人一前一後，走得雖慢，步子卻很大。

兩人的身材都很高，都穿著金黃色的衣衫，前面一人的衫角很長，幾乎已覆蓋到腳面，但走起路來長衫卻文風不動。

後面的一人衫角很短，只能掩及膝蓋。

兩人的頭上都帶著寬大的笠帽，低壓在眉際，所以燈籠的光雖很亮，卻也辨不出他們的面目。

前面的一人赤手空拳，並沒有帶什麼兵刃。

後面的一人腰帶上卻插著一柄劍。

出了鞘的劍。

李尋歡忽然發現這人插劍的法子和阿飛差不多，只不過阿飛是將劍插在腰帶中央，劍柄向右。

這人卻將劍插在腰帶右邊，劍柄向左。

他用的莫非是左手。

李尋歡的雙眉也皺了起來。

他很不願意使左手劍的對手，因爲左手使劍，劍法必定和別人相反，招式必定更辛辣詭秘，反難對付。

而且劍已出鞘，出手必快！

這是他多年的經驗，他一眼就看出這是個很強的對手！

卅七 老人

李尋歡注意那使左手劍的漢子，孫小紅注意的卻是另一件事。

這兩人走得很慢，步子很大，看來和平常人走路並沒有什麼不同，但也不知爲了什麼，她總覺得這兩人走起路來有些特別。

她注意很久，才發現是什麼原因了。

平常兩個人走路步伐必定是相同的。

但這兩人走路卻很特別，後面的一人每一步踏下，卻恰巧在前面一人的第一步和第二步之間。

這四條腿看來就好像長在一個人身上似的。

前面一人踏下第一步，後面一人踏入第二步，前面一人踏下第三步，後面一人踏下第四步，從來也沒有走錯一步。

孫小紅從來也沒有看到過兩個人像這樣子走路的，她簡直覺得新奇極了，也有趣極了。

但李尋歡卻一點也不覺得有趣。

他非但不覺得有趣，反而覺得有些可怕。

這兩人走路時的步伐已配合得如此巧妙，顯見得兩人心神間已有一種無法解釋的奇異默契。

他們平常走路時，已在訓練著這種奇異的配合，兩人若是聯手對敵，招式與招式間一定配合得更神奇。

單只上官金虹一人，已是武林中數一數二的絕頂高手，若再加上一個荊無命，那還得了?!

李尋歡的心在收縮著。

他想不出世上有任何法子能將這兩人的配合攻破！

他也不相信長亭中這老人能將這兩人送走。

黃昏以後，路上就已看不到別的行人。

長亭中的老人仍在吸著旱煙，火光忽明忽滅。

李尋歡忽然發現這點火光明滅之間，也有種奇異的節奏，忽而明的時候長，忽而滅的時候長。

忽然間，這點火光亮得好像一盞燈一樣。

李尋歡從未看到一個人抽旱煙，能抽出這麼亮的火光來。

上官金虹顯然也發現了，因爲就在這時，他已停下腳步。

他的腳步一停，後面的人腳步也立刻停下，兩人心神間竟真的像是有種奇異的感應，可以互通聲息。

就在這時，長亭的火光突然滅了。

老人的身形頓時被黑暗吞沒。

上官金虹木立在道旁，良久良久，才緩緩轉過身，緩緩走上了長亭，靜靜的站在老人對面。

無論他走到那裡，荆無命都跟在他身旁，寸步不離。

他看來就像是上官金虹的影子。

四盞高挑的燈籠也已移了過去，圍在長亭四方。

亭子裡驟然明亮了起來，這才可看出老人仍穿著那件已洗得發白的藍布袍，正低著頭坐在亭子裡的石椅上裝旱煙，似乎全未發覺有人來了。

上官金虹也沒有說話，低著頭，將面目全都藏在斗笠的陰影中，彷彿不願讓人看到他面上的表情。

但他的眼睛卻一直在盯著老人的手，觀察著老人的每一個動作，觀察得非常非常仔細。

老人自煙袋中慢慢的取出一撮煙絲，慢慢的裝入煙斗裡，塞緊，然後又取出一柄火鐮，一塊火石。

他的動作很慢，但手卻很穩定。

然後他又將火鐮火石放在桌上，取出張棉紙，搓成紙媒，再放下紙媒，取起火鐮火石來敲火。

上官金虹忽然走了過去，拿起了石桌上的紙媒。

在燈火下可以看出這紙媒搓得很細，很緊，紙的紋理也分佈得很勻，絕沒有絲毫粗細不均之處。

上官金虹用兩根手指拈起紙媒，很仔細的瞧了兩眼，才將紙媒慢慢的湊近火鐮和火石。

「叮」的一聲，火星四濺。

紙媒已被燃著。

上官金虹慢慢的將燃著的紙媒湊近老人的煙斗……

李尋歡和孫小紅站的地方雖然距離亭子很遠，但他們站在暗處，老人和上官金虹每一個動作他們都看得很清楚。

李尋歡早已問道：「要不要過去？」

孫小紅卻搖搖頭說：「用不著，我爺爺一定有法子將他們打發走的。」

她說得很肯定，但現在李尋歡卻發覺她的手忽然變得冰冰冷冷，而且還像是已沁出了冷汗。

他自然知道她在爲什麼擔心。

旱煙管只有兩尺長，現在上官金虹的手距離老人已不及兩尺，他隨時都可以襲擊老人面上的任何一處穴道。

他現在還沒有出手，只不過在等待機會而已。

老人還在抽煙。

也不知是因爲煙葉太潮濕，還是因爲塞得太緊，煙斗許久都沒有燃著，紙媒卻已將燃盡了。

他抽煙的姿勢很奇特，用左手的拇指，食指，和中指托著煙斗，無名指和小指微微的翹起。

上官金虹是用拇指和食指拈著紙媒，其餘的三根手指微微彎曲。

老人的無名指和小指距離他的腕脈還不到七寸。

兩人的身子都沒有動，頭也沒有抬起，只有那燃燒著的紙媒在一閃一閃的發著光——

火焰已將燒到上官金虹的手了。

上官金虹卻似連一點感覺都沒有。

就在這時，「呼」的一聲，煙斗中的煙葉終於被燃著。

上官金虹彎曲著的三根手指似乎動了動，老人的無名指和小指也動了動，他們的動作都很快，而且一動之後就停止。

於是上官金虹開始後退。

老人開始抽旱煙。

兩人從頭到尾都低著頭，誰也沒有去看對方一眼。

直到這時，李尋歡才鬆了口氣。

在別人看來，亭子中的兩個人只不過在點煙而已，但李尋歡卻知道那實在不啻是一場驚心動魄的決鬥！

上官金虹一直在等著機會，只要老人的神志稍有鬆懈，手腕稍不穩定，他立刻便要出手。

只要他出手，就必定有一擊致命的把握。

但他始終找不到這機會。

到最後他還是忍不住，彎曲著的三根手指已躍躍欲試，他每根手指的每一個動作中都藏著精微的變化。

怎奈老人的無名指和小指已立刻將他每一個變化都封死。

這其間變化之細膩精妙，自然也只有李尋歡這種人才能欣賞，因爲那正是武功中最深奧的一部份。

兩人雖只不過將手指動了動，但卻當真是千變萬化，生死一髮，其間的危機絕不會比別人用長刀利劍大殺大砍少分毫。

現在，這危機總算已過去了。

上官金虹後退三步，又退回原來的地方。

老人慢慢的吸了口煙，才緩緩抬起頭來。他彷彿直到此刻才看到上官金虹，微微笑了笑，道：「你來了？」

上官金虹道：「是。」

老人道：「你來遲了！」

上官金虹道：「閣下在此相候，莫非已算準了這是我必經之路。」

老人笑了笑，道：「我只盼你莫要來。」

上官金虹道：「爲什麼？」

老人緩緩道：「因爲你就算來了，還是立刻要走的。」

上官金虹長長吸了口氣，一字字道：「我若不想走呢？」

老人淡淡道：「我知道你一定會走的。」

上官金虹的手，忽然緊緊握了起來。

始終影子般隨在他身後的荆無命，左手也立刻握住了劍柄。

長亭中似乎立刻就充滿了殺機。

老人卻只是長長吸了口煙，又慢慢的吐了出來。

自他口中吐出來的煙，本來是一條很細很長的煙柱。

然後，這煙柱就慢慢發生了一種很奇特的彎曲和變化，突然一折，射到上官金虹面前！

上官金虹似乎吃了一驚。

但就在這時，煙霧已忽然間消散了。

上官金虹凝視嬝娜四散的煙霧，緊握著的雙手緩緩鬆開……

荆無命的手也離開了劍柄。

上官金虹忽然長長一揖，道：「佩服。」

老人道：「不敢。」

上官金虹緩緩道：「你我十七年前一會，今日別過，再見不知何時？」

老人淡淡道：「相見爭如不見，見又何妨？不見又何妨？」

上官金虹沉默著，似想說什麼，卻未說出口來。

老人又開始抽煙。

上官金虹緩緩轉過身，走了出去。

荆無命影子般跟在他身後……

燈籠漸漸遠去，大地又陷入了黑暗。

李尋歡目光卻還停留在燈光消失處，看來彷彿有什麼心事。

上官金虹走的時候，似有意，似無意，曾抬起頭向他這邊瞧了一眼，他才第一次看到上官金虹的眼睛。

他從未見過如此陰森，如此銳利的目光。

他從這雙眼睛，已可判斷出上官金虹的內力武功也許比傳說中還要可怕！

但最可怕的，還是荆無命的眼睛。

上官金虹抬起頭的時候，他也抬頭向這邊瞧了一眼。

只瞧了一眼。

但無論誰被這雙眼睛瞧了一眼，心裡都會覺得很不舒服，很悶，悶得像是要窒息，甚至想嘔吐。

因爲那根本不是雙人的眼睛，也不是野獸的眼睛。

無論人的眼睛，還是野獸的眼睛至少都是活的，都有情感，無論是貪婪，是殘酷，是狠毒……至少也是種「情感」。

但這雙眼睛卻是死的。

他漠視一切情感，一切生命——甚至他自己的生命！

孫小紅卻全沒有注意到這些，因爲她正凝視著李尋歡。

這是她第一次看清了李尋歡。

雖然在黑暗中，但李尋歡面上的輪廓看來卻仍是那麼顯明，尤其是他眼睛和鼻子，給人的印象更深刻。

他的眼睛深邃而明亮，充滿了智慧，他目光中雖帶著一些厭倦，一些嘲弄，卻又充滿了偉大的同情。

他的鼻子直而挺，象徵著他的堅強、正直、和無畏！

他的眼角已有了皺紋，卻使他看來更成熟，更有吸引力，更有安全感，使人覺得他是完全可以信任，完全可以倚靠的。

這正是大多數少女夢想中男人的典型。

他們全未發現那老人已向他們走了過來，正微笑著在瞧著他們，目光中充滿了欣慰。

他靜靜的瞧了他們很久，才微笑著道：「你們可有人願意陪老頭子聊聊天麼？」

不知何時月已升起。

灰白色的大路，在月光下筆直的伸向前方。

老人和李尋歡走在前面，孫小紅默默的跟在他們身後。

她雖然垂著頭沒有說話，但心裡卻愉快得幾乎想吶喊，因爲她只要一抬頭，就可見到她心目中最佩服的男人，和最可愛的男人。

月光漸漸明亮，將他們的影子溫柔地印在她身上。

她覺得幸福極了。

老人吐出了一口煙，緩緩道：「我老早就聽說過你，老早就想找你喝喝酒，聊聊天，今天才發現，跟你聊天的確是件很愉快的事。」

李尋歡只笑了笑，他身後的孫小紅卻已「哧」的笑了出來，道：「但他直到現在，除了向你老人家問好之外，別的話連一個字都沒有說呀。」

老人笑道：「這正是他的好處，不該說的話他一句也沒有說，不該問的話一句也沒有問，若是換了別人，一定早已設法探聽我們的來歷了。」

李尋歡微笑道：「這也許只因爲我早已猜著了前輩的來歷。」

老人道：「哦？」

李尋歡道：「普天之下，能將上官金虹驚退的人並不多。」

老人笑了，道：「你若以爲上官金虹是被我嚇走的，你就錯了。」

他不等李尋歡說話，已接著道：「上官金虹的武功，你想必也已看出，寸步不離跟著他的那少年人，更是可怕的對手，以他們兩人聯手之力，天下絕沒有一個人能抵擋他們三百招，更莫說要勝過他們了。」

李尋歡目光閃動，道：「前輩也不能？」

老人道：「我也不能。」

李尋歡道：「但他們卻還是走了。」

老人笑了笑，道：「這也許是因爲他們覺得現在還沒有必要殺我，也許是因爲他們早已發覺你在這裡，他們沒有把握能勝過我們兩人。」

孫小紅又忍不住道：「他們就算已發覺樹後有人，又怎知是李……李探花呢？」

老人道：「像李探花這樣的絕頂高手，就算靜靜的站在那裡不動，但只要他心裡對某人生出了敵意，就會散發出一種殺氣！」

孫小紅道：「殺氣？」

老人道：「不錯，殺氣！但這種殺氣自然也只有上官金虹那樣的高手才能感覺得出。」

孫小紅嘆了口氣，搖著頭道：「你老人家說得太玄了，我不懂。」

老人肅然道：「武功本就是件很玄妙的事，懂得人本就不多。」

李尋歡道：「無論他們是爲何走的，前輩相助之情，總是……」

老人打斷了他的話，道：「你若以爲我是在幫你的忙，你就錯了，我做事一向都是爲自己的。」

李尋歡道：「可是……」

老人又打斷了他的話，帶著笑道：「我只是喜歡看見你這種人好好的活著，因爲像你這樣的人，活在世上的已不多了。」

李尋歡只有微笑，只有沉默。

老人道：「你我雖初次相見，但你的脾氣我很了解，所以我也並不想勸你離開這裡。」

他目光凝視著李尋歡，神情忽然變得很鄭重，緩緩道：「我只希望你能明瞭一件事。」

李尋歡道：「前輩指教。」

老人正色道：「林詩音是用不著你來保護的，你走了對她只有好處。」

李尋歡又爲之默然。

老人道：「林詩音本人並不是別人傷害的對象，別人想傷害她，只不過是因爲你，換句話說，別人要傷害她，就因爲你在保護她，你若不保護她，也就根本沒有人要傷害她了……這道理你明白嗎？」

李尋歡就好像忽然被人抽了一鞭，痛苦得全身都彷彿收縮了起來，他忽然覺得自己彷彿只有三尺高。

老人卻似全未留意到他的痛苦，接著又道：「你若覺得她太寂寞，想陪伴她，現在也已用不著，因爲龍嘯雲已回來了，你留在這裡，只有增加她的煩惱。」

李尋歡目光茫然凝視著遠方的黑暗，沉默了很久很久，才長長的嘆了口氣，黯然自語道：「我錯了，我錯了，我又錯了……」

他的腰似也彎了下去，背也無法挺直。

孫小紅望著他的背影，心裡又是憐惜，又是同情。

她知道她爺爺是在故意刺激他，故意令他痛苦，她也知道這樣做對他只有好處，但她卻不忍。

老人道：「龍嘯雲忽然回來，只因他已找到個他自信可以對付李尋歡的幫手。」

李尋歡苦笑道：「他又何必找人對付我？我還是將他當做我的朋友。」

老人道：「但他卻不這麼想……你可知道他找來的人是誰？」
李尋歡道：「胡不歸？」
老人道：「不錯，正是那瘋子。」
孫小紅插嘴道：「胡瘋子的武功真的那麼厲害？」
老人道：「普天之下只有兩個人，我始終估不透他們武功之深淺。」
孫小紅道：「那兩個人？」
老人含笑望著李尋歡，道：「其中一人是李探花，另一人就是胡瘋子。」
李尋歡笑道：「前輩過獎了，據我所知：我的朋友阿飛武功就絕不在我之下，還有荆無命……」
老人截口道：「阿飛和荆無命一樣，他們根本不懂得武功。」
李尋歡愕然道：「前輩說他們不懂武功？」
老人道：「不錯，他們非但不懂武功，而且不配談武……」
他冷冷接著道：「他們只會殺人，只懂得殺人！」
李尋歡默然良久，緩緩道：「但阿飛和荆無命還是不同的。」
老人道：「有何不同？」
李尋歡道：「也許他們殺人的方法並無不同，但他們殺人的目的卻絕不一樣。」
老人道：「哦？」
李尋歡道：「阿飛只有在萬不得已時才殺人，荆無命卻只是爲了殺人而殺人！」

老人慢慢的點了點頭，道：「你說的不錯，我也知道阿飛是你的朋友，但你為何一點也不關心他，為何不去看看他？」

李尋歡垂下頭，道：「我……」

老人道：「你若想去看看他，現在正是時候，否則只怕就太遲了！」

李尋歡忽然挺起胸，道：「好，我這就去找他！」

老人目中這才露出一絲笑意，道：「你知道他住的地方？」

李尋歡道：「我知道。」

孫小紅忽然趕到前面來，眼睛裡發著光，道：「但你也許還是找不著，還是讓我帶你去的好。」

李尋歡還未開口，老人已板著臉道：「你還有你的事，李探花也用不著你帶路。」

孫小紅嘟起嘴，垂下頭，看樣子幾乎要哭了出來。

李尋歡沉吟著，抱拳道：「就此別過。」

他心裡本有許多話要說，卻只說了這四個字，因為他知道在這老人面前，無論說什麼話都是多餘的。

老人一挑大拇指，讚道：「對，說走就走，這才是男子漢，大丈夫！」

李尋歡果然說走就走，而且沒有回頭。

孫小紅目送他遠去，眼圈兒都紅了。

老人輕輕拍了拍她肩頭，柔聲道：「你心裡是不是很難受？」

孫小紅眼睛還是呆呆的望著李尋歡身形消失處，道：「沒有。」

老人笑了，笑容中帶著無限慈祥，搖著頭道：「傻丫頭，你以爲爺爺不知道你的心麼？」

孫小紅嘟著嘴，終於忍不住道：「爺爺既然知道，爲什麼不讓我陪他去。」

老人柔聲道：「傻丫頭，你要知道，像李尋歡這樣的男人，可不是容易能得到的。」他目中閃著世故的智慧之光，微笑著接道：「你要得到他的人，就先要得到他的心，那可不簡單，一定要慢慢的想法子，但你若追得他太緊，就會將他嚇跑了。」

李尋歡雖然說走就走，雖然沒有回頭，但他的心卻仍然被一根無形的線繫著，繫得緊緊的。

他知道自己這一走，又不知要等到何時才能再見到林詩音了。

相見時難，別亦難！

這十餘年來，他只見到林詩音三次。每次都只有匆匆一面，有時甚至連一句話都沒有說，但繫在他心上的線，卻永遠是握在林詩音手裡的。只要能見到她，甚至只要能感覺到她就在自己附近，他就心滿意足。

卅八　祖孫

秋風撲面，已有冬意。

秋已殘。

李尋歡的心境也正如這殘秋般蕭索。

「你留在這裡，只有增加她的煩惱和痛苦……」

老人的話，似乎還在他耳邊響著。

他也知道自己非但不該再見她，連想都不該想她。

他停下腳步，倚著一株枯樹劇烈的咳嗽起來，等這陣咳嗽平息，他已決定不再想這些不應想的事。

幸好他還有許多別的事要想。

那老人不但是智者，也必定是位風塵異人，絕頂高手。世上無論什麼事，他似乎都很少有不知道的。

但他的身分卻實在太神秘。

他究竟是什麼人？究竟隱藏了些什麼？

孫駝子，李尋歡很佩服。

一個人若能在抹布和掃把間隱忍十五年，無論他是爲了什麼，都是值得人深深佩服的。

但他究竟是爲了誰才這樣做？

他們守護的究竟是什麼？

至於孫小紅——孫小紅的心意，他怎會不知道？

但他卻不能接受，也不敢接受。

總之，這一家人都充滿了神秘，神秘得幾乎已有些可怕……

山村。

山腳下，楓林裡，高高挑起一面青布酒旗。

酒舖的名字很雅，有七個字：「停車愛醉楓林晚。」

只看這名字，李尋歡就已將醉了。

酒不醇，卻很清，很冽，是山泉釀成的。

山泉由後山流到這裡，清可見底，李尋歡知道沿著這道泉水走到後山，就可在一片梅林深處找到三五間精緻的木屋。

阿飛和林仙兒就在那木屋裡。

想到阿飛那英俊瘦削的臉，那明亮銳利的眼睛，那孤傲倔強的表情，李尋歡的血都似已沸騰了起來。

最令人難以忘懷的，還是他那難得見到的笑容，還有他那顆隱藏在冰雪後的火熱的心！

近鄉情怯。

李尋歡此刻正有這種心情，沒有到這裡的時候，他恨不得一步就趕到這裡，到了這裡，他反而像是有些不敢去看阿飛了。

他不知道阿飛這兩年來已變成什麼模樣？

他不知道林仙兒這兩年來是怎麼樣對待他的？

「她雖然像是天上的仙子，卻專門帶男人下地獄！」

阿飛是不是已落入地獄中了！

李尋歡不敢去想，他很了解阿飛，他知道像阿飛這種人，若為了愛情，是不惜活在地獄中的。

黃昏，又是黃昏。

小店中還沒有燃燈。因為燈油並不便宜，而店裡又沒有別的客人。

李尋歡坐的位置，是這小店中最陰暗的角落裡。

這是他的習慣，因為坐在這種地方，他可以一眼就看到走進來的人，而別人卻很難發現他。

但他卻絕未想到第一個走進來的人竟是上官飛。

他一走進來就在最靠近門口的位置上坐下，眼睛一直瞪著門外，彷彿是在等人，神情竟顯得有些焦急，有些緊張。

這和他往昔那種陰沉鎮靜的態度大不相同。

他等的顯然是個很重要的人。而且他單身前來，未帶隨從，顯見這約會非但很重要，而且很秘密。

在這種偏僻的山村，怎會有令他覺得重要的人物？

那麼他等的是誰呢？

他到這裡來，是不是和阿飛與林仙兒有關係。

李尋歡以手支額，將面目隱藏了起來。

其實他用不著這樣做，上官飛也不會看到他。

上官飛的眼睛一直瞪著門口，根本就沒有向別的地方看一眼。

天色更暗。

小店中終於掛起了燈。

上官飛的神情顯得更焦躁，更不安。

就在這時，已有兩頂綠泥小轎停在門口，抬轎的都是三十來歲的年輕小伙子，嶄新的藍布衫褲，例趕千層浪綁腿，搬尖灑鞋，腰上還繫著根血紅腰帶，看來又威武，又神氣。

第一頂小轎中已走下個十三四歲的紅衣小姑娘，雖然還沒有吸引男人的魅力，但纖腰一握，倒也楚楚動人。

上官飛剛拿起酒杯，突然放下。

這小姑娘剪水般的雙瞳四下一轉，已盈盈來到他面前，面靨上帶著春花般的微笑，嫣然襝衽道：「公子久候了。」

上官飛目光閃動，道：「你是……」

紅衣小姑娘眼波又四下一轉，悄聲道：「停車愛醉楓林晚，嬌靨紅於二月花。」

上官飛霍然長身而起，道：「她呢？她不能來？」

紅衣小姑娘抿嘴笑道：「公子且莫心焦，請隨我來……」

李尋歡看著上官飛走出門，坐上了第二頂小轎，看著轎夫們將轎子抬起，他就發覺一件很奇怪的事。

這些轎夫們一個個都是年輕力壯，行動矯健，第一頂小轎的轎夫抬轎時根本不費吹灰之力。

但第二頂小轎的轎夫抬轎時卻顯得吃力多了。

同樣的轎夫，同樣的轎子，上官飛的身材也並不高大，這第二頂轎子爲何比第一頂重得多呢？

李尋歡立刻隨著付清了酒賬，走出了門。

他本不喜歡多管別人的閒事，更不願窺探別人的隱私，但現在他卻決定要尾隨上官飛，看看他約會的究竟是什麼人。

因爲李尋歡總覺得他到這裡來，必定和阿飛有些關係。

誰的事都可以不管，阿飛的事卻是非管不可的。

這山村主要的道路只有一條，由官道岔進來，經過一家油鹽雜貨舖，一家米莊，一家小酒店，和七八戶住家，便蜿蜒伸入楓林。

轎子已走入楓林。

前面的轎夫走得很輕鬆，腳步也很輕快，後面的轎夫卻已在流汗，因爲他們抬的這頂轎子不但重，而且轎子裡還在不停的動。

突然，轎子裡傳出了一聲笑。

笑聲又嬌，又媚，而且，還帶著輕輕的喘息，無論任何人，只要他是男人，聽了這種笑聲都無法不動心。

只有最嬌，最媚的女人，才會發出這種笑聲。

但轎子裡坐的明明是上官飛。難道上官飛已變成了女人？

過了半晌，轎子裡又發出一聲銷魂的嬌啼：「小飛，不要這樣……在這裡不可以……」

然後就聽到上官飛喘息著說：「我簡直等不及了……你知不知道我多想你。」

「原來你也和別的男人一樣，想我，就是爲了要欺負我。」

「對，我就是要欺負，因爲我知道你喜歡被男人欺負，是不是……是不是……是不是？……」

喘息的聲息更劇烈，但語聲卻低了。

「是是是，你欺負我吧……欺負我吧……」

語聲愈來愈低，漸漸模糊，終於聽不見。

轎子已上了山坡。

李尋歡倚在山坡下的一株楓樹後，在低低的咳嗽。

「原來轎子裡有兩個人。」

其中一人自然是上官飛。

但一直在轎子裡等著他的女人是誰？

那嬌媚的笑聲，那銷魂的膩語，李尋歡聽來都很熟悉。

他一向對女人很有經驗，他知道世上會撒嬌的女人雖然不少，但撒起嬌來真能令男人動心的卻不多。

他簡直已可說出轎子裡這女人的名字。

但他不敢說，因爲他還沒有確定。

無論對什麼事，他都不肯輕易下判斷，因爲他不願再有錯誤，對他說來，一次錯誤就已太多了。

他判斷錯一次，不但害了他自己一生，也害了別人一生。

山坡上，楓林深處，有座小小的樓閣。

轎子已在這小樓前停了下來，後面的轎夫正在擦汗，前面轎子那小姑娘已走了出來，走上了小樓旁的梯子，正在敲門。

「篤，篤篤」，她只敲了三聲，門就開了。

第二頂轎子裡直到這時才走出個人來。

是個女人。

李尋歡看不到她的臉，只看出她的衣服和頭髮都已很凌亂，身段很誘人，走路的姿態更誘人。

她的腰在扭著，但扭得並不厲害，女人走路腰肢若不扭動，固然很無趣，但若扭得太厲害，也會令人覺得噁心。

這女人扭得恰到好處。

她的步履也很輕盈，走得並不快，也不太慢。

這種姿態李尋歡看來也很熟悉。

女人雖然都有兩條腿，都會走路，但真正懂得如何走路的卻不多，大多數女人走起路來不是像根木頭，就是像隻掃把。

還有一部分女人走路就像是不停的在抽筋。

只見她盈盈上了小樓，突然回過頭來，向剛走出轎子的上官飛招了招手，才閃身入了門。

李尋歡只能看到她半邊臉。

她的臉白中透紅，彷彿還帶著一抹春色。

這一次李尋歡終於確定了！

「這女人果然就是林仙兒！」

林仙兒在這裡，阿飛呢？

李尋歡真想衝進去問問她，卻又忍住，因為他不願看到林仙兒和上官飛現在正要做的那件事。

他怕看到了會噁心。

李尋歡是個很奇怪的人。

他雖然並不是君子，但他做的事卻是大多數「君子」不會做，不願做，也永遠無法做得到的。

他做的事簡直沒有任何人能做得到，因為世上只有這樣一個李尋歡，以前固然沒有，以後恐怕也不會再有了。

是以世上雖有些人一心只希望李尋歡快些死，但也有些人情願不惜犧牲一切，讓他活下去。

夜已深了。

李尋歡還在等著。

一個人在等待的時候，總會想起許多事。

他想起第一次見到阿飛的時候……

阿飛正在冰天雪地中一個人慢慢的走著，看來是那麼孤獨，那麼疲倦，但卻寧願忍受孤獨、疲倦，和飢寒，也不願接受任何人的恩惠。

那天李尋歡並不寂寞，還有鐵傳甲和他在一起。

他不禁又想起了鐵傳甲，想起了他那張和善，忠誠的臉，想起了他那鐵打般的胴體……

只可惜他的胴體雖如鋼鐵般堅強，但一顆心卻是那麼脆弱，那麼容易被感動，所以他活在世上，也總是痛苦多於歡樂。

想著想著，李尋歡突然又想喝酒了，幸好他身上常常都帶著個扁扁的，用白銀打成的酒瓶。

他取出酒瓶，將剩下的酒全部喝了下去。

然後他又咳嗽起來。

這兩年他咳的次數似乎少了些，但一咳起來，就很難停止，他自然也知道這並不是好現象。

但他卻並不憂慮。

他從來也不肯爲自己憂慮。

就在這時，小樓上的門已開了。

上官飛已走了出來，自門裡射出的燈光，照在他身上，他看來比平時愉快多了，只不過顯得有些疲倦。

門裡面伸出一隻手，拉著他的手。

晚風中傳來低低的細語，似在珍重再見，再三叮嚀。

過了很久，那隻手才緩緩鬆開。

又過了很久，上官飛才慢慢走下樓梯。

他走得很慢，不住回頭，顯然還捨不得走。

但這時小樓上的門已關了。

上官飛仰首望天，長長吸了口氣，腳步突然加快，但神情看來還有些癡癡迷迷的，時而嘆息。

「他是不是也被帶入了地獄？」

小樓上的燈光很柔和，將窗紙都映成粉紅色。

上官飛終於走了，李尋歡忽然覺得這少年也很可憐。

這世上有很多少年人不但聰明，而且高傲，但他們卻偏偏總是最容易被女人欺騙，被女人玩弄。

李尋歡長長嘆了口氣，大步向小樓走了過去。

小樓設計得很巧妙，是用木架架在山腰上的，旁邊有條窄窄的樓梯，看來很精緻，也很新奇。

「篤」，李尋歡先敲了一聲門，又「篤，篤」接連敲了兩聲，他早已發覺那小姑娘敲門正是用這種法子。

「篤，篤篤」敲了三聲後，門果然開了一線。

一人道：「你……」

他只說了一個字，就看清李尋歡了，立刻就想掩門。

但李尋歡已推開門走了進去。

開門的竟不是林仙兒，也不是那穿紅衣服的小姑娘，而是個白髮蒼蒼，滿面縐紋的老太婆。

她吃驚的瞧著李尋歡，顫聲道：「你……你是誰？到這裡來幹什麼？」

李尋歡道：「我來找個老朋友。」

老太婆道：「老朋友？誰是你的老朋友？」

李尋歡笑了笑，道：「她看到我時，一定會認得的。」

他嘴裡說著話，人已走了進去。

老太婆攔住他，又不敢，大聲道：「這裡沒有你的老朋友，這裡只有我，和我孫女兩個人。」

李尋歡還是往裡面走，這老太婆無論說什麼，他都好像聽不見。

小樓上一共隔出了三間屋子，一間客屋，一間飯廳，一間臥室，佈置得自然都很精雅。

但三間屋子裡都看不到林仙兒的影子。

那穿紅衣服的小姑娘像是害怕得很，臉都嚇白了，全身不停的發抖，躲在那老太婆懷裡，眼睛瞪著李尋歡，顫聲道：「奶奶這人是強盜麼？」

老太婆嚇得連話都說不出了。

李尋歡雖常常被人看成浪子、色狼，甚至被人看成兇手，至少卻還沒有被人當做強盜。

他覺得有些哭笑不得，苦笑道：「你看我像不像強盜？」

小姑娘咬著嘴唇道：「你若不是強盜，為什麼三更半夜闖到人家裡來？」

李尋歡道：「我是來找林姑娘的。」

小姑娘像是覺得他很和氣，已不太害怕了，眨著眼道：「這裡沒有林姑娘，只有位周姑娘。」

林仙兒莫非用了化名？

李尋歡立刻追問道：「周姑娘在那裡？」

小姑娘指著自己的鼻子，道：「我姓周，周姑娘就是我。」

李尋歡笑了。

他忽然覺得自己簡直像是個呆子。

小姑娘似乎也覺得有些好笑，目中閃動著笑意，道：「但我卻不認得你，你爲何來找我？」

李尋歡苦笑道：「我找的是位大姑娘，不是小姑娘。」

小姑娘搖著頭道：「這裡沒有大姑娘。」

李尋歡道：「這裡剛剛沒有人來過？」

小姑娘道：「有人來過……」

李尋歡搶著問道：「誰？」

小姑娘道：「我和我奶奶，我們剛從鎮上回來。」

她眼珠子轉動，又道：「這裡只有兩個人，小的是我，大的是我奶奶，但她也早就不是『姑娘』了，你總不會是找她吧？」

李尋歡又笑了。

他覺得自己很笨的時候，總是會發笑。

小姑娘道：「除了我和我奶奶外，這裡既沒有人來過，也沒有人出去，你若是看到別人，一定是見著鬼了。」

李尋歡的確沒有看到有人出去。

門窗一直都是關著的，也不像有人出去過的樣子。

但他卻明明看到林仙兒走進來。

難道他真的見著鬼了麼？

難道從轎子裡走出來的那女人，就是這老太婆？

老太婆忽然跪了下來，道：「我們祖孫都是可憐人，這裡也沒有什麼值錢的東西，大爺你無論看上了什麼，只管拿走就是。」

李尋歡道：「好。」

飯廳的桌上有瓶酒。

李尋歡拿起了這瓶酒，頭也不回地走了出去。

只聽那小姑娘在後面偷偷笑著道：「原來這人並不是強盜，只不過是個酒鬼而已。」

卅九 阿飛

月仍未缺。

山泉在月光下看來就像是條閃著光的銀帶。

李尋歡手裡還提著那酒瓶，瓶子裡還剩下半瓶酒，夜很靜，流水的聲音在靜夜中聽來就像是音樂。

他沿著山泉，慢慢的走著，走得並不急。他不願在天還未亮時就走到阿飛住的地方，免得驚擾他們的好夢。

他從不願打擾別人。

但無論什麼人，無論在什麼時候來打擾他，都沒有關係。

那老太婆，絕不是林仙兒改扮的。

林仙兒到那裡去了呢？

李尋歡揉了揉自己的眼睛：「難道我已老眼昏花？」

月已落，星已稀，東方漸漸現出曙色，天終於亮了，秋已殘，梅花已漸漸開放。

李尋歡忽然聞到一陣淡淡的幽香，抬起頭，梅林已在望。

梅林深處，已隱約可以望見木屋一角。

面對著這一片梅林，李尋歡似乎又變得癡了。

幽谷中的梅樹虬蟠如鐵，妙趣天成，絕非紅塵中的俗梅可比，但世上又有什麼地方的梅花，能比得上自己家園中的梅花？

梅林旁，就是泉水的盡頭。

一線飛泉，自半山中倒掛而下，襯著這片梅花，更宛如圖畫。

圖畫中竟有個人。

李尋歡也看不到這人的臉，只看出他穿著套很乾淨，很新的青布衫褲，頭髮也梳理得很光很亮。

他手裡提著水桶，穿過梅林，走入木屋。

這人的身材雖然和阿飛差不多，但李尋歡卻知道他絕不會是阿飛，阿飛的樣子絕不會如此拘謹，頭髮也不會梳得這麼亮。

那麼這人是誰？

李尋歡想不出有誰會和阿飛住在一起。

他立刻趕了過去。

木屋的門，是開著的，屋子裡雖沒有什麼華麗的陳設，但卻收拾得窗明几淨，一塵不染。

桌子的角落裡，有張八仙桌，那穿新衣的少年正從水桶裡擰出了一塊抹布，開始抹桌子。

他抹得比孫駝子還要慢，還要仔細，看來好像這桌子上只要有一點灰塵留下來，他就見不得人了似的。

李尋歡從背後望過去，覺得他的背影實在很像阿飛。

但他絕不會是阿飛。

李尋歡簡直無法想像阿飛抹桌子的模樣，但這人既然也住在這裡，自然一定是認得阿飛的。

他至少應該知道阿飛在那裡。

李尋歡輕輕咳嗽了一聲，希望這人回過頭來，他才好向他打聽。

這人的反應並不快，但總算是慢慢的回過頭來。

李尋歡呆住了。

他認為絕不會是阿飛的人，赫然就是阿飛。

阿飛的容貌當然並沒有變，他的眼睛還是很大，鼻子還是很挺，看來還是很英俊，甚至比以前更英俊了些。

但他的神情卻已變了，變得很多。

他眼睛裡已失去了昔日那種攝人的魔力，面上那種堅強，孤傲的神情也沒有了，竟變得很平和，甚至有些呆板。

他看來也許比以前好看多了，乾淨多了，但以前他那種咄咄逼人的神采，那種令人眩目的光芒，如今卻已不復再見。

這真的就是阿飛？

這真的就是昔日那孤獨地走在冰雪中，死也不肯接受別人的少年？真的就是那快劍如風，足以令天下群雄膽寒的少年？

李尋歡簡直無法想像，現在這身上穿著新衣服，手裡拿著塊抹布的人，就是以前他所認識的阿飛！

阿飛自然也看到了李尋歡。

他先是覺得很意外，表情有些發怔，然後臉上才終於漸漸露出了一絲微笑——謝天謝地，他笑得總算還和以前同樣動人。

李尋歡也笑了。

他面上雖然在笑，心頭卻有些發苦。

兩人就這樣面對面的瞧著，面對面的笑著，誰也沒有移動，誰也沒有說話，可是兩人的眼睛卻已漸漸濕潤，漸漸發紅……

也不知過了多久，阿飛才緩緩道：「是你。」

李尋歡道：「是我。」

阿飛道：「你畢竟還是來了。」

李尋歡道：「我畢竟還是來了。」

阿飛道：「我知道你一定會來的。」

李尋歡道：「我是一定要來的。」

他們說話都很慢，因爲他們的語聲已有些哽咽，說到這裡，兩人突又閉上嘴，像是已無話可說。

但就在這時，阿飛突然從屋子裡衝了出來，李尋歡也突然從外面衝了進去，兩人在門口幾乎撞到一起，互相緊緊握住了手。

兩人的呼吸都似已停頓，過了很久，李尋歡才長長吐出口氣來，勉強將自己心頭的激動壓下，道：「這兩年來，你過得還好麼？」

阿飛慢慢的點了點頭，道：「我……我很好，你呢？」

李尋歡道：「我？我還是老樣子。」

他舉起了另一隻手上的酒瓶，帶著笑道：「你看，我還是有酒喝，連我那咳嗽的毛病，這兩年都好像已經被酒沖走了，你……」

一句話未說完，他又咳嗽起來，咳個不停。

阿飛靜靜的望著他，似已有淚將落。

突聽一人道：「你看你，李大哥來了，你也不請人家到屋裡坐，卻像個呆子般站在門口，也不怕人家看到笑話麼？」

語聲美而媚，帶著三分埋怨，七分愛嬌。

林仙兒終於露面了。

林仙兒卻還是一點也沒有變。

她還是那麼年輕，那麼美麗，笑起來也還是那麼開朗，那麼可愛，她的眼睛還是發著光，亮得就像是天上的明星。

若有人一定要說她已變了，那就是她已變得比以前更成熟，更有光彩，更有吸引人的魅力。

她就站在那裡，溫柔地瞧著李尋歡，柔聲道：「快兩年了，李大哥也不來看看我們，難道已經將我們忘了嗎？」

無論誰聽到這句話，都一定會認爲李尋歡早已知道他們住的地方，卻始終沒有來探望他們。

李尋歡笑了，緩緩道：「你又沒有用轎子來接我，我怎麼來呢？」

林仙兒眨了眨眼睛，笑道：「說起轎子，我倒也真想坐一次，看看是什麼滋味。」

李尋歡目光閃動，道：「你沒有坐過轎子？」

林仙兒垂下了頭，幽幽道：「像我這樣的人，那有坐轎子的福氣。」

李尋歡道：「但昨夜鎭上，我看到有個人坐轎經過，那人真像你。」

他眼睛瞬也不瞬的盯著林仙兒。

林仙兒面上卻連一點驚慌的表情都沒有，反而笑道：「那一定是我在夢中走出去的……你說是嗎？」

後面一句話，她是對阿飛說的。

阿飛立刻道：「每天晚上她都睡得很早，從來沒有出去過。」

李尋歡心裡又打了個結。

他知道阿飛是絕不會在他面前說謊的，但林仙兒若一直沒有出去，昨天晚上從轎子走出來的那女人是誰呢？

林仙兒已靠近阿飛身旁，將阿飛本來已很挺的衣服又扯平了些，目中帶著無限溫柔，輕輕道：「昨天晚上你睡得還好麼？」

阿飛點了點頭。

林仙兒柔聲道：「那麼你就陪李大哥到外面去走走，我到廚房去做幾樣菜，替大哥接風。」

她瞟了李尋歡一眼，嫣然道：「外面的梅花已快開了，我知道李大哥最喜歡梅花……是嗎？」

阿飛走路的姿勢似也變了。

他以前走路時身子雖然永遠挺得筆直，每一步邁出去，雖然都有一定的距離，但他的肌肉卻是完全放鬆的。

別人走路是勞動，在他，卻是種休息。

現在他走路時身子已沒有以前那麼挺了，彷彿有些魂不守舍，心不在焉，卻又顯得有些緊張。

他顯然已不能完全放鬆自己。

兩人走了很長的一段，李尋歡還沒有說話。

因爲他也不知道該說什麼。

他本想問問阿飛，爲什麼要躲到這裡來？林仙兒是否已承認了自己的罪行？她劫來的財富是否已還給了失主？

但他都沒有問。

他不願觸及阿飛的隱痛。

阿飛也沉默著，又走了很長的一段路，他忽然長長嘆了口氣，道：「我對不起你。」

李尋歡也嘆了口氣，道：「你爲了救我，不惜自認爲梅花盜，甚至連自己的性命都不要了，這樣若也算對不起我，我倒真希望天下人都對不起我了。」

阿飛似乎全沒有聽他說話，緩緩接著道：「我走的時候，至少應該告訴你一聲的。」

李尋歡柔聲道：「我知道你一定有你的苦衷，我不怪你。」

阿飛黯然道：「我也知道我不該這麼做，可是我無論如何也無法對她下手，我……我實在已離不開她。」

李尋歡笑道：「一個男人愛上了一個女人，本是天經地義的事，一點也沒有錯，你爲什麼偏偏要責怪自己。」

阿飛道：「可是……可是……」

他神情忽然激動了起來，大聲道：「可是我卻對不起你，也對不起那些受了梅花盜之害的人。」

李尋歡沉默了半晌，試探著問道：「但她已改過了，是嗎？」

阿飛道：「我們臨走的時候，她已將所有劫來的財物都還給了別人。」

李尋歡道：「既然如此，還難受什麼？放下屠刀，立地成佛，這句話你不懂？」

他不願阿飛再想這件事，忽然抬頭笑道：「你看，這棵樹上的梅花已開了。」

阿飛道：「嗯。」

李尋歡道：「你可知道已開了多少朵？」

阿飛道：「十七朵。」

李尋歡的心沉落了下去，笑容也凍結。

因爲他數過梅花。

他了解一個人在數梅花時，那是多麼寂寞。

阿飛也抬起頭，喃喃道：「看來又有一朵要開了，爲何它們要開得這麼早呢？開得早的花朵，落得豈非也早些……」

木屋一共有五間，一間客廳，一間貯物，後面是廚廁，剩下的兩間屋子裡，都擺著床。

較大的一間陳設較精緻，還有妝台。

阿飛道：「仙兒就睡在這裡。」

較小的一間也收拾得乾乾淨淨，一塵不染。

阿飛道：「這是我的屋子。」

李尋歡默然。

他這才知道阿飛和林仙兒原來一直是分開來睡的。兩人在這裡共同生活了兩年，而阿飛又是血氣方剛的年輕人。

李尋歡覺得很意外，也很佩服。

阿飛臉上忽然露出一絲微笑，道：「你若知道這兩年來我睡得多早，一定會奇怪。」

李尋歡道：「哦？」

阿飛道：「天一黑我就睡了，一沾枕頭就睡著，而且一覺睡到天亮，從不會醒。」

李尋歡沉吟著，微笑道：「生活有了規律，睡得自然好。」

四十　奸情

阿飛道：「這兩年來，我日子的確過得很平靜……我一生中從未有過如此安定平靜的日子，她……她也的確對我很好。」

李尋歡笑道：「聽到你說這些話，我也很高興，太高興了……」

他自然不願被阿飛看出他笑得有些不自然，嘴裡說著話，頭已轉了過去，四面觀望著，突然又道：「你的劍呢？」

阿飛道：「我已不用劍了。」

李尋歡這才真的吃了一驚，失聲道：「你不用劍了？爲什麼？」

阿飛道：「劍是兇器，而且總會讓我想起那些過去的事。」

李尋歡道：「這是不是她勸你的？」

阿飛道：「她自己也放棄了一切，我們都想忘記過去，從頭做起。」

李尋歡點著頭，緩緩道：「很好，很好，很好……」

他本來像是還有話要說的，但這時林仙兒的呼聲已響起：「菜已擺上桌了，老爺們還不想回來麼？」

菜不多，卻很精緻。

林仙兒的菜居然燒得這麼好，倒也是件令人想不到的事。

除了菜之外，桌上當然還有酒杯，但酒杯裡裝的卻是茶。

林仙兒笑道：「山居簡陋，倉猝間無酒爲敬，只好以茶作酒了。」

李尋歡笑道：「幸好我還帶了半瓶酒來……」

他目光四轉，終於找到了方才擺在椅子角落裡的那酒瓶，先將自己杯中的茶一飲而盡，向阿飛笑道：「來，你也快把茶喝完，我替你倒酒。」

阿飛沒有說話。

林仙兒微笑著，笑得很可愛。

阿飛突然道：「我戒酒了。」

李尋歡又吃了一驚，失聲道：「你戒酒了？爲什麼？」

阿飛臉上一點表情也沒有。

林仙兒嫣然道：「酒喝多了，對身體總不太好的，李大哥你說是嗎？」

李尋歡沉默了很久，才慢慢的笑了，道：「不錯，酒喝多了，就會變得像我這樣子，我若能倒退十幾二十年，我也一定要戒酒的。」

阿飛低下頭，開始吃飯。

他看來又有些心不在焉，剛挾起個肉丸，就掉在桌上。

林仙兒白了他一眼，道：「你看你，吃飯就像個孩子似的，這麼不小心。」

阿飛默默的，又將掉在桌上的肉丸挾起。

林仙兒又白了他一眼，柔聲道：「你看你，肉丸掉在桌上，怎麼還能吃呢？」

她自己挾起個肉丸，送到阿飛嘴裡。

晚飯的菜比午飯更好，然後，天就黑了。

李尋歡睡在阿飛的床上，阿飛睡在客廳裡。

林仙兒親自爲他們換上了乾淨的被單，鋪好床，又將一套乾淨的衣服放在阿飛的床頭。

「我喜歡小飛每天換衣服。」

臨睡之前，她打了盆水，看著阿飛洗手洗臉，等阿飛洗好了，她又將手巾拿過來，替阿飛擦耳朵。

「小飛像是個大孩子，洗臉總是不洗耳朵。」

阿飛睡下去，她就替他蓋好被。

「這裡比較冷，小心晚上著了涼。」

她對阿飛服侍得實在是無微不至，就算是一個最細心的母親，對她自己的孩子也未必有如此體貼。

阿飛應該算是幸福極了。

但也不知為了什麼，李尋歡卻有點不明白，他實在不知道阿飛這種生活是幸福？還是痛苦？

尤其是林仙兒在溫柔地呼喚著「小飛」的時候，李尋歡就會不由自主想到昨夜他聽到從轎子裡發出的聲音！

「小飛，不要這樣……在這裡不可以……」

上官飛是「小飛」，阿飛是「小飛」，除了他們兩人之外，到底還有多少個「小飛」呢？

假如世上所有的男人的名字都叫做「飛」，她倒省事得很，因為她至少總不會將名字叫錯了。

李尋歡也不知是覺得可笑，還是很可悲。

外面鼻息沉沉，阿飛果然一沾枕頭就已睡著。

李尋歡卻沒有這麼好的福氣，自從三歲以後，他就從來也沒有這麼早睡過，殺了他也睡不著。

林仙兒的屋裡一點動靜都沒有，也像是睡著了。

李尋歡披衣起床，悄悄走了出去。

有很多事他都想找阿飛聊聊。

但阿飛卻睡得很沉，推也推不醒，就算是條豬也不會睡得這麼沉的，何況是比狼還有警覺的阿飛。

李尋歡站在阿飛床頭，沉思著，面上漸漸露出了忿忿的表情。

「她每天都睡得很早……從不出去……」

「天一黑我就睡了，一覺睡到天亮，從不會醒。」

李尋歡記得今天晚上吃的湯是排骨湯，燉得很好，阿飛喝了很多，林仙兒也一直在勸著李尋歡多喝些。

幸好排骨湯是用筍子燉的，李尋歡雖不俗，卻從來不吃筍。幸好他又是個從不忍當面拒絕別人好意的人。

他雖沒有拒絕，卻趁林仙兒到廚房去添飯的時候，將她盛給他的一大碗湯給阿飛喝了。

他記得林仙兒回來時看到他的湯碗已空，笑得就更甜。

她在湯裡放了什麼迷藥？

每天晚上一大碗湯，所以阿飛每天都睡得很沉。

阿飛睡沉了，她無論去做什麼，阿飛也不會知道。

但她爲何不索性在湯裡放些毒藥？

這自然是因爲阿飛還有利用的價値。

李尋歡目中射出了怒火，突然轉身，用力去拍林仙兒的門。

門裡沒有聲音，沒有回應。

李尋歡一生中從未踢破過別人的房門，闖入別人的屋子。

但這一次卻是例外。

屋子裡果然沒有人，林仙兒到那裡去了？

鎮外小樓的燈光，還是淡淡粉紅色。

上一次李尋歡從這小樓，走到阿飛的木屋，幾乎走了一夜，但這一次他從阿飛的木屋走到這裡，卻只用了半個時辰。

這一次，他算準林仙兒必定在這小樓上。

他正考慮著是否現在就闖進去，小樓上的門突然開了。

一個人慢慢的走了出來，看來也和上官飛一樣，神情雖然很愉快，卻顯得有些疲倦。

從門裡射出的燈光，照在他身上。

他穿著的是一身很合身的黑衣服，眼睛裡閃著光。

李尋歡本不是個容易吃驚的人，但一看到他，就又吃了一驚。

他再也想不到從這扇門裡走出的人，竟是郭嵩陽！

只見門裡面伸出一隻白生生的手，拉著郭嵩陽的手。

晚風中傳來一陣陣低語，似在珍重再見，再三叮嚀。

過了很久，郭嵩陽才慢慢走下樓梯。

他走得很慢，不時回頭，顯然還有些捨不得走。

但小樓上的門卻已關了……

這一切情形，都完全和上官飛出來時一樣，除了上官飛和郭嵩陽外，還有多少人上過這小樓？

這小樓上究竟是天堂，還是地獄？

李尋歡不但覺得很悲哀，也很憤怒，他悲哀是爲了阿飛而悲哀，憤怒也是爲了阿飛而憤怒。

他幾乎從未如此憤怒過。

方才他已忍不住要衝過去，當面揭穿林仙兒的秘密，但郭嵩陽也可算是他的朋友，而且也是個男子漢！

他不忍令郭嵩陽難堪。

只見郭嵩陽仰首望天，長長吸了口氣，腳步才漸漸加快。

但走了兩步，他腳步突又停住，厲聲道：「是什麼人躲在那裡，出來！」

「嵩陽鐵劍」果然不愧是當今天下頂尖高手，他的警覺之高，反應之快，都絕非上官飛可比。

無論從什麼地方走出來，他頭腦還是能保持清醒；但他卻也絕對想不到從樹後走出來的人竟是李尋歡！

從小樓到「停車愛醉楓林晚」並不遠，兩人在這段路上說的話也不多，而且都沒有說出自己心裡想說的話。

但有些話遲早總是要說出來的。

酒店已打烊了，但世上那有能擋得住他們的門？他們在櫃台上留了錠銀子，從櫃台後拿出一罈酒。

然後，他們就坐在這酒店的屋脊上，開始喝酒。

李尋歡在很多地方都喝過酒，但坐在屋脊上喝酒，這還是生平第一次，他發覺這真是個喝酒的好地方。

現在，一罈酒已只剩下半罈了。

郭嵩陽喝得真不少——有李尋歡這樣的酒伴，有清風明月沽酒，無論誰都會多喝幾杯的。

有些話是只有在酒喝多了時才會說出來的。

郭嵩陽忽然道：「你……你自然知道我到那樓上去做什麼。」

李尋歡笑了笑，道：「我知道你是男人。」

郭嵩陽道：「你自然也知道在那樓上的人是誰。」

李尋歡道：「是。」

郭嵩陽道：「我……我並不常來找她。」

李尋歡道：「哦？」

郭嵩陽道：「我只有在心情不好的時候，才會來找她。」

李尋歡默默的點了點頭。

他很了解他的心情，他也知道被人擊敗的滋味並不好受。

郭嵩陽道：「我也認得很多女人，但她卻是最能令我愉快的一個。」

李尋歡沉默著，緩緩道：「你可知道她是怎樣的一個女人麼？」

郭嵩陽喝了口酒，道：「我認得她已有很久了。」

李尋歡道：「她對你怎樣？」

郭嵩陽笑了，道：「她會對我怎樣？這種女人對任何人都是一樣的，只看那男人是不是有被她利用的價值。」

李尋歡道：「你也知道她在利用你？」

郭嵩陽又笑了，道：「我當然知道，但我卻一點也不在意，因爲我也在利用她。只要她能給我愉快，我付出代價又有何妨。」

李尋歡慢慢的點了點頭，道：「這的確是很公平的交易，可是……你們的交易若是傷害到別人，你也不在意麼？」

郭嵩陽道：「會傷害到誰？」

李尋歡道：「自然是愛她的人。」

郭嵩陽嘆了口氣，道：「我有時真不懂，女人爲什麼總是要傷害愛她的人？」

李尋歡笑了笑，道：「這也許是因爲她只能傷害愛她的人，你若不愛她，怎麼被她傷害？……你若不愛她，她無論做什麼事，你根本都不會放在心上。」

郭嵩陽微笑道：「你對女人好像了解得很多。」

李尋歡道：「世上絕沒有任何一個男人能真的了解女人，若有誰認爲自己很了解女人，他吃的苦頭一定比別人更大。」

郭嵩陽沉默了很久，才緩緩道：「阿飛真的很愛她？」

李尋歡道：「是。」

郭嵩陽道：「我知道她是阿飛的朋友，也知道阿飛是你的朋友。」

李尋歡沒有說話。

郭嵩陽道：「但我卻不認得阿飛，也從未見到過他。」

李尋歡道：「你用不著解釋，我並沒有怪你。」

郭嵩陽又沉默了很久，才問道：「阿飛現在還和她在一起麼？」

李尋歡道：「是。」

他長嘆了一聲，接著又道：「他愛她雖比你深得多，但他和她的關係卻遠不及你親密。」

郭嵩陽很詫異道：「難道她並沒有和他……」

李尋歡苦笑道：「無論誰都可以，就是他不可以。」

郭嵩陽道：「爲什麼？」

李尋歡道：「因爲他尊敬她，從不願勉強她，她是他心目中的聖女……她自然希望他永遠保留這種印象。」

他苦笑著接道：「其實女人是生來被人愛的，而不是被人尊敬的，男人若對一個根本不値得尊敬的女人尊敬，換來的一定是痛苦和煩惱。」

郭嵩陽道：「如此說來，她的所做所爲，阿飛一點也不知道？」

李尋歡道：「完全不知道。」

郭嵩陽道：「你爲何不告訴他？」

李尋歡嘆道：「我縱然告訴他，他也不會相信，一個男人若是愛上了一個女人，他的耳朵就會變聾了，眼睛也會變瞎了，明明很聰明的人也會變成呆子。」

郭嵩陽沉吟著，緩緩道：「你難道要我去告訴他？」

李尋歡黯然道：「他是個很有作爲的青年，也是我的好朋友，我不忍心眼看他敗在這種女人的手上。」

郭嵩陽默然無語。

李尋歡道：「我生平從未求人，但這一次……」

郭嵩陽突然打斷了他的話，道：「可是……我說的話，他就會相信麼？」

李尋歡道：「至少你和她的關係，她總不能完全否認的。」

郭嵩陽霍然長身而起，道：「好，我陪你去。」

李尋歡緊緊握住他的手，道：「我的確沒有看錯你，我相信你和阿飛也一定會變成很好的朋友。」

郭嵩陽長嘆道：「好朋友只要有一個就已足夠，他能交到一個像你這樣的朋友，已可算是不虛此生了！」

木屋裡竟沒有人！

阿飛睡過的床，還鋪在客廳裡，廚房裡還擺些昨夜吃剩下的茶，但燉湯的湯鍋卻已空了，而且也已洗得乾乾淨淨。

林仙兒的臥房裡一切東西都還是老樣子，被李尋歡闖破的門在風中微微搖晃著，不時發出「吱吱」的聲響。

四一 狡兔

阿飛屋子裡的東西也沒有移動過，他們什麼東西都沒有帶走，甚至連那套衣服都還擺在床頭。

但他們的人卻已走了！顯然走得很匆忙。

阿飛竟然又不辭而別，李尋歡簡直不能相信，望著那扇被他撞破的門，他忽又彎下腰去劇烈的咳嗽起來。

郭嵩陽背負著雙手，靜靜的望著他，等他咳完了，郭嵩陽才緩緩道：「你說阿飛是你的好朋友。」

李尋歡道：「是。」

郭嵩陽道：「但你卻不知道他已走了。」

李尋歡默然半晌，勉強笑了笑，道：「也許，他遇著了什麼意外，也許……」

郭嵩陽淡淡道：「也許是因爲他比較聽女人的話。」

他不讓李尋歡反駁，立刻又接著問道：「他們已在這裡住了很久？」

李尋歡道：「快兩年了。」

郭嵩陽道：「但兩年以前，她已約我在那小樓上見過面了，這地方說不定就是她的老窩。」

李尋歡苦笑道：「狡兔三窟，她的窩必定不止這一處。」
郭嵩陽嘆了口氣，道：「可惜我卻只知道這一處。」
李尋歡沒有說話，慢慢的走入林仙兒的屋子。
屋子裡有一張床、一張櫥、一張桌。
床帳是用淡青色的夏布縫成的，床上的被褥很零亂，好像有人睡過，但這當然只不過是做出來給阿飛看的。
櫥子裡的衣服並不多，而且都很樸素，桌上有個小小的妝匣，裡面也並沒有什麼花粉。
這當然也只不過因爲那小樓才是她更衣化妝的地方。
屋子裡每樣東西，李尋歡都看得很仔細，但這些都是很普通的東西，他又能看出什麼來呢？
郭嵩陽道：「我出來的時候，她留在樓上，現在她卻已回來過，而且已經將阿飛帶走了，我們在路上竟未發現她的蹤跡……」
李尋歡沉聲道：「這只不過因爲她走的是另外一條路。」
郭嵩陽道：「另外一條路，這裡四面環山，難道還有什麼捷徑？」
李尋歡道：「捷徑也許就在山腹裡。」
他忽然揭起了床板。
床下果然有條秘道……

山腹中空，秘道穿過山腹。

李尋歡一走下來，就已知道出口在那裡了。

郭嵩陽道：「以你看，這條路的出口是在什麼地方？」

李尋歡道：「那小樓上的床下。」

郭嵩陽道：「我也是這麼想……」

他冷冷笑了笑，冷冷接著道：「下了這張床，就上那張床，她做事倒真不肯浪費時間。」

李尋歡淡淡道：「她的約會很忙，時間自然寶貴得很。」

郭嵩陽面色變了變——他雖然也明知道這是怎麼回事，但聽到別人當面說出來，心裡還是有些不舒服。

男人們常嘲笑女人們的氣量小，其實男人自己的氣量也未必就比女人大多少，而且遠比女人自私得多。

他們就算有了一萬個女人，卻還是希望這一萬個女人都只有他一個男人，他就算早已不喜歡那女人，卻還是希望那女人永遠只喜歡他。

秘道自然不會太長。

秘道的出口，果然就在那小樓上臥室中的床下。

這張床可比那張床漂亮多了，錦帳上流蘇纓絡繽紛，床上的鵝毛被軟得就像是雲堆，教人一陷進去，就爬不出來。

林仙兒自然不會在，屋子裡只有那穿紅衣服的小姑娘。

她正坐在妝台旁很專心的繡著花，繡的是一面鴛鴦戲水的枕頭，這正和屋子裡的情調非常配合。

李尋歡他們突然走出來，她也並沒有吃驚。

她像是早已算準他們會來了。

她只是用眼角瞟了他們一眼，嫣然道：「原來你們是認得的。」

郭嵩陽沉著臉，厲聲道：「這裡只剩下你一個人了？」

小姑娘嘟起嘴，道：「你這麼兇幹什麼？每次你來的時候，替你鋪床的是我，替你疊被的也是我，你難道已忘了麼？」

郭嵩陽說不出話來了。

小姑娘的大眼睛在李尋歡身上一轉，道：「你就是李探花？」

李尋歡道：「是。」

小姑娘道：「你真的就是那大名鼎鼎的小李探花李尋歡？」

李尋歡道：「你不信？」

小姑娘嘆了口氣，道：「我也不是不相信，只不過有些想不到而已。」

李尋歡道：「想不到什麼？」

小姑娘悠悠道：「別人都說李尋歡不但武功最高，人也最精明，最能幹，我實在沒有想到你也會被人騙，上人的當。」

她眨著眼抿嘴一笑，道：「上次我騙了你，真抱歉得很。」

李尋歡微笑道：「沒關係，偶爾被小孩子騙一次，也是件很開心的事，我自從被你騙過一次後，就覺得自己好像年輕多了。」

小姑娘眼睛盯著他，彷彿也漸漸覺得這人的確很有趣了——像李尋歡這樣的人，本就不是常常能見得到的。

她嫣然笑道：「我看你就算沒有被我騙，本來也年輕得很，若是再被我騙幾次，只怕就要變成小孩子了。」

李尋歡道：「我以後一定會很小心……四十歲的小孩子，豈非要被人當做妖怪了麼？」

小姑娘笑道：「你只管放心，上次我騙了你，因爲你還是個陌生人，奶奶從小就告訴我，千萬不能對陌生人說老實話，否則也許就會被人拐走。」

李尋歡道：「現在呢？」

小姑娘正聲道：「現在我們已認識，我自然不會再騙你。」

李尋歡道：「那麼，我問你，你剛剛可曾看到有人從這裡出來麼？」

小姑娘道：「沒有。」

她眨了眨眼睛，又道：「但我卻看到有人從外面進來。」

李尋歡道：「是什麼人？」

小姑娘道：「是個男人，我不認識他。」

她吃吃的笑著，接著道：「除了你之外，我認得的男人並不多。」

李尋歡只好裝作沒有聽到這句話，問道：「他是來幹什麼的？」

小姑娘道：「那人長得很兇狠，一嘴大鬍子，臉上還有個刀疤，一走進來就問我，認不認識李尋歡？李尋歡會不會來？」

李尋歡道：「你說什麼？」

小姑娘道：「因爲我不認得他，所以就故意騙他，說我認得你，你馬上就會來的。」

李尋歡道：「那麼他說什麼？」

小姑娘眨著眼道：「他就交給我一封信，要我轉交給你，還說一定要我交給你本人。」

李尋歡道：「你就收下了？」

小姑娘道：「我當然收下了……我若不收下，謊話豈非就要被揭穿了麼？那人兇得很，若知道我在說謊，不打破我的頭才怪。」

她嫣然一笑，接著道：「女孩子的頭若被打破，一定疼得很，你說是不是？」

李尋歡也笑了道：「男孩子的頭若被打破，也疼得很的。」

這小姑娘有種本事，她無論說什麼話都完全像真的一樣。

若是換了別人，一定會問她。

「送信的人到那裡去了？怎會將交給我的信送到這裡？」

但李尋歡並沒有問。

他也有種本事，那就是無論別人說什麼，他都好像很相信，所以有很多人都常常以爲自己已經騙過了他。

小姑娘果然取出了封信，信上果然寫著李尋歡的名字，信是密封著的，這小姑娘居然沒有偷看。

信上寫的是：尋歡先生足下，久慕英名，極盼一晤，十月初一當候教於此山谷中飛泉之下，足下君子，必不致令我失望。

下面的署名赫然竟是：上官金虹！

這封信寫得很簡單，也很客氣，但無論誰接到這封信，就算不立刻去準備後事，也要嚇一跳。

上官金虹若向一個人挑戰，那人還能活得長麼？

李尋歡慢慢的疊起了信，放回信封，藏入懷裡。

他臉上居然還在笑。

小姑娘一直在盯著他，此刻才忍不住問道：「信上寫的是什麼？」

李尋歡笑道：「沒有什麼。」

小姑娘道：「瞧你笑得這麼開心，這封信只怕是女人寫給你的。」

李尋歡笑道：「猜對了。」

小姑娘眼波流動，道：「她是不是想約你見面。」

李尋歡道：「又猜對了。」

小姑娘嘟起嘴，喃喃道：「早知是女人寫的信，我才不交給你哩。」

李尋歡笑道：「你若不交給我，她一定會很傷心的。」

小姑娘狠狠瞪了他一眼，道：「她是個怎麼樣的人？漂不漂亮？」

李尋歡道：「當然漂亮，否則我早就將這封信甩到一邊去了，女人長得醜，簡直比男人生得笨還要可怕。」

小姑咬著嘴唇，道：「她有多大年齡？」

李尋歡道：「年紀也不大。」

小姑娘冷笑道：「她至少比我大得多了吧。」

李尋歡笑道：「幸好她比你大，否則我就只好收她做乾女兒了。」

小姑娘用力將繡花針往布棚上一插，板著臉道：「既然有這麼一位漂亮的老太婆約你，你爲什麼還不趕快去見她，還待在這裡幹什麼？」

李尋歡道：「做主人的，怎麼可以趕客人走？」

小姑娘冷冷道：「我就算不趕你，你反正也是要走的。」

李尋歡道：「我若不走呢？」

小姑娘眼珠子一轉，道：「你若不走，我這做主人的當然要想法子招待你。」

李尋歡道：「真的？」

小姑娘道：「當然是真的，我雖然不大方，可也不是小氣鬼，你若要在這裡待十天，我就招待你十天，你若要在這裡待一輩子，我也……也不會趕你走的。」

說著說著，她的臉已紅了起來。

小姑娘的臉若會紅，那就表示她實在已不小了。

李尋歡道：「好，那麼我就留在這裡……」

他話還未說完，小姑娘已跳了起來，道：「你說的是真話？」

李尋歡笑道：「當然是真的，難得遇到你這麼好的主人，我怎麼會走呢？」

小姑娘展顏笑道：「我知道你喜歡喝酒，我這就去替你準備，這地方別的沒有，酒卻多得很……多得可以淹死你。」

李尋歡道：「除了酒之外，我還要幾塊木頭，愈硬愈好。」

小姑娘楞了楞，道：「木頭？要木頭幹什麼？難道你要用木頭來下酒？你的牙齒倒真不錯。」

說著說著，她自己先笑了，銀鈴般笑道：「但你既然要木頭，我就替你去拿木頭來，無論你想要什麼，就算想要天上的月亮，我也會去替你搬梯子的。」

郭嵩陽一直在注意李尋歡臉上的表情，此刻忽然道：「我不吃木頭，我吃蛋，無論是雞蛋、鴨蛋、皮蛋、鹹蛋，只要是蛋就可以，愈多愈好。」

小姑娘的臉又板了起來，上上下下瞪了他兩眼，道：「你也要留在這裡？」

郭嵩陽淡淡道：「難得遇到你這麼好的主人，我怎麼肯走呢？」

小姑娘嘟著嘴走了出去，嘴裡還在喃喃道：「這世上不識相的人倒真不少，什麼事不好做，爲什麼偏偏要煞別人的風景呢？……」

四二　惡毒

屋子很大，被單是新換的，洗得很白，漿得很挺，茶壺並沒有缺口，茶杯也乾淨得很。

但屋裡卻冷清清的，總像是缺少了些什麼！

林仙兒正坐在床頭，在一件男人的衣服上縫鈕扣，她用針顯然沒有用劍熟悉，時常會扎著自己的手。

阿飛站在窗口，望著窗外的夜色，也不知在想些什麼。

林仙兒縫完了一粒扣子，抬起頭來，輕輕的搥著腰，搖著頭道：「我實在不喜歡住客店，無論多麼好的客店，房間也像是個籠子似的，我一走進去就覺得悶得慌。」

阿飛道：「嗯。」

林仙兒道：「我常聽別人說，金窩銀窩，也不如自己的狗窩，無論什麼地方總不如自己家裡舒服，你說是不是？」

阿飛道：「嗯。」

林仙兒眼波流動，道：「我把你從家裡拉出來，你一定很不開心，是不是？」

阿飛道：「沒有。」

林仙兒嘆了口氣，道：「我知道李尋歡是你的好朋友，也不是不願意你跟他交朋友，但我們既然已決定忘記過去，重頭做起，就不能不離開他，像他那種人，無論走到什麼地方，都會有麻煩跟著他的。」

她柔聲接著道：「我們已發誓不再惹麻煩了，是不是？」

阿飛道：「是。」

林仙兒道：「何況，他做人雖然很夠義氣，但酒喝得太多，一個人酒若喝得太多，就難免有些毛病，毛病犯的時候，連自己都不知道。」

她又嘆了口氣，緩緩接著道：「就因爲這樣，所以他才會撞破我的門，要對我……」

阿飛忽然轉回頭，瞪著她，一字字道：「那件事你永遠莫要再說了，好不好？」

林仙兒溫柔的一笑，道：「其實我早已原諒他了，因爲他是你的朋友。」

阿飛目中露出了痛苦之色，垂下頭，緩緩道：「我沒有朋友……我只有你。」

林仙兒站了起來，走過去拉住他的手，將他拉到自己身旁，輕輕撫摸著他的臉，柔聲道：「我也只有你。」

她墊起腳尖，將自己的臉貼在他臉上，低語著道：「我只要有你就已足夠了，什麼都不想再要。」

阿飛張開手，緊緊的抱住了她。

林仙兒整個人都已貼在他身上，兩人緊緊的擁抱著，過了半晌，她身子忽然輕輕的顫抖起來，道：「你……你又在想了！……」

阿飛閉上眼睛點了點頭。

林仙兒道：「其實我也想……我早就想將一切都給你了，可是我們現在還不能這麼做。」

阿飛道：「爲什麼？」

林仙兒道：「因爲我還不是你的妻子。」

阿飛道：「我……我……」

林仙兒道：「你爲什麼不肯光明正大的娶我，讓別人都知道我是你的妻子，你爲什麼不敢？我以前做錯的事，你難道還不能原諒我？你難道不是真心的愛我？」

阿飛面上的表情更痛苦，緩緩鬆開了手。

但林仙兒卻將他抱得更緊，柔聲道：「無論你對我怎樣，我還是愛你的，你知道我的心早已給了你……我心裡只有你，再也沒有別人。」

她的身子在他身上顫抖著、扭動著、磨擦著……

阿飛痛苦的呻吟了一聲，兩個人突然倒在床上。

林仙兒顫聲道：「你真的這麼想？……要不要我再替你用手……」

阿飛躺在床上，似已崩潰。

他心裡充滿了悔恨，也充滿了痛苦。

他恨自己，他知道不該這麼做，但他已無法自拔，有時他甚至想去死，卻又捨不得離開她。只要有一次輕輕的擁抱，他就可將所有的痛苦忍受。

林仙兒已站了起來，正在對著鏡子梳頭髮，她臉上紅紅的，輕咬著嘴唇，一雙水汪汪的眼睛裡彷彿還帶著春色。

「任何人都可以，只有阿飛不可以。」

林仙兒嘴角漸漸露出了一絲微笑，笑得的確美麗，卻很殘酷，她喜歡折磨男人，她覺得世上再也沒有更愉快的享受。

就在這時，突然有人在用力的敲門。

一人大聲道：「開門，快開門，我知道你在裡面，我早就看見你了。」

阿飛霍然長身而起，厲聲道：「什麼人？」

話未說完，門已被撞開，一個人直闖了進來。

這人的年紀很輕，長得也不難看，全身都是酒氣，一雙滿佈血絲的眼睛，盯著林仙兒，似乎根本未見到屋裡還有第三個人。

他指著林仙兒，格格笑道：「你雖然假裝看不見我，我卻看到你了，你還想走麼？」

林仙兒臉上一絲表情也沒有，冷冷道：「你是什麼人？我不認得你！」

這少年大笑道：「你不認得我？你真的不認得我？你難道忘了那天的事？……好好好，我辛辛苦苦替你送了幾十封信，你現在卻不認得我了。」

他忽然撲過去，想抱住林仙兒，嘶聲道：「但我卻認得你，我死也忘不了你……」

林仙兒當然不會被他抱住，輕輕一閃身，就躲開了，驚呼道：「這人喝醉了，亂發酒瘋。」

少年大喊道：「我沒有喝醉，我清醒得很，我還記得你說的那些話，你說只要我替你把信送到，你就跟我好……」

他又想撲過去，但阿飛已擋住了他，厲聲道：「滾出去！」

少年叫了起來，道：「你是什麼人？憑什麼要我滾出去！你想討好她，告訴你，她隨時隨刻都會將你忘了的，就像忘了我一樣。」

他突又大笑起來，吃吃笑道：「無論誰以爲她真的對他好，就是呆子，呆子……她至少已跟過一百多個男人上床了。」

這句話未說完，阿飛的拳頭已伸出！

只聽「砰」的一聲，少年已飛了出去，仰天跌在院子裡。

阿飛鐵青著臉，瞪著他，過了很久，他動都沒有動，阿飛才緩緩轉過身，面對著林仙兒。

林仙兒突然掩面痛哭起來，哭著道：「我究竟做錯了什麼？做錯了什麼……爲什麼這些人要來冤枉我，要來害我……」

阿飛長長嘆了口氣，輕輕摟住了她，柔聲道：「只要有我在，你就用不著害怕。」

良久良久，林仙兒的哭聲才低了下來，輕泣著道：「幸好我還有你，只要你了解我，別人無論對我怎樣都沒關係了。」

阿飛目中帶著怒火，咬著牙道：「以後若有人敢再來欺負你，我絕不饒他！」

林仙兒道：「無論什麼人？」

阿飛道：「無論什麼人都一樣！」

林仙兒「嚶嚀」一聲，摟得他更緊。

但她的眼睛卻在望著另一個人，目中非但完全沒有悲痛之色，反而充滿了笑意，笑得媚極了。

院子裡也有個人正在望著她。

這人就站在倒下去的那少年身旁。

他的身材很高、很瘦，身上穿的衣服彷彿是金黃色的，長僅及膝，腰帶上斜插著一柄劍！

院子裡雖有燈光，卻不明亮，只有隱隱約約看出他臉上有三條刀疤，其中有一條特別深，特別長，正由他的髮際直劃到嘴角，使他看來彷彿總是帶著種殘酷而詭秘的笑意，令人不寒而慄。

但最可怕的，還是他的眼睛。

他的眼睛竟是死灰色的，既沒有情感，也沒有生命！

他冷冷的盯著林仙兒瞧了半晌，慢慢的點了點頭，然後就轉過身，向朝南的一排屋子走了過去。

又過了半晌，就有兩個人跑來將院子裡那少年抬走。這兩人身上穿的衣服也是杏黃色的，行動都很敏捷，很矯健。

林仙兒的輕泣聲這才完全停止了。

夜更深。

屋子裡傳出阿飛均勻的鼻息聲，鼻息很重，他顯然又睡得很沉了——林仙兒倒給他一杯茶之後，他就立刻睡著。

院子裡靜得很，只有風吹著梧桐，似在嘆息。

然後，門開了。

只開了一線，一個人悄悄的走了出來，又悄悄的掩起門，悄悄的穿過院子，向朝南的那排屋子走了過去。

這排屋子還有一扇窗子，裡面燈火是亮著的。

昏黃的燈光從窗子裡照出來，照在她的臉上，照著她那雙水汪汪的大眼睛，她眼睛迷人極了。是林仙兒。

她已開始敲門。

只敲了一聲，門裡就傳出一個低沉而嘶啞的聲音，冷冷道：「門是開著的。」

林仙兒輕輕一推，門果然開了。

方才站在院子裡的那個人，此刻正坐在門對面的一張椅子上，動也不動，就彷彿一尊自亙古以來就坐在那裡的石像。

距離近了，林仙兒才看清他的眼睛。

他的眼睛幾乎分不清眼球和眼白，完全是死灰色的。

他的瞳孔很大，所以當他看著你的時候，好像並沒有在看你，他並沒有看著你的時候，又好像在看你。

這雙眼睛既不明亮，也不銳利，但卻有種說不出的邪惡妖異之力，就連林仙兒看了心頭都有些發冷，似乎一直冷到骨髓裡。

但她臉上卻還是帶著動人的甜笑。

遇到的人愈可怕，她就笑得愈可愛，這是她用來對付男人的第一種武器，她已將這種武器使用得十分熟練，十分有效。

她嫣然笑道：「是荊先生嗎？」

荊無命冷冷的盯著她，沒有說話，也沒有點頭。

林仙兒笑得更甜，道：「荊先生的大名，我早已聽說過了。」

荊無命還是冷冷的盯著她，在他眼中，這位天下第一美人簡直就和一塊木頭沒什麼兩樣。

林仙兒卻還是沒有失望，媚笑著又道：「荊先生是什麼時候來的？方才……」

荊無命突然打斷了她的話，冷冷道：「你在我面前說話時，最好記著一件事。」

林仙兒柔聲道：「只要荊先生說出來，我一定會記著的。」

荊無命道：「我只發問，不回答，你明白嗎？」

林仙兒道：「我明白。」

荊無命道：「但我問的話，一定要有回答，而且要回答得很清楚，很簡單，我不喜歡聽人廢話……你明白嗎？」

林仙兒道：「我明白。」

她低垂著頭，看來又溫柔，又聽話。

這正是她用來對付男人的第二種武器——她知道男人都喜歡聽話的女人，也知道男人若是開始喜歡一個女人時，就會不知不覺聽那女人的話了。

荆無命道：「你就是林仙兒？」

林仙兒道：「是。」

荆無命道：「是你約我們在這裡見面的？」

林仙兒道：「是。」

荆無命道：「你已替我們約好了李尋歡？」

林仙兒道：「是。」

荆無命道：「你爲何要這樣做？」

林仙兒道：「我知道上官幫主一直在找李尋歡，因爲李尋歡總喜歡擋別人的路。」

荆無命道：「你是想幫我們的忙？」

林仙兒道：「是。」

荆無命的瞳孔突然收縮了起來，目光突然變得像一根箭，厲聲道：「你爲何要幫我們的忙？」

林仙兒道：「因爲我恨李尋歡，我想要他的命！」

荊無命道：「你爲何不自己動手殺他？」

林仙兒嘆了口氣，道：「我殺不了他，在他面前時，我連想都不敢想，因爲他一眼就能看穿別人的心事，一刀就能要別人的命！」

荊無命道：「他真有那麼厲害？」

林仙兒嘆道：「他實在比我說的還要可怕，想殺他的人都已死在他手上，除了荊先生和上官幫主外，世上絕沒有別人能殺得死他！」

她抬起頭，溫柔的望著荊無命，柔聲道：「荊先生的劍法我雖未見過，也能想像得到。」

荊無命道：「你憑什麼能想像得到？」

林仙兒道：「就憑荊先生這份沉著和冷靜，我雖然不會用劍，卻也知道高手相爭時，劍法的變化和出手的快慢並不是最重要的，最重要的就是沉著和冷靜。」

荊無命道：「爲什麼？」

林仙兒道：「因爲劍法招式的變化，基本上並沒有什麼太大差異，武功練到某一種階段後，出手的快慢也不會有太大分別，那時就要看誰比較冷靜，誰比較沉著，誰能夠找出對方的弱點，誰就是勝利者。」

她望著荊無命，目中充滿了仰慕之色，接著道：「當代的劍法名家，我也見得不少，若論冷靜和沉著，絕沒有任何一個人能比得上荊先生的。」

要恭維一個人，一定要恭維得既不肉麻，也不過分，而且正搔著對方的癢處，這樣才算恭維得到家。

林仙兒恭維人的本事的確已到家了。

這正是她對付男人的第三種武器。

她知道男人都是喜歡被人恭維的，尤其是被女人恭維，要服侍一個男人的心，女人的一句恭維話往往比千軍萬馬還有效。

荊無命面上卻還是連一點表情也沒有，冷冷道：「你約的日子是十月初一？」

林仙兒道：「是，因為我算準荊先生和上官幫主在那天一定可以趕到的。」

荊無命道：「但你怎知李尋歡也一定會到呢？」

林仙兒道：「我知道他一定會接到那封信，只要他接到那封信，就一定會去。」

荊無命道：「你有把握？」

林仙兒笑了笑，道：「他並不怕死，因為他反正也活不長了。」

她笑容忽又消失，柔聲道：「就因為他已自知活不長了，所以才可怕，你武功雖然比他高，和他交手時也要小心些，這種人動起手來常常會不要命的。」

她目中充滿了關懷和體貼，這正是她對付男人的第四種武器——你若要別人關心你，就得先要他知道你在關心他。

一個美麗的女人若能很適當的運用這四種武器——一百個男人中最少也有九十九個半要拜倒在她

腳下。

只可惜林仙兒這次遇著的卻偏偏是例外——她遇著的非但不是個男人，簡直不是個人！

幸好她還有樣最有效的武器。

那是她最後的武器，也是女人最原始的一種武器，女人有時能征服男人，就因爲她們有這種武器。

但這種武器對荊無命是否也同樣有效呢？

林仙兒遲疑著。

若非絕對有把握，她絕不肯將這種武器輕易使出來。

荊無命的瞳孔在漸漸擴散，漸漸又變成一片朦朦朧朧的死灰色，對世上任何事都彷彿不會有興趣。

林仙兒暗中嘆了口氣，對這男人，她實在沒有把握。

荊無命緩緩道：「你要說的話已說完了麼？」

林仙兒道：「是。」

荊無命慢慢的站了起來，走到桌子旁，背對著她，慢慢的倒了杯茶，竟再也不看她一眼。

林仙兒只有苦笑道：「荊先生若沒有別的吩咐，我就告辭了。」

荊無命還是不理她，自懷中取出粒藥丸，就著茶水吞下。

林仙兒也看不出他在幹什麼，等了半天，荊無命還是沒有回過頭來，她也沒法子再待下去，只有走。

但她還未走到門口，荊無命忽然道：「聽說你很喜歡勾引男人，是不是？」

林仙兒怔住了。荊無命冷冷接著道：「你一走進這間屋子，就在勾引我，是不是？」

林仙兒眼波流動，慢慢的垂下頭，道：「我喜歡能沉得住氣的男人。」

荊無命霍然轉過身，道：「那麼，你現在爲何放棄了？」

林仙兒抬起頭，才發現他的瞳孔突又縮小，正盯著她的身子，那眼神看來就好像她是完全赤裸著的。

她的臉似已紅了，垂首道：「你的心就像是鐵打的，我……我不敢……」

荊無命緩緩道：「但我的人卻不是鐵打的。」

林仙兒再抬起頭，凝視著他，眼睛漸漸亮了起來。

荊無命道：「你要勾引我，只有一種法子，最直接的法子。」

林仙兒紅著臉道：「你爲什麼不教我？」

荊無命慢慢的向她走了過來，冷冷道：「這法子你還用得著我來教麼？」

他忽然反手一掌，摑在她臉上。

林仙兒整個人都似已被打得飛了起來，倒在床上，輕輕的呻吟著，她的臉雖已因痛苦而扭曲，但目中卻射出了狂熱的火花……

荊無命緩緩轉過身，走到床前。

林仙兒忽然跳起來，緊緊摟住了他，呻吟著道：「你要打，就打吧，打死我也沒關係，我情願死在你手上……」

荊無命的手已又落下。

屋子裡不斷傳出呻吟聲，聽來竟是愉快多於痛苦。

難道她喜歡被人折磨，被人鞭打？

林仙兒走出這屋子的時候，天已快亮了。

她看來是那麼狼狽，那麼疲倦，彷彿連腿都無法抬起，但她的神情卻是說不出的滿足、平靜。

每次她燃起阿飛的火焰後，自己心裡也燃起了一團火，所以她每次都要找一個人發洩，將這團火熄滅。

她喜歡被人折磨，也喜歡折磨別人。

晨霧已稀。

林仙兒仰面望著東方的曙色，喃喃道：「今天已是九月二十五了，還有五天……只有五天……」

她嘴角不禁露出一絲微笑。

「李尋歡你最多也不過只能再活五天了！」

四三　生死之間

李尋歡在雕著木頭。

那穿紅衣服的小姑娘一直在旁邊癡癡的瞧著他，忽然問道：「你究竟在雕什麼？」

李尋歡笑了笑，道：「你看不出？」

小姑娘道：「我看你好像是想雕一個人的像，但爲什麼你每次都不完成它呢？也好讓我看看你雕的這人漂不漂亮。」

李尋歡的笑容消失了，不停的咳嗽起來。

他就因爲不願被人看到他雕的是誰，所以每次都沒有將雕像完成，雖然他也可以雕另外一個人的像，但他的手卻已彷彿不聽他的話，就算他雕的不是她，雕出來的輪廓也像是她！

因爲他無法不想她。

窗外的天色已漸漸黯了。

小姑娘燃起了燈，忽然笑道：「今天你直到現在還沒有喝酒？」

李尋歡道：「嗯。」

小姑娘道：「你不想喝酒？」

李尋歡淡淡笑道：「偶然清醒一天，也沒什麼不好？」

小姑娘眨著眼，笑道：「我看你還是喝些酒的好，一天不喝酒，你的手就在發抖。」

李尋歡的笑容又消失了，慢慢的抬起手，手裡的刀鋒在燈光下散發著淡淡的青光，光芒在閃動著。

「難道我的手真在發抖？」

李尋歡的心漸漸往下沉，他就怕有這麼一天，不喝酒手就會抖，一隻顫抖的手怎能發得出致人死命的飛刀？

他用力握著刀柄，指節都已因用力而發白。

但刀鋒上的青光仍在不停的閃動著。

李尋歡突然覺得這隻手比鉛還重，連抬都抬不起了。

他慢慢的垂下手，望著窗外的天色，道：「今天是什麼日子？」

小姑娘道：「九月三十了，明天就是初一。」

李尋歡緩緩閉起眼睛，過了半晌，又張開，道：「郭先生呢？」

小姑娘道：「他說他要到鎮上去走走。」

她嫣然一笑，接著道：「你若想喝酒，爲什麼一定要等他？我難道就不能陪你喝酒嗎？」

李尋歡勉強笑了笑，道：「你現在就開始喝酒，未免還太早了些。」

小姑娘笑道：「既然遲早總是要喝的，還不如早些喝的好。」

李尋歡垂首望著自己手裡的刀鋒，忽然用力刻下了一刀。

他刻得很快，本已將變成的人像，很快就完成了，那清秀的輪廓，挺直的鼻子，看來還是那麼年輕。

但人呢？人已老了。

人在憂愁中，總是老得特別快的。

李尋歡癡癡的望著這人像，目光再也捨不得移開，因爲他知道從今後，已再也見不著她。

突聽一人道：「這人像好美，是誰呀？是你的情人？」

小姑娘已回來了，手裡托著個盤子，不知何時已到了他身後。

李尋歡勉強笑了笑，將人像藏入衣袖，道：「我也不知道她是誰，也許是天上的仙女吧……」

小姑娘眨著眼，搖著頭道：「你騙我，天上的仙女都很快活，她看來卻是那麼憂傷……」

李尋歡道：「地上既然有許多快活的人，天上爲什麼不能有憂傷的仙子？」

小姑娘道：「可是你卻並不快活，因爲你喜歡她，卻得不到她，我猜得對不對？」

李尋歡的臉色變了，一顆心也沉了下去。

小姑娘笑道：「你用不著再瞞我，看你的臉色，我就知道猜的不錯。」

李尋歡苦笑道：「那已是很久很久以前的事了。」

小姑娘道：「既然是很久以前的事，你爲何直到現在還忘不了她？」

李尋歡沉默了很久黯然道：「等你活到我這樣的年紀，你就會知道你最想忘記的人，也正是你最忘不了的！……」

小姑娘慢慢的點了點頭，慢慢的咀嚼著他這兩句話中的滋味，似也有些癡了，連手裡托著的盤子都忘記放下。

過了很久，她才幽幽的嘆息了一聲，道：「別人都說你又冷酷，又無情，但你卻不是那樣的人呀。」

李尋歡道：「你看我是個怎麼樣的人呢？」

小姑娘道：「我看你既多愁、又善感，正是個不折不扣的多情種子，你若真的喜歡上一個女人，可真是那女人的福氣。」

李尋歡笑了笑，道：「這也許是因爲我還未喝酒，我喝了酒後，就會變得麻木了。」

小姑娘也笑了笑，道：「那麼我還是趕快喝些酒吧，我也想變得麻木些，也免得苦惱。」

她忽然拿起盤子上的酒壺，將半壺酒喝了下去。

愈是年輕的人，酒喝得愈快，因爲喝酒也需要勇氣。

愈有勇氣的人，醉得自然也愈快。

小姑娘的臉已紅如桃花，忽然瞪著李尋歡道：「我知道你叫李尋歡，你可知道我叫什麼？」

李尋歡道：「你沒有說，我怎會知道！」

小姑娘道：「你沒有問我，我爲何要說？」

她咬著嘴唇，慢慢的接著道：「你不但沒有問我的名字？也沒有問我是什麼人？怎會一個人留在這裡？別的人到那裡去了？……你什麼都不問，是不是覺得你已快死了，所以什麼事都不想知道。」

李尋歡笑了笑，道：「你醉了，女孩子喝醉了，最好趕快去睡覺。」

小姑娘道：「你不想聽，是不是，我偏要告訴你，我沒有爹，也沒有娘，所以也不知道自己姓什麼，五年前小姐把我買下來了，所以我就姓林，小姐喜歡我叫『鈴鈴』，所以我就叫做林鈴鈴……」

她吃吃的笑著，接著道：「林鈴鈴，你說這名字好不好？就像是個鈴，別人搖一搖，我就『林鈴鈴』的響，別人不搖，我就不能響。」

李尋歡嘆了口氣，這才知道這小姑娘也有段辛酸的往事，並不如她表面看來那麼開心。

「爲什麼我總是遇不著一個真正快樂的人呢？」

鈴鈴道：「你可知道我爲什麼一個人留在這裡，告訴你也沒關係，小姐叫我留在這裡，就是要我看著你，每天想法子讓你喝酒，讓你的手發抖，她說只要你的手一開始發抖，你就活不長了。」

她瞪著李尋歡，像是在等著他發脾氣。

但李尋歡卻只是淡淡的一笑，道：「十年前就已有人說我快死了，但我卻還是活到現在，你說奇怪不奇怪？」

鈴鈴瞪著眼，道：「我已告訴你，我是在害你，你爲什麼不罵我？」

李尋歡道：「我爲什麼要罵你，你只不過是個小鈴鐺而已。」

他長嘆著接著道：「每個人活在世上，都難免要做別人的鈴鐺，你是別人的鈴鐺，我又何嘗不是，那搖鈴的人自己身上說不定也有根繩子被別人拎在手裡。」

鈴鈴瞪著眼，瞧了他很久，突也長長的嘆息了一聲，道：「我現在才發覺你這人真不錯，小姐為什麼偏偏想要你死呢？」

李尋歡淡淡笑道：「一心想別人死的人，自己也遲早要死的。」

鈴鈴道：「但有些人死了，大家反而會覺得很開心，有些人死了，大家卻都難免要流淚……」

她垂下頭，幽幽的接著道：「你若死了，我說不定也會流淚的。」

李尋歡笑道：「因為我們已經是朋友了……至少我們已認識了許多天。」

鈴鈴搖頭道：「那倒不見得，我認識那位郭先生比你久得多，他若死了，我就絕不會流一滴眼淚！」

她自己笑了笑，又補充著道：「因為我若死了，他也絕不會流淚。」

李尋歡道：「你認為他的心腸很硬？」

鈴鈴撇了撇嘴，道：「他也許根本就沒有心腸。」

李尋歡道：「你若真的這麼想，你就錯了，有些人表面看來雖然很冷酷，其實卻是個有血性，夠義氣的朋友，愈是不肯將真情流露出來的人，他的情感往往就愈真摯。」

他心中像是有很多感觸，竟未發覺郭嵩陽站在門外已很久——他的確不是個很容易動情感的人。

此刻他還是靜靜的站在門後，面上連一點表情也沒有。

陽光很早就照亮了大地。

李尋歡醒得更早，他幾乎根本就沒有睡著過。

天沒亮的時候，他已用冷水洗了澡，將鬚髮也洗乾淨了，換上了三天前他自己從鎮上買來的一套青布衣服。

他的身材既不肼，也不瘦，所以雖然買的是套很粗糙的現成衣服，但穿在他身上卻很合身。

現在，面對著窗外的陽光，他覺得精神好多了。

一個人身上若是乾乾淨淨的，精神自然會好得多的，他一定要使自己乾淨些，精神好些。

因爲今天是個很特別的日子。

到了今天晚上，他說不定已不再活在這世上，但他活著時既然是乾乾淨淨的，死，也得乾乾淨淨的死！

今天這一戰，他的勝算並不大，能活著的機會實在很少，但只要還有一分希望，他就絕不放棄！

他不怕死，卻也不願死在一雙骯髒的手下。

陽光燦爛，楓葉嫣紅，能活著畢竟不太壞呀。

他用一條青布帶束起了頭髮，正準備刮臉。

突聽一人道：「你的頭腦還這麼亂，怎麼能去會佳人？我再替你梳梳吧。」

鈴鈴不知何時走了進來，眼睛紅紅的，似乎還宿醉未醒，又似乎昨夜曾經偷偷的哭過。

李尋歡微笑著點了點頭，在窗前的木椅上坐下，陽光恰好照在他臉上，他覺得很刺眼，就將眼瞼闔起。

然後，他突然間又想起了十餘年前的往事。

那天，天氣也正和今天同樣晴朗，窗外的菊花開得正艷，他坐在小樓窗前，也有個人在替他梳頭髮。

直到現在，他似乎還能感覺到那雙手的細心和溫柔。

那天，他也是正準備動身遠行了，所以她梳得特別慢。

她慢慢的梳著，似乎想留住他，多留一刻也是好的，梳到最後時，她眼淚就不禁滴落在他頭髮上。

就在那次遠行回來時，他遇著了強敵，幾乎喪命，多虧龍嘯雲救了他，這也是他永遠忘不了的。

但他卻忘了龍嘯雲雖救了他一次，卻毀了他一生——有些人爲什麼永遠只記得別人的好處？

李尋歡閉著眼睛，苦笑著：「那天我走了後總算還回去了，今日我一去之後，還能活著回來嗎？那一次我若就已一去不返，豈非還好得多？……」

他不願再想下去，慢慢將眼瞼張開一線，忽然感覺到現在正替他梳著頭髮的一雙手，她梳得那麼慢，那麼溫柔。

他不禁回過頭，就發覺有一粒晶瑩的淚珠也正從鈴鈴的臉上往下落，終於也滴落在他頭髮上。

同樣溫柔的手，同樣晶瑩的淚珠。

李尋歡彷彿又回到十餘年前那陽光同樣燦爛的早上，恍恍惚惚間已拉住了她的手，柔聲道：「你哭了？」

鈴鈴紅了臉，扭轉頭，咬著嘴唇道：「我知道你的約會就是今天，所以才會打扮得這麼漂亮，是不是？」

李尋歡沒有說話，因爲他已發現這雙手畢竟不是十年前的那雙手，十年前的時光也永遠回不來了。

鈴鈴幽幽的接著道：「你就要去會你的佳人了，我心裡當然難受。」

李尋歡緩緩放下了她的手，勉強笑了笑，道：「你還是個孩子，難受究竟是什麼滋味，你現在根本還不懂。」

鈴鈴道：「我以前也許還不懂，現在卻已懂了，昨天也許還不懂，今天卻已懂了。」

李尋歡笑道：「你一天之中就長大了麼？」

鈴鈴道：「當然，有人在一夜間就老得連頭髮都完全白了，這故事你難道沒聽說過？」

李尋歡道：「他是爲了自己的生死而憂慮，你是爲了什麼？」

鈴鈴垂下頭，黯然道：「我是爲了你……你今天一去，還會回來麼？」

李尋歡沉默了很久，才長長嘆息了一聲，道：「你已知道我今天去會的是誰了？」

鈴鈴沉重的點了點頭，將他的頭髮理成一束，用那條青布帶紮了起來，一字字緩緩道：「我知道你無論如何一定要去的，誰也留不住你。」

李尋歡柔聲道：「你長大後就會知道，有些事你非做不可，根本就沒有選擇的餘地。」

鈴鈴道：「但我若是你昨夜爲她雕像的那個人，你就會爲我留下來了，是麼？」

李尋歡又沉默了很久，面上漸漸露出了痛苦之色，喃喃道：「我並沒有爲她留下來……我從來沒有爲她做過任何事，我……」

他霍然長身而起，目光遙望窗外，道：「時候已不早，我該走了……」

這句話未說完，郭嵩陽已走了進來，大聲道：「我剛回來，你就要走了麼？」

他手裡提著瓶酒，醉眼乜斜腳步也有些不穩，人還未走進屋子，已有一陣陣酒氣撲鼻。

李尋歡笑道：「原來郭兄昨夜竟在鎮上與人作長夜之飲，爲何也不來通知我一聲。」

郭嵩陽大笑道：「有時兩個人對飲才好，多了一人就太擠了。」

他忽然壓低語聲，一隻手搭著李尋歡肩頭，悄悄道：「小弟心情不好時喜歡做什麼事，你總該知道的。」

李尋歡笑道：「原來……」

他兩個字剛說出，郭嵩陽的手已閃電般點了他七處穴道。

李尋歡的人已倒了下去。

鈴鈴大驚失色，趕過去扶住李尋歡，驚呼道：「你這是幹什麼？」

在這一瞬間，郭嵩陽的酒意竟已完全清醒，一張臉立刻又變得如岩石般冷酷，沉著臉道：「他醒來時你對他說，與上官金虹交手的機會，並不是時常都有的，這機會我絕不能錯過！」

鈴鈴道：「你……你難道要替他去？」

郭嵩陽道：「我知道他絕不肯讓我陪他去，我也不願讓他陪我去，這也正如喝酒一樣，有時要兩個人對飲才好，多一人就無趣了。」

鈴鈴怔了半晌，目中忽然流下淚來，黯然道：「他說的不錯，原來你也是個好人。」

郭嵩陽冷冷道：「我無論是死是活，都不願見到有人爲我流淚，看到女人的眼淚我就噁心，你的眼淚還是留給別人吧！」

他霍然轉過身，連頭也不回，大步走了出去。

李尋歡雖然不能動，不能說話，卻還是有知覺的，望著郭嵩陽走出門，他目中似已有熱淚將奪眶而出。

也不知過了多久，鈴鈴才擦了擦眼淚，喃喃道：「一個人一生中若能交到一個可以生死與共的義氣朋友，那當真比任何東西都要珍貴得多。」

她俯首凝視李尋歡，過了半晌，黯然接著道：「你當然也爲他做過許多事，所以他才肯……才肯爲你這麼做。」

李尋歡閉起眼睛，心裡真是說不出的難受，他忽然發覺人與人之間的情感，有時實在很難了解。

他的確爲很多人做過許多事，那些人有的已背棄了他，有的已遺忘了，有的甚至出賣過他。

他並沒有爲郭嵩陽做過什麼，但郭嵩陽卻不惜爲他去死。

這就是真正的「友情」。

這種友情既不能收買，也不是可以交換得到的，也許就因爲世間還有這種友情存在，所以人類的光輝才能永存。

屋子裡驟然暗了起來。

鈴鈴已掩起門，關好了窗子，靜靜的坐在李尋歡身旁，溫柔的望著他，什麼話也不再說。

四下靜得甚至可以聽到銅壺中沙漏的聲音。

現在是什麼時候了？

郭嵩陽是不是已開始和上官金虹、荊無命他們作生死之鬥？

「他的生死也許只是呼吸間的事，但我卻反而安安靜靜的躺在這裡，什麼事也不能爲他做。」

想到這裡，李尋歡的心好似已將裂開。

突然間，樓梯上響起了一陣腳步聲。

腳步聲很輕，很慢，但李尋歡一聽就知道有兩個人同時走上來，而且這兩人的武功都不弱。

持著，外面就傳入了敲門聲：「篤，篤篤！」

鈴鈴驟然緊張了起來。

來的會是什麼人？

是不是郭嵩陽已遭了他們的毒手，他們現在又來找李尋歡！

「篤，篤篤！」

這次敲門的聲音更響。

鈴鈴面上已沁出了冷汗，忽然抱起李尋歡，四下張望著，似乎想找個地方將李尋歡藏起來。

「篤，篤篤，篤，篤篤……」

敲門聲不停的響了起來，外面的人顯然很焦急，若是再不去開門，他們也許就要破門而入。

鈴鈴咬著嘴唇，大聲道：「來了，急什麼？總要等人家穿好衣服才能開門呀！」

她一面說話，一面已用腳尖挑開了衣櫥的門，將李尋歡藏了進去，又抓了些衣服堆在李尋歡身上。

李尋歡雖然從不願逃避躲藏，怎奈他現在連一根小指頭都動不了，也只有任憑鈴鈴擺佈。

只見鈴鈴對著衣櫥上的銅鏡整了整衫，理了理頭髮，又擦乾了額角和鼻子上的冷汗。

忽然她就將衣櫥的門緊緊關上，「格」的一聲上了鎖。

她嘴裡喃喃自語道：「好容易偷空睡個午覺，偏偏又有人來，我這人怎地如此命苦。」

聲音漸漸遠了，然後李尋歡就聽到開門的聲音。

門開了，聲音卻反而突然停頓，鈴鈴似乎是在吃驚發怔，門外來的顯然是兩個她從未見過的人。

來的是不是上官金虹與荊無命！

門外的人也沒有先開口，過了半晌，才聽得鈴鈴道：「兩位要找誰呀？莫非是找錯地方了麼？」

門外的人還是沒有開口。

只聽「砰」的一聲，鈴鈴似乎被他們推得撞到門上，然後就可以聽出有兩個人的腳步聲走了進來。

四四　兩世為人

衣櫥裡又暗，又悶，若是換了別人在李尋歡這種情況下被關在衣櫥裡，只怕要緊張得發瘋。來的人顯然不懷好意，否則怎會對鈴鈴如此粗魯。

但李尋歡這時反而平靜了下來。

遇著這種無可奈何的事，他總會先想法子使自己保持冷靜，因爲他知道自己縱然急瘋了也沒有用。

這時鈴鈴已叫了起來，道：「你們這是什麼意思？難道是土匪麼？」

李尋歡心裡幾乎想發笑。

他想起自己那天來的時候，鈴鈴也將他當做強盜，這小姑娘別的本事沒學會，裝腔說謊的本事倒已真學得和林仙兒差不多了。

但來的這兩人卻完全不睬她，在外面兩間屋子裡走了一圈，似乎在四下搜尋著，然後就走了進來。

鈴鈴也衝了進來，大聲道：「這是我們家小姐的閨房，你們怎麼可以隨便往裡面闖？」

到了這時，來的這兩人才終於開口了。

一人道：「我們正是來找你們家小姐的。」

這聲音竟然很溫柔，很好聽，而且說話時還似帶著笑意。

來的竟是女人！

李尋歡不禁也覺得很意外，他也想不到居然會有女人到這裡來，這就難怪鈴鈴看到她們時會吃驚發怔了。

只聽鈴鈴道：「你們是來找我家小姐的？你們認得她！」

那女子道：「當然認得……不但認得，而且還是好朋友。」

鈴鈴笑了，道：「既然如此，兩位爲何不早說，害得我還將兩位當土匪哩。」

那女子也笑了，道：「我們的樣子看來難道很像土匪？」

鈴鈴道：「兩位這就不知道了，現在的土匪已經跟以前不一樣，有的簡直比兩位還要斯文，還要漂亮，誰也看不出他的身分來。」

這小姑娘當真是個鬼靈精，罵起人來一個髒字也不帶。

那女子還未說話，已聽到另外一個女子的聲音道：「你家小姐到那裡去了？請她出來好麼？」

這聲音很低，說話的人嗓子似有些嘶啞，但也很好聽，李尋歡覺得這聲音彷彿很熟悉，卻想不起她是誰了。

鈴鈴笑道：「兩位來得真不巧，小姐前幾天就出門了，只留我一個人在這裡看家，兩位有什麼事，告訴我也是一樣。」

那女子道：「她什麼時候回來？」

鈴鈴道：「不知道……小姐沒有說，我怎麼敢問？」

另一個女子突然冷笑了一聲，道：「我們一來，她就出門了，我們不來，她天天都在這裡，難道她知道我們要來，就躲起來不敢見人麼？」

這話說得很不客氣，果然像是來找麻煩的。

難道她們是爲了已知道自己的丈夫時常到這裡來和林仙兒幽會，所以特地趕來捉姦的麼？

鈴鈴還是在笑，道：「兩位既是小姐的朋友，她要知道兩位到了，歡喜還來不及，怎麼會躲起來呢？」

那女子笑道：「有些人什麼人都敢見，就是不敢見朋友，你說奇怪不奇怪？」

另一個女子冷冷道：「這也許是因爲她對不起朋友的事做得太多了。」

鈴鈴笑道：「兩位真會說笑話，這地方這麼小，一個大人就算要躲起來，也沒地方躲呀。」

那女子道：「哦，是麼？……這地方我雖然不熟，但我若要躲起來，倒說不定可以找得到地方。」

鈴鈴道：「那麼姑娘除非躲到這衣櫥裡。」

她吃吃的笑著，接著道：「但一個人若躲在衣櫥裡，豈非悶也要被悶死了，那滋味一定不好受。」

那女人也笑了，道：「不錯，你們家小姐金枝玉葉，自然不肯躲到衣櫥裡去的……」

兩人都笑得很開心，彷彿都覺得這件事滑稽得很。

笑了很久，那女子才接著道：「只不過，你家小姐既然不肯躲到衣櫥裡，現在衣櫥裡這人是誰呢？」

鈴鈴道：「誰？……衣櫥裡有人？怎麼連我都不知道？」

那女子道：「衣櫥裡若沒有人，你爲什麼一直擋在前面呢？難道怕我們偷你們小姐的衣服嗎？」

鈴鈴道：「沒有呀？……我那裡擋在前面……」

那女子柔聲道：「小妹妹，你雖然很聰明，很會說話，只可惜年紀還是太小了些，要想騙過我們這兩個老狐狸，恐怕還要再等幾年。」

李尋歡雖然看不到鈴鈴的臉，但也可想見鈴鈴此刻面上的表情一定難看得很，他自己心裡當然也並不好受。

一個大男人，被人發現躲在衣櫥裡，那實在不是件很愉快的事，他想不出這兩個女子會將他看成怎麼樣一個人。

他也猜不出她們究竟是怎麼樣的人。

這女子輕言細語，脾氣彷彿溫柔極了，但每句話說出來，話裡都帶著刺，顯見必定是個極深沉，又厲害的角色。

另一個女子話雖說得不多，但一開口就是在找麻煩，似乎對林仙兒很不滿，一心想來找林仙兒算帳的。

聽她們的腳步聲，武功都不弱，並不在林仙兒之下。

李尋歡只希望此刻躲在衣櫥裡的真是林仙兒，也好讓這兩人教訓教訓她，她對付男人雖很有辦法，但對付女人的本事就不會有那麼大了。

怎奈此刻躲在衣櫥裡的偏偏不是林仙兒，而是李尋歡自己，老天竟偏偏要他來做林仙兒的替死鬼。

只聽鈴鈴一聲輕呼，衣櫥的門已被拉開了。

李尋歡閉上眼睛，只希望這兩個女子千萬莫要認識他。

那女子顯然也未想到衣櫥裡躲著的是個男人，也怔住了。

怔了半晌，才聽她吃吃笑道：「小妹妹，這人是誰呀，睡著了麼？」

鈴鈴道：「他……他是我表哥。」

那女子笑道：「有趣有趣，有趣極了，我小的時候也常常將我的情人藏在衣櫥裡，有一次被人發現了，我也說他是我的表哥。」

她接著又道：「爲什麼天下的女孩子都喜歡說自己的情人是表哥呢，難道就不能換個新花樣說說麼？」

鈴鈴道：「這還是我第一次……下次我就知道換花樣了。」

那女子笑道：「這位小妹妹倒真是『年輕有爲』，看樣子連我們都比她差多了，這才真叫做後生可畏。」

另一個女子沉默了很久，才緩緩道：「林仙兒既然不在這裡，我們走吧。」

那女子道：「急什麼？我們既然來了，多坐坐又何妨？」

衣櫥的門一開，李尋歡就聞到一股很誘人的香氣，現在這香氣更近了，那女子好像已走到他面前。

過了半晌，她又笑著道：「小妹妹，你年紀雖小，選擇男人的眼光倒真不錯。」

鈴鈴居然也在笑，道：「這地方的男人不多，好的都被小姐挑走了，我也只好將就些。」

那女子道：「這樣的男人你還不滿意麼？你看他既不胖，也不瘦，臉長得也不討人厭，而且看樣子對女人很有經驗。」

鈴鈴笑道：「他別的倒也還不錯，就是太喜歡睡覺，一睡著就不醒。」

那女子吃吃笑道：「這也許是因爲他太累了……遇著你這樣的小狐狸精，他怎麼會不累？」

鈴鈴道：「他年紀也太大了些。」

那女人道：「嗯，不錯，他配你的確嫌太大了些，配我倒剛好。」

銀鈴般地笑著接道：「小妹妹，你若不中意，就把他讓給我吧，過兩天，我一定找個年輕的來陪你。」

這女子本來還好像蠻文靜，蠻溫柔的，但一見了男人，就完全變了，嘴裡說著話，居然已將李尋歡抱了起來。

到了這裡，李尋歡想不張開眼睛也不行了。

一張開眼，他又嚇了一跳。

抱著他的這個女子年紀並不太大，最多也不過只有二十五六，長得也的確不難看，白生生的皮膚，水汪汪的眼睛，一張菱角小嘴，笑起來一邊一個笑渦，若將她一個人分成三個，當真是個美人。

只可惜她下巴有三個，腰像水桶，身上的肉比普通三個人加起來還多，李尋歡被她抱在懷裡，簡直就好像睡在一堆棉花上。

他再也想不到說話那麼溫柔，笑聲那麼好聽的一個女子，竟肥得如此可怕，簡直肥得不像話了。

各式各樣的女人他都見過不少，但像這麼肥的女人，他真還從未見過，「一個男人被這種女人抱著，還不如去跳河的好」。

更令李尋歡吃驚的，還是另一個女子。

這女子很美，也很媚，水蛇般的細腰，穿著一套很合身的藍衣服，衣袖卻很寬，就算站著不動，也有種飄飄欲仙之態。

這女人赫然竟是被李尋歡折斷一隻手腕的藍蠍子！

李尋歡暗中嘆了口氣，知道今天要倒楣了。

奇怪的是，藍蠍子居然似乎已不認得他，臉上一點特別的表情也沒有，甚至連看都沒有多看他一眼。

那肥女人還在笑著，笑得全身的肉都在發抖，她一笑起來，李尋歡就覺得好像在地震一樣。

鈴鈴已有些發慌了，道：「這人髒得很，常常幾個月不洗澡，姑娘千萬不要抱他，他身子不但有跳蚤還有臭蟲。」

那胖女人道：「髒？誰說他髒？何況他身上就算有臭蟲也沒關係，男人身上的臭蟲，一定也有男人的味道。」她嬌笑著又道：「只要有男人味道的東西，我都喜歡。」

鈴鈴道：「可是……可是他非但又髒又懶，而且還是個酒鬼。」

那胖女人道：「酒鬼更好，酒量好的男人，才有男子漢氣概。」

她忽然像是已開心得忍不住了，竟伸手去摸了摸李尋歡的臉，吃吃的笑著，接著又道：「你若喜歡喝酒，我就陪你喝酒，有些事喝了酒之後再做更有趣。」

鈴鈴實在笑不出了，忍不住道：「有種男人，平時道貌岸然，一本正經，但一見到女人，骨頭就輕了，這種男人別人都叫他『色鬼』，卻不知道這種女人該叫做什麼呢？」

那胖女人也不生氣，笑嘻嘻道：「這種女人也叫做『色鬼』，我正是不折不扣的一個女色鬼，只要見到好看的男人，就沒法子不動心。」

鈴鈴冷笑道：「卻不知男人見了你會不會動心？」

那胖女人道：「我雖然胖了些，但懂事的男人都知道，胖女人不但溫柔體貼，冬暖夏涼，而且還有種好處。」

她眼睛瞟著李尋歡嫣然一笑，輕輕的接著道：「好處在那裡，你馬上就會知道了。」

鈴鈴突又笑了起來，笑得彎下了腰。

那胖女人瞪眼道：「你笑什麼？」

鈴鈴道：「我笑你真是色膽包天，連他的腦筋你都敢動。」

那胖女人道：「我爲什麼不能動他的腦筋？」

鈴鈴道：「你可知道他是誰麼？」

那胖女人道：「你可知道我是誰麼？」

鈴鈴道：「你總不是他的表妹吧。」

那胖女人道：「你可聽說過『大歡喜女菩薩』這名字?我就是女菩薩座下的『至尊寶』，只要是男人我就統吃。」

鈴鈴道：「你若敢吃他，小心吃下去鯁著喉嚨，吐不出來。」

至尊寶道：「我吃人從來也不吐骨頭的。」

她已板起了臉，接著又道：「小妹妹，我勸你還是閉上嘴巴，要不是因爲我辦事前從不願殺人，免得煞風景，你現在早就連眼睛都閉上了。」

鈴鈴眨了眨眼，道：「你難道就不想知道他是誰麼？」

至尊寶道：「我若想知道，我自己會問他，用不著你操心，何況……我只要他是個男人就夠了。」

她轉過頭向藍蠍子一笑，道：「拜託你，幫幫我的忙，把這小丫頭弄出去，這地方還不錯，我想暫時借用一下，你可不准看。」

李尋歡全身的肉都𦙶了，想吐也吐不出，想死也死不了，只希望藍蠍子來找他報仇，快些給他一刀。

怎奈藍蠍子卻像是完全不認得他了，一直冷冷的站在那裡，連看都不看他一眼，此刻忽然一字字道：「這男人我也要。」

至尊寶的面色驟然變了，大聲道：「什麼？你說什麼？」

藍蠍子面無表情，還是一字字緩緩道：「這男人我也要！」

至尊寶瞪他，眼睛裡露出了兇光，厲聲道：「你敢跟我搶？」

藍蠍子冷冷的瞪著她，道：「搶定了。」

至尊寶臉上一陣青，一陣白，忽又笑道：「你若真想要他，我們姐妹倆的事總好商量。」

藍蠍子冷冷道：「我不是要他的人，我是要他的命！」

至尊寶展顏笑道：「這就更好辦了，等我要過他的人，你再要他的命也不遲呀。」

藍蠍子道：「等我要過他的命，你再要他的人吧。」

至尊寶目中雖已又有了怒意，還是勉強笑道：「我雖然很喜歡男人，但對死人卻沒什麼興趣。」

藍蠍子道：「他現在豈非和死人差不多。」

至尊寶笑道：「他現在不能動，只不過是因爲被人點了穴道，我自然有法子要他動的。」

藍蠍子冷冷道：「等他能動的時候，我再想要他的命就已遲了。」

鈴鈴悠然笑道：「不錯，等他能動的時候，只要他的手一動，你們就再見了！」

至尊寶動容道：「你說他是誰？」
鈴鈴道：「他就是小李飛刀！」
至尊寶呆住了，呆了半晌，才慢慢的搖著頭道：「我不信，他若真是李尋歡，怎會看上你這麼樣一個小丫頭。」
鈴鈴道：「他並沒有看上我，是我看上了他，所以才希望你們快殺了他。」
至尊寶道：「為什麼？」
鈴鈴道：「我家小姐常告訴我，你若看上一個男人，他卻看不上你，那麼你就寧可要了他的命，也不能讓他落到別的女人手上。」
至尊寶嘆了口氣道：「想不到這小丫頭的心腸竟比我還毒辣。」
鈴鈴道：「難道你還想要他的人麼？你真有這麼大的膽子？」
至尊寶沉吟著，緩緩道：「牡丹花下死，做鬼也風流，能和李尋歡這樣的名男人作一夜夫妻，就算死也不冤枉了。」
她又向藍蠍子一笑，接著道：「但你也不必著急，我要過他的人之後，還是有法子再讓你要他的命。」
藍蠍子沉著臉不說話。
至尊寶道：「你莫忘了，我這次來，是為了要幫你的忙，你好歹也得給我個面子。」
藍蠍子默然半晌，道：「男人的手若被砍斷了，你還有興趣麼？」

至尊寶笑道：「手斷了倒沒有什麼關係，只要別的地方不斷就行了。」

藍蠍子道：「那麼我就要他一隻手！」

至尊寶想了想，道：「左手還是右手？」

藍蠍子恨恨道：「他折斷了我的右手，我也要他的一隻右手！」

至尊寶嘆了口氣，道：「好，你來吧……但切莫弄得鮮血淋漓的，叫人噁心，用你那根蠍子尾巴隨便在他手上螫一下就算了吧。」

藍蠍子道：「好，就這麼辦。」

她慢慢的走了過來，眼睛閃著光。

鈴鈴大聲說：「你們真敢這麼樣對他？」

至尊寶柔聲道：「小妹妹，難道你又心疼了麼？」

她話未說完。

藍蠍子衣袖中已飛出一道青藍色的電光，閃電般向李尋歡右臂刺下——

只聽一聲慘呼，歷久不絕。

李尋歡的人，「砰」的跌在地上！

誰也想不到這聲慘呼竟是至尊寶發出的。

慘呼聲中，她已拋下了李尋歡，瘋狂的向藍蠍子衝了過去。

藍蠍子腰肢一扭，滑開了七八尺。

誰知至尊寶的腰雖比水桶還粗，動作反應卻奇快無比，驟然一翻身，已抓住了藍蠍子的手。

藍蠍子的臉都嚇白了。

至尊寶一張臉已變成青藍色，變得說不出的猙獰可怖，雙睛怒凸，瞪著藍蠍子，咬牙道：「你……你好大的膽子，敢暗算我，我要你的命！」

只聽咔嚓一聲，藍蠍子的一隻手已被她連著衣袖擰了下來。

藍蠍子又滑開數尺，臉上竟連半點痛苦之色都沒有。

至尊寶擰斷的還是她一隻右手。

藍蠍子已忽然大笑起來，格格笑道：「你再看看你手裡抓的是什麼？」

至尊寶一抬手，只見裹在半截衣袖中的只不過是一段閃著青光的「蠍子尾巴」，原來藍蠍子右手被李尋歡折斷後，就將自己的兵器接在斷腕上，用她那寬大的衣袖遮住誰也看不出。

藍蠍子道：「中了我蠍尾之毒，走不出七步必死無疑，就算你身子比別人大些，毒性發作慢些，你能再走三步還不倒下，我佩服你。」

至尊寶狂吼一聲，又衝出。

她果然還未衝出三步，就已倒下。

藍蠍子再也不看她一眼，轉身走到李尋歡面前，垂著頭，冷冷的望著他，過了半晌，才緩緩道：「伊哭就是爲了去找林仙兒才會死的，我到這裡來，本是爲了要找林仙兒算帳，和你本無關係。」

鈴鈴又插嘴道：「你若想他說話，爲什麼不解開他的穴道？」

藍蠍子根本不理她，接著又道：「你雖然廢了我的一隻手，卻未要我的命，總算對我有恩，我這人一生恩怨最分明，你對我有點水之恩，我就不能眼看著你被那豬糟蹋。」

李尋歡暗中嘆息了一聲，他實未看出藍蠍子竟是這麼樣一個人。

藍蠍子冷冷道：「現在我既已還了你的債，你欠我的自然也非還不可，我也只要你一隻右手，這總不算過份吧。」

李尋歡忽然笑了笑，慢慢的將右手伸了出來。

藍蠍子呆住了，鈴鈴也呆住了。

李尋歡的手竟已能活動，竟未發出他的小李飛刀！

藍蠍子望著這隻手，那裡還能說得出話來。

鈴鈴卻已忍不住道：「你……你這隻手怎麼忽然能動了？」

李尋歡苦笑道：「我本就在運氣解穴，只可惜功夫不到家，一直無法衝破最後一關，誰知方才那一跌，卻幫了我的忙。」

鈴鈴道：「那麼你爲何還如此聽話，她要你這隻手，你就乖乖的伸出來給她，你……爲何不給她一刀？」

李尋歡沉下了臉，也不理她了，緩緩道：「藍姑娘，你要的實不過份，我也毫無怨言，請。」

藍蠍子又沉默了很久，才長長嘆息了一聲，喃喃道：「世上竟真有這樣的人……世上竟真有這樣的人……」

她將這句話一連說了兩遍，突然跺了跺腳，掉頭就走。

但李尋歡不知何時已躍起，擋住了她的去路，道：「請等一等。」

四五　千鈞一髮

藍蠍子淒然一笑，道：

「還等什麼，從你伸出手的那一瞬間，你就已將你的債還清了，我雖是個女人，卻也還懂得『道義』兩字。」

鈴鈴眨著眼，突又插嘴道：「女人天生就可以不講道義，這本是女人的權利，男人天生比女人強，所以本該讓女人幾分。」

藍蠍子道：「這話是誰說的？」

鈴鈴道：「當然是我們家小姐說的。」

藍蠍子道：「你很聽她的話？」

鈴鈴道：「她是在爲我們女人說話，只要是女人，就該聽她的。」

藍蠍子忽然走過去，正正反反給了她十幾個耳光。

鈴鈴被打得呆住了。

藍蠍子冷冷道：「我也和你們一樣，並不是好人，但我卻要打你，你可知道爲了什麼？」

鈴鈴咬著牙，道：「因爲你……你是個……」

話未說完，忽然掩著臉哭了起來。

藍蠍子道：「就因為世上有了你們這種女人，所以女人才會被男人看不起，就因為男人看不起女人，所以我才要報復，才會做出那些事。」

她聲音漸漸低了下來，似已有些哽咽，緩緩接著道：「我做那些事的時候，心裡也知道，那不但是在毀別人，也是在毀我自己，我這一生，就是被我自己這樣毀了的。」

李尋歡柔聲道：「過去的事已過去了，你還年輕，還可以從頭做起。」

藍蠍子長長嘆息了一聲，黯然道：「也許你是這麼想，但別人呢……別人呢……」

李尋歡道：「只要自己問心無愧，何必去管別人怎麼想，一個人是為了自己活著，並不是為了別人。」

藍蠍子抬起頭，凝視著他，一字字道：「你是完全為自己活著的嗎？」

李尋歡道：「我……」

藍蠍子還是在凝視著他，嘴角露出一絲淒涼的微笑，喃喃道：「能認識你這樣的人，任何人都不會後悔的，只可惜我為何沒有在十年前認識你呢？……」

這句話她並沒有說完，已掠了出去。

只聽她語聲遠遠傳來，道：「將至尊寶的屍身留著，我會來安排她的後事，我做的事，一向用不著別人替我操心……」說到最後一字，人已遠去。

鈴鈴本來還在輕輕啜泣著，此刻忽然抬起頭來，冷笑道：「明明是自己做錯了事，卻偏偏要怨別人，自己明明不是個好東西，卻偏偏還要逞英雄，充好漢，這種人我見了最噁心，噁心得要命。」

李尋歡嘆了口氣，道：「其實她倒並不是你想像中的那種人。」

鈴鈴撇了撇嘴，道：「她做的那些事，你以為我不知道。」

李尋歡緩緩道：「無論她做過什麼事，但她的本性還是善良的，一個人只要本性善良，就還有救藥。」

鈴鈴眼圈又紅了，咬著嘴唇道：「你一定認為我的本性很壞，已無可救藥了，是不是？」

李尋歡笑了笑，柔聲道：「你還是個孩子，還不懂什麼是善？什麼是惡？什麼是對？什麼是錯？只要有個人能好好的教教你，還來得及。」

鈴鈴眨了眨眼睛，道：「你肯教我麼？」

李尋歡道：「只要有機會，以後……」

鈴鈴道：「以後？為什麼要等到以後，現在……」

李尋歡道：「你知道我現在一定要去找郭嵩陽，只要我還能回來……」

鈴鈴又打斷了他的話，道：「我知道，你這一去就永遠也不會再回到這裡來的了，我只不過是個小孩子，像你這樣的大人物，怎麼會為了我回來？」

她揉了揉眼睛，接著又道：「何況，我本不是你的什麼人，我將來是好是壞，你根本就不會關心，我將來就算變得比藍蠍子還壞十倍，也和你沒關係，我就算被人殺死在路上，你也不會來替我收屍。」

她愈說愈傷心，說著說著，眼淚像斷線珍珠般落了下來，好像她以後若不能學好，就完全是李尋歡害的。

在這麼一個小姑娘面前，又有誰的心腸能硬得下來。

李尋歡只有苦笑道：「我一定會回來看你的……」

鈴鈴用手掩著臉，道：「像你這樣的忙人，等你想到我，再回來的時候，我說不定早已死了，早已變成了又醜又壞的老太婆。」

李尋歡道：「我很快就會回來……」

他這句話還未說完，鈴鈴已不哭了，道：「真的很快？你說什麼時候？我等你。」

李尋歡苦笑道：「只要我還活著，等見到郭嵩陽後，我一定先回來看你一次。」

鈴鈴已跳了起來，破涕爲笑，跳起來抱住李尋歡的脖子，道：「你真是個好人，爲了你，我一定也要做個好人，可是你千萬不能騙我，否則我就絕不會學好的。」

李尋歡心上的負擔本來已夠重的了，現在卻又重了許多。

鈴鈴這一生是好是壞，現在竟似已變成了他的責任，連推也推不掉了，連他自己都不知道怎會將這燙山芋接到手裡的。

他只有苦笑。

他這一生中，接到的燙山芋的確太多了。

他實在不知道該如何安排這小姑娘，也沒有空來為這件事煩惱，現在他心裡只有一件事！

他只希望郭嵩陽還沒有遇到荊無命和上官金虹。

他只希望自己現在趕去還不太遲。

現在的確還不太遲。

秋日仍未落到山後，泉水在陽光裡閃爍如金。

金黃色的泉水中，忽然飄來一片楓葉，接著是兩片，三片，七片，八片……無數片。

楓葉紅如血，泉水似也被染血了。

秋尚未殘，楓葉怎會凋落？

「難道這些楓葉會是被荊無命和郭嵩陽的劍氣摧落的麼？」

李尋歡的心情更沉重，因為他已從這些落葉中看出了兩件事。

郭嵩陽和荊無命、上官金虹的決戰必已開始！

這一場決戰必定是驚心動魄，慘烈無比。

郭嵩陽必已陷入苦鬥之中，是以楓林才會被他們的劍氣摧殘得如此之劇，由此可見，他至少已支持了很久。

他是否還能支持下去呢？

李尋歡恨不能脅生雙翅，立刻飛到那裡。

楓林中落紅滿地。

滿山紅葉竟已被劍氣摧落十之六七。天地肅殺，落葉在秋風中捲舞，看來就宛如滿天血雲。

但除了風捲落葉外，四下就再也聽不到別的聲音。

惡戰莫非已結束？

戰勝的是誰？

楓林中寂無人影，秋風縱能語，卻也無法說出李尋歡想知道的消息，只有流水的嗚咽，彷彿在爲戰敗的人悲惜。

郭嵩陽若已戰死，他的屍身在那裡？

泉水中的落葉漸遠，漸疏。

李尋歡俯首站在泉水旁，又彎下腰去不停的咳嗽起來。

秋日終於已沒入山後，他忽然發現這本來極清澈的泉水，此刻竟帶著一絲淡淡的紅色。

是不是戰敗者的鮮血將流水染紅的？

李尋歡抬起頭，大步向泉水盡頭處走了過去，只見一縷飛泉，自山巔倒掛而下，一瀉百丈，矯若神龍。

在這百丈飛泉中，竟孤零零的掛著一個人。

這人就掛在離地面兩三丈處，泉水一瀉數十丈，到了這裡，水力最猛，卻也未能將這人沖下來。

這人穿的彷彿是件黑色的衣服，衣服已被泉水沖得七零八落，一片片黑色的碎布，隨著水花四下飛激。

但這人還是直挺挺的掛在那裡，動也不動。

李尋歡失聲道：「郭嵩陽……郭兄……」

他身形已隨著呼聲飛掠而起，只覺眼前水霧迷濛，寒氣襲人，接著，他又覺得一股源源不盡，勢不可擋的大力沖激而來！

他的人卻已鑽入了飛泉，拉住那人的手。

李尋歡沒有看錯，掛在飛泉中的這人的確是郭嵩陽。

他全身冰冰涼涼，已全無絲毫暖意，但他的一隻手卻還是緊緊的握著劍柄，死也不肯放鬆。

他那柄名動天下的嵩陽鐵劍，已齊柄沒入了山石中，顯見他是在臨死之前，拚盡最後一分力氣，將這柄劍插入山石，將自己的人掛上去。

他這樣做是為了什麼？

李尋歡剛將他的屍身解下，平放在泉水旁的石頭上，就聽到身後有人問：「他這樣做是為了什麼？」

根本用不著回頭去看，李尋歡就已聽出這是鈴鈴的聲音，這小姑娘好像已決心要纏著他，竟在後面跟著來了。

鈴鈴接著又道：「他為什麼要把自己掛到那裡去？難道他怕你找不著他？難道他臨死前還想將自

己沖洗乾淨？」

李尋歡長長嘆息了一聲，道：「一個人乾乾淨淨的來，本該乾乾淨淨的走，只不過，除此之外，他當然還有別的意思。」

鈴鈴道：「什麼意思？」

李尋歡道：「因爲他不願別人將他的屍身埋葬，也不願別人將他帶走。」

鈴鈴道：「這又是爲了什麼？難道他還要在這裡等你。」

李尋歡黯然道：「他正是爲了要等我。」

鈴鈴道：「他人已死了，還等你幹什麼？」

李尋歡仰面向天，一字字道：「因爲他有些話要告訴我。」

鈴鈴怔住了，只覺身上有些涼颼颼的，想笑又笑不出，想拉住李尋歡的手又不敢，過了半晌，才吃吃道：「你……你說他還有話要告訴你？」

李尋歡道：「不錯。」

鈴鈴道：「他想告訴你什麼？你難道已知道了麼？」

李尋歡道：「我已知道了。」

鈴鈴道：「他已告訴了你？」

李尋歡道：「不錯。」

鈴鈴道：「可是……可是你來的時候，他已死了。」

四六　英雄與梟雄

李尋歡看了看郭嵩陽的屍體，長嘆道：「不錯，我畢竟還是來遲了一步。」

鈴鈴道：「他的人既然已死了，還能對你說話？……難道死人還能說話？」

李尋歡道：「有些話，用不著說出，我也可以聽到。」

鈴鈴道：「可是……可是我怎麼沒有聽見。」

她愈來愈不懂了，所以愈來愈害怕。

人們對自己不懂的事，總會覺得有些害怕的。

李尋歡沉默了半晌，柔聲道：「你也想知道他說了些什麼？」

鈴鈴咬著嘴唇，點了點頭。

李尋歡道：「其實他也已將那些話告訴了你，只不過你沒有注意去聽而已，要知道死人告訴你的話，往往是最可貴的，因為這是他以自己生命換來的教訓，你若能學會聽死人說話，就可以多懂得許多事。」

鈴鈴嘴唇已有些發白，道：「可是死人說的話我怎麼能聽得到呢？」

李尋歡道：「要學會聽死人說的話，自然不是件容易事，但你若想多活幾年，活得好些，就該想法子學會。」

他神色很鄭重，一點也沒有開玩笑的意思。

鈴鈴顫聲道：「我……我不知道該怎麼樣學，你肯教我麼？」

李尋歡道：「你再仔細聽聽。」

鈴鈴閉起了眼睛。

她的確是在一心一意的聽，可是她連一個字都聽不見。

李尋歡道：「不但要用耳朵聽，還要用眼睛聽。」

鈴鈴張開了眼睛。

只見郭嵩陽身上的衣服，本已被劍鋒劃破了很多處，再被泉水沖激，此刻幾乎也是赤裸著的。

他的肌膚已變成灰色，因爲他的血已流盡，再經過泉水沖洗，一道道劍口兩旁的皮肉都翻了起來，卻看不到絲毫血跡。

過了很久，李尋歡才問道：「你已聽出了什麼？看出了什麼？」

鈴鈴道：「我……我看出他身上受了很多處傷，一共有十……十九處。」

李尋歡道：「不錯。」

鈴鈴道：「這些傷看來全都是劍傷，而且是被一柄很薄，很銳利的劍所傷。」

李尋歡道：「何以見得？」

鈴鈴道：「因爲他的傷口都很短，也不太深，顯見只是一種兵刃的尖鋒劃破的。」

李尋歡道：「為什麼一定是劍尖？」

鈴鈴道：「因為刀尖槍尖都不可能有這麼鋒利。」

李尋歡點了點頭，道：「很好，你已學會很多了。」

鈴鈴嫣然一笑，又道：「由此可見，傷他的人一定是荆無命，因為上官金虹用的是龍鳳環，不是劍。上官金虹也許並沒有來。」

李尋歡道：「也許他雖然來了，卻沒有出手。」

鈴鈴點著頭，忽然又道：「這些劍傷都是斜的，下面較深，上面較淺。」

李尋歡道：「不錯。」

鈴鈴道：「由此可見，對方的劍每一劍都是由下面反撩上去，這種劍法一定奇怪得很，我常聽人說荆無命的劍法詭異迅急，武林罕睹，如今看來果然不錯。」

李尋歡嘆了口氣，道：「不錯，他的劍法不但詭秘怪異，而且專走偏鋒，每一劍出手的部位，都是對方絕不會想到的。」

他指著郭嵩陽膝蓋上一處傷口道：「你看這一劍……這一劍若是自上劃下，那倒也平平無奇，但這傷口也是下深上淺，可見對方這一劍也是從下面反撩上來的。」

鈴鈴道：「不錯。」

李尋歡道：「由此可見荆無命出手的部位，必定在膝蓋以下，用的就必定是腕力，我若不看到這傷口，也想不到有人會在這種部位出手。」

鈴鈴只有點頭。

李尋歡道：「你看到的只是他正面，他背後還有七處傷口，以郭嵩陽的武功，絕不會將背都賣給對方。」

鈴鈴道：「不錯，我若和人交手時，也不會將背對著人的。」

李尋歡道：「由此可見，他這些傷口一定是在兩人身形交錯時被荆無命所傷的。那麼荆無命的劍只有從自己的脅下穿出，才能刺得到對方。」

他嘆息著接道：「自脅下出手本已不是常見的劍法，最怪的是，這幾劍也是自下面反撩上去的，由此可見，荆無命必定已在兩人身形交錯時那一瞬間，改變了握劍的姿勢，可乘勢將劍反刺而出，他變勢與出手，顯見只是一個動作，所以速度必定快得可怕！」

鈴鈴已聽得呆住了。

過了很久，她才長長嘆了口氣，道：「原來他就是要告訴你這些話。」

李尋歡黯然道：「若非如此，以他的武功，本不該受這麼多處傷的。」

鈴鈴道：「爲什麼？」

李尋歡道：「高手決鬥，勝負往往只在一招之間，無論誰的劍法有了絲毫破隙，對方絕不會放過。」

鈴鈴道：「這我明白。」

李尋歡道：「你想，嵩陽鐵劍享譽武林二十年，單以劍法而論，已可算是當今天下數一數二的高手，又怎會在一場比鬥中接連露出二十六處破綻，接連被對方刺傷了二十六處呢？」

鈴鈴道：「這……這倒的確有些奇怪。」

李尋歡道：「還有，荆無命的劍法既然那麼毒辣，郭嵩陽這二十六處傷口都是輕傷，荆無命又怎會在他接連露出了二十六次破綻後，還不能一劍刺死他呢？」

鈴鈴吶吶道：「是呀……這是爲什麼呢？」

李尋歡沉重的嘆息了一聲，黯然道：「這只因郭嵩陽這二十六次破綻，都是故意露出的！」

鈴鈴愕然道：「故意露出來的……他難道故意要荆無命刺傷他？」

李尋歡道：「不錯，就因爲他破綻是故意露出來的，所以才每次都能及時閃避，所以他每次受的傷都不太重。」

鈴鈴更不懂了，道：「他這麼做又是爲了什麼？」

李尋歡黯然長嘆道：「他這樣做，只爲了要將荆無命出手的部位告訴我！」

鈴鈴簡直說不出話來了。

過了半晌，她目中又流下淚來，垂首道：「我本來以爲這世上連一個好人都沒有，人們交朋友，也是爲了互相利用，所以一個人若要好好的活著，就得先學會如何去利用別人，欺騙別人，千萬不能講什麼道義，否則吃虧的一定是自己。」

李尋歡嘆道：「這些話，自然也全都是林仙兒教你的。」

鈴鈴黯然點了點頭道：「但現在我卻已知道，這世上畢竟是有好人的，江湖間也的確有輕生死，重義氣的朋友。」

她忽然在郭嵩陽屍身前跪了下來，流著淚道：「郭先生，你雖然不幸死了，可是你不但幫助了你的朋友，也使我明白了做人的道理，你……你在九泉之下，也該瞑目了……」

暮色將臨。

山外的古道上，正有兩個人在行走著，斜陽的餘暉照著他們的衣服，他們的衣服上也閃耀著一種詭異的金光。

兩人都戴著頂寬大的笠帽，將面目隱藏在笠帽的陰影中，一人走在前面，另一人緊跟在身後。

他們走得不快也不慢，看來都很安祥，除了腳步移動外，兩人都沒有說話，也沒有任何別的動作。

但他們身上似乎帶著種無形的殺氣，他們還未走入樹林，林中的歸鴉已被這種殺氣所驚，紛紛飛起。

有幾隻昏鴉恰巧自他們頭上飛過，走在後面的那人突然一揮手，只見寒光閃動，飛鴉哀鳴，彈丸般跌落到地上。

那人甚至沒有抬頭去瞧一眼，還是不快不慢的向前走著，緊緊跟隨在前面一人的身後。

生命，在他眼中看來根本就無足輕重。

他絕不允許任何有生命之物壓在他頭上！

樹林裡很昏暗。

走到這裡，前面一人突然停下腳步，幾乎也就在這同一剎那間，後面一人的腳步也隨著停下。

西風肅殺，落葉捲舞。

前面一人自然正是上官金虹，此刻忽然道：「郭嵩陽的劍法如何？」

荊無命道：「好！」

上官金虹道：「很好？」

荊無命道：「很好，在七大劍派掌門之上。」

上官金虹道：「但他與你交手時，露出的破綻卻達二十六次之多。」

荊無命道：「二十九次，有三次我未出手。」

上官金虹緩緩點了點頭，道：「不錯，有三次你未出手，爲什麼？」

荊無命道：「因爲那三次我若出手，便可要他的命！」

上官金虹道：「你已看出他那些破綻是故意露出來的？」

荊無命道：「不錯，所以我不願他死得太快，我正好拿他來練劍！」

上官金虹道：「你可知道他爲何要故意露出那些破綻？」

荊無命道：「不知道，我沒有去想。」

除了殺人的劍法外，他什麼事都不願去想。

上官金虹道：「他故意露出那些破綻，爲的就是要你刺傷他。」

荊無命道：「哦？」

上官金虹道：「他自知絕非我們敵手，所以才這樣做，好讓李尋歡看了他身上的傷口，就可看出你出手的部位。」

他抬起頭，遙望山後，冷冷接著道：「由此可見，他必定早已知道李尋歡會跟著去的，你我現在若是回頭，必定可以在那裡找到他！」

李尋歡正在阿飛的木屋中找著柄鋤頭，正在掘墳——死在那裡，就葬在那裡，這正是大多數江湖人的歸宿。

鈴鈴一直在旁邊看著他，因爲他不願鈴鈴動手，他要一個人掘成這座墳墓，他該做的事，從不願任何人插手。

此刻鈴鈴忽然道：「你真的要將郭先生葬在這裡？」

李尋歡無言的點了點頭。

鈴鈴緩緩道：「一個人只要死得光榮，無論葬在那裡都是一樣的，是麼？」

李尋歡道：「是。」

鈴鈴道：「那麼你就不該將他葬在這裡。」

李尋歡道：「不葬在這裡，葬在那裡？」

鈴鈴道：「你應該將他再掛到那邊的飛泉中。」

李尋歡沉默著，不置可否。

鈴鈴道：「像上官金虹和荆無命這樣的角色，遲早必定會看破郭先生的心意，是麼？」

李尋歡道：「是。」

鈴鈴道：「荆無命自然不願讓你看破他劍法出手的部位，所以只要他們一想到這一點，就必定會立刻趕回來。」

李尋歡道：「不錯。」

鈴鈴道：「他們回來時，若是發現郭先生的屍體已不在原來的地方了，就必定會想到你已來過。」

李尋歡點了點頭。

鈴鈴道：「那麼，等到他們和你交手時，就必定會將劍法改變了，是麼？」

李尋歡道：「不錯。」

鈴鈴道：「那麼郭先生的這一番心意豈非就白廢了麼？」

李尋歡還是在繼續揮動著他的鋤頭，墳墓已將掘成了。

鈴鈴道：「你既是郭先生的好朋友，就應該讓他死得有價值，所以你就不該將他埋葬在這裡。」

李尋歡緩緩道：「你說的話，我也都想到過。」

鈴鈴道：「那麼你爲何不將郭先生的屍身掛回原來的地方去？」

李尋歡一字字道：「我不能這樣做，他爲我而死，我……」

鈴鈴打斷了他的話，大聲道：「就因他是爲你而死的，所以你才一定要這樣做，否則他豈非等於白死了？他死得能瞑目麼？」

李尋歡沉默了很久，緩緩道：「我敢打賭，上官金虹和荊無命絕不會再回到這裡來的！」

荊無命已回過頭。

上官金虹道：「你要回去找他？」

荊無命道：「是。」

上官金虹道：「我知道你久已想與小李飛刀決一死戰，可是你現在絕不能去！」

荊無命道：「爲什麼？」

上官金虹道：「你現在若是去了，必敗無疑！」

荊無命的手霍然握住了劍柄，聲音也變得更嘶啞，嘎聲道：「你怎知我必敗無疑？」

上官金虹道：「你已殺了郭嵩陽，殺氣已減，李尋歡此刻卻正是悲憤塡膺，你若與他交手，在氣勢上你已輸給他三分。」

荊無命道：「哼。」

上官金虹道：「你已經一戰，再加以長途跋涉，體力總難免更弱些，李尋歡在那裡以逸待勞，又佔了三分便宜。」

荊無命道：「可是你……」

上官金虹道：「你我若是聯手，自然能致他死命，只不過……你怎知李尋歡是一個人去的？他若是和孫老兒在一起又如何？」

荆無命道：「憑他們兩人，也未必能……」

上官金虹又打斷了他話，厲聲道：「我早已告訴過你，我此次出江湖，只許勝，不許敗，一定有十二分的把握，才能出手！」

荆無命默然。

上官金虹冷冷接著道：「何況，今日之你，已非昔日之你了！」

荆無命道：「我還是我！」

上官金虹道：「但如今你有情。」

荆無命道：「有情！」

上官金虹道：「你能勝人，就因爲你的無情，如今你既已有情，你的人與劍勢都必要日漸軟弱……」

荆無命握著劍柄的手，漸漸鬆開了，似已被說中心事。

上官金虹道：「你從不動心，如今怎會有情，是誰打動了你？」

荆無命霍然轉過身，道：「沒有人。」

上官金虹道：「我也不想問你那人是誰，但你若想勝過別人，若想勝過李尋歡，就得恢復昔日的你，你若想恢復昔日的你，就得先殺了那令你動心的女人！」

說到這裡，他就轉過身，不快不慢的走入了樹林。

荆無命默然半晌，終於跟著走了進去。

他的雙手已緊緊握住了劍柄！

夜，秋夜，夜已深。

李尋歡的心情就和他的腳步一樣沉重。

郭嵩陽終於已安葬了，這名動天下的劍客，歸宿也正和許許多多平凡的人一樣，只不過是一坏黃土。

他死得是否比別人有價值得多？

李尋歡黯然，他也不知道這問題的答案，他只知道郭嵩陽本可不必死的，不必死的人死，豈非有些癡？

也許在古往今來的英雄們，多少都有些癡！

李尋歡自己又何嘗不癡？

鈴鈴緊緊跟隨著他，忽然道：「你怎麼知道上官金虹他們絕不會再來？」

李尋歡道：「因爲他們是當代的梟雄，梟雄們的行事總和別人不同。」

鈴鈴眨著眼，道：「有什麼不同？」

李尋歡道：「他們一擊出手，無論中與不中，都立刻全身而退，再等第二次更有利的機會，他們絕不會做沒有把握的事！」

他嘆了口氣，苦笑著接道：「梟雄絕不會癡，所以和英雄不同。」

鈴鈴道：「英雄都很癡麼？」

四七　大歡喜女菩薩

李尋歡道：「癡並不可笑，因爲唯有至情的人，才能學得會這『癡』字。」

鈴鈴笑了，道：「癡也要學？」

李尋歡道：「當然，無論誰想學會這『癡』字，都不是件易事，因爲『癡』和『呆』不同，只有癡於劍的人，才能練成精妙的劍法，只有癡於情的人，才能得到別人的真情，這些事，不癡的人是不會懂的。」

鈴鈴垂下頭，似在咀嚼著他這幾句話中的滋味。

過了很久，她才輕輕嘆息了一聲，幽幽道：「和你在一起，我的確懂了許多事，只可惜……只可惜你就要走了，而且絕不會帶我走。」

李尋歡默然半晌，道：「至少我會先陪你回去。」

鈴鈴道：「那麼，我們爲何不走地道？那條路豈非近得多麼？」

李尋歡道：「我可不是老鼠，爲何要走地道？」

他笑了笑，柔聲接著道：「只有那些見不得天日的人，才喜歡走地道，一個人不到萬不得已的時候，還是莫要走地道的好。」

他自己心情雖然沉重，卻總是想令別人覺得開心些。

鈴鈴果然笑了，道：「好，我聽你的話，以後絕不做老鼠。」

李尋歡仰面向天，長長吸了口氣，道：「你看，這裡有清風，有明月，還有如此清的流水，這些事，那些專走地道的人那裡能享受得到。」

鈴鈴笑道：「我倒寧願天上掛的是月餅，地上流的是美酒……」

她嘸了口口水，又嘆了口氣，道：「老實說，我肚子實在餓了，餓得要命，回去後，第一件事我就要下廚房，做幾樣好吃的……」

她語聲忽然頓住，因爲她已嗅到一陣酒菜的香氣，隨風傳來，這種味道在深山中自然傳播得特別遠。

李尋歡道：「炸子雞、紅燒肉、辣椒……還有極好的陳年花雕。」

鈴鈴笑道：「你也聞到味道了？」

李尋歡笑道：「年紀大了的人，耳朵雖也許會變得有點聾，眼睛也會變得有點花，但鼻子卻還是照樣靈得很的。」

鈴鈴道：「你可嗅得出這味道是從那裡來的？」

李尋歡搖了搖頭，道：「我只知道鎮上那小店絕沒有這麼好的酒，也做不出這麼好的菜。」

鈴鈴道：「何況那小店早就關門了。」

李尋歡笑了笑道：「也許是那家好吃的人正在做宵夜。」

鈴鈴搖頭道：「絕不會，這鎮上住的幾十戶人家我都知道，他們日子過得都很節省，就算偶爾想弄頓宵夜吃，最多也不過煮碗麵，打兩個蛋而已。」

李尋歡沉吟著，道：「也許他們家有遠客來了，所以特別招待……。」

鈴鈴道：「也不會，絕沒有一家的媳婦，能燒得出這麼香的菜。」

她嫣然一笑，又道：「這裡能燒得出好菜的只有一個人。」

李尋歡含笑問道：「誰？」

鈴鈴指著自己的鼻子，笑道：「就是我。」

她又皺了皺眉，接著道：「所以我才奇怪，我還沒有下廚，這酒菜的香氣是從那裡來的呢？」

這時他們已轉出了山口。

李尋歡忽然道：「這酒菜的香氣，就是從你那小樓上傳來的。」

長街靜寂。

山林中的人都睡得早，家家戶戶的燈火都已熄滅了，但一轉入楓林，就可發現那小樓上依然是燈火通明。

不但那酒菜的香氣是從小樓上傳來的，而且樓上還隱約可以聽見一陣陣男女混雜的笑聲。

鈴鈴怔住了。

李尋歡淡淡道：「莫非是你們家的小姐已回來了？」

鈴鈴道：「絕不會，她說過至少也要等三五個月後才會回來。」

李尋歡道：「你們家的客人本不少，也許又有遠客來了，主人既不在，就自己動手弄些酒菜吃。」

鈴鈴道：「我先上去瞧瞧，你……」

李尋歡道：「還是我先上去的好。」

鈴鈴道：「爲什麼？這些人既然在樓上又燒菜，又喝酒，鬧得這麼厲害，顯然並沒有什麼惡意，你難道還怕我先上去有危險不成？」

李尋歡笑了笑，道：「我只不過也很餓了。」

他搶先走上小樓旁的梯子，走得很小心，似乎已感覺到有人在小樓上佈了個陷阱，正等著他上去。

那些酒菜的香氣，正是誘他來上當的。

樓上的門是開著的。

李尋歡一走到門口，就彷彿呆住了。

他從來也未曾見過這麼多，這麼胖的女人。

他這一生中見到的胖女人，加起來還沒有現在一半多。

小樓上的地方雖不大，也不算小，像李尋歡這麼大的人，就算有一兩百個在樓上，也不會擠滿的。

現在樓上只有二十來個人，卻已幾乎將整個樓都擠滿了。李尋歡想走進去，幾乎都困難得很。

小樓本來用木板隔成了幾間屋子，現在卻已全都被打通，本來每間屋裡都有一兩張桌子，現在這些大大小小的桌子都已併在一起，桌子上堆滿了各式各樣的酒菜，堆得簡直像座小山。

屋子裡坐著十來個女人，她們都坐在地上，因爲無論多麼大的椅子她們也坐不下，就算坐下去，椅子也要被坐垮。

但誰也不能說她們是豬，因爲像她們這麼胖的豬世上還少見得很，而且豬也絕沒有她們吃得這麼多。

李尋歡走到門口的時候，恰巧有一大盤炸子雞剛端上來，這十幾個胖女人正好一起在吃炸子雞。那聲音簡直可怕極了，任何人都無法形容得出，小孩若是聽到這種聲音，半夜一定會做噩夢。

堆酒菜的桌子旁鋪著七八張絲被，最胖的一個女人就坐在那裡，還有五六個男人在旁邊圍著她。

這些男人一個個都穿著極鮮艷的衣裳，年紀也都很輕，長得也都不算難看，有的臉上還擦著粉。

他們身材其實也不能算十分瘦小，但和這女人一比，簡直就活像個小猴子，這女人不但奇肥奇壯，而且又高又大，一條腿簡直比大象還粗，穿的一雙紅緞軟鞋，至少也得用七尺布。

那五六個男人有的正在替她敲腿，有的在替她搥背，有的在替她搧扇子，有的手裡捧著金杯，在餵她喝酒。

還有兩個臉上擦著粉的，就像是條小貓似的蜷伏在她腳下，她手裡撕著炸子雞，高興了就撕一塊餵到他們嘴裡。

幸好李尋歡很久沒吃東西了，否則他此刻只怕早就吐了出來。他平生再也沒有瞧見過比這更令人噁心的事。

但是他並沒有回頭，反而大步走了進去。

所有的聲音立刻全都停止了，所有的眼睛全都在盯著他。

被十幾個女人盯著，並不是件好受的事，尤其是這些女人，她們好像將李尋歡看成隻炸雞，恨不得一起伸出手將他撕碎。

無論任何人在這種情況下，都會變得很侷促，很不安。

李尋歡並沒有。

就算他心裡有這種感覺，表面也絕對看不出。

他還是隨隨便便的走著，就算是走上金殿時，他也是這樣子，他就是這麼樣一個人，無論誰也沒法子使他改變。

那最胖最大的女人眼睛已瞇了起來。

她眼睛本來也許並不小，現在卻已被臉上的肥肉擠成了一條線，她脖子本來也許並不短，現在卻已被一疊疊的肥肉塡滿了。

她坐在那裡簡直就像是一座山，肉山。

李尋歡靜靜的站在她面前，淡淡的笑了笑，道：「大歡喜女菩薩？」

這女人的眼睛亮了，道：「你知道我？」

李尋歡道：「久仰得很。」

大歡喜女菩薩道：「但你卻沒有逃走？」

李尋歡笑道：「我為何要逃走？」

大歡喜女菩薩也笑了。

她開始笑的時候，還沒有什麼特別的變化，但忽然間，她全身的肥肉都開始震動了起來。

滿屋子的人都隨著她震動了起來，本來伏在她背上的一個穿綠衣服的男人，竟被彈了出去。

桌上的杯盤碗盞「叮噹」直響，就像地震。

幸好她笑聲立刻就停止了，盯著李尋歡道：「我雖還不知道你是誰，但你的來意我已知道。」

李尋歡道：「哦？」

大歡喜女菩薩道：「你是為了藍蠍子來的，是不是？」

李尋歡道：「是！」

大歡喜女菩薩道：「她殺死我那寶貝徒弟，就是為了你？」

李尋歡道：「是。」

大歡喜女菩薩道：「所以你想來救她？」

李尋歡道：「是。」

大歡喜女菩薩眼睛又瞇了起來，帶著笑意道：「想不到你這男人倒還有點良心，她為你殺人，倒還不冤枉。」

她一挑大拇指，接著道：「但藍蠍子也真可算是個了不起的女人，講義氣，有骨頭，她殺了我的徒弟，非但沒有逃走，反而敢來見我，以前我倒真未想到她是這麼樣的一個人，跟你倒可算是天生的一對兒。」

李尋歡並沒有辯駁，反而微笑道：「女菩薩若肯成全，在下感激不盡。」

大歡喜女菩薩道：「你想將她帶走？」

李尋歡道：「是。」

大歡喜女菩薩道：「我若已殺了她呢？」

李尋歡淡淡道：「那麼……我也許就要替她報仇了！」

大歡喜女菩薩又笑了起來，道：「好，你不但有良心，也有膽子，我倒真還捨不得殺你。」

她的腿一伸，將伏在她腿上的一個男人彈了起來，道：「去，替這位客人倒酒。」

這男人穿著件滾著花邊的紫紅衣服，身材本不矮，此刻卻已縮了起來，臉上居然還抹著厚厚的一層粉。

看他的五官輪廓，看他的眼睛，他以前想必也是個很英俊的男人，以前認識他的人只怕做夢也想不到他會變成這樣子。

只見他雙手捧著金杯，送到李尋歡面前，笑嘻嘻道：「請。」

一個人落到這種地步，居然還笑得出來。

李尋歡暗中嘆了口氣，也用雙手接著金杯，道：「多謝。」

他無論對什麼人都很客氣，他覺得「人」，總是「人」，他一向不願傷害別人，就算那人自己在傷害自己。

金杯的容量很大，足可容酒半斗。

李尋歡舉杯一飲而盡。

大歡喜女菩薩笑道：「好，好酒量！好酒量的男人才是好男人，我這些男人誰也比不上你。」

那穿紫花衣服的男人又捧了杯酒過來，笑嘻嘻道：「李探花千杯不醉，請，再盡這一杯。」

李尋歡怔住了。

這男人居然認得他。

大歡喜女菩薩皺眉道：「你叫他李探花？那個李探花？」

那男人笑道：「李探花只有一個，就是大名鼎鼎的小李飛刀，李尋歡。」

大歡喜女菩薩也怔住了。

屋子裡所有人的眼睛都發了直。

小李飛刀！

近十餘年來，江湖中幾乎已沒有比他更響亮的名字！

大歡喜女菩薩突又大笑起來，道：「好，久聞小李探花不但有色膽，也有酒膽，今日一見，果然是名不虛傳，除了你之外，別人也沒有膽子到這裡來。」

那男人笑嘻嘻道：「小李飛刀，例不虛發，這就叫藝高人膽大！」

李尋歡一直在盯著他的臉，忍不住道：「卻不知閣下是……」

那男人笑道：「李探花真是貴人多忘事，連老朋友都不認得了麼？」

大歡喜女菩薩目光閃動，忽又笑道：「你的人他雖已不認得，你的劍法他想必還是認得的。」

那男人格格笑道：「我的劍法……我的劍法連我自己都忘了。」

大歡喜女菩薩緩緩道：「你沒有忘，快去拿你的劍來。」

那男人倒真聽話，乖乖的走到後面去。

後面還有刀勺聲在響，一陣陣香氣傳來，這次炒的是「乾炒雪腿」，正是滇貴一帶的名菜。

那男人的身形雖已有些佝僂，但走起路來倒不慢，還不到半盞茶功夫，就捧著柄烏鞘長劍走了出來。

大歡喜女菩薩笑道：「來，露一手給他瞧瞧。」

笑聲中，她已將手裡的大半隻炸雞向這男人拋了出去。

只聽「叮」的一聲，劍光一閃！

這男人擰身，拔劍，劍光匹練般飛出，劍花點點。

大半隻炸雞已變成四片，一連串穿在劍上。

李尋歡失聲道：「好劍法！」

他實在沒有想到這男人竟有如此高明的劍法，如此迅急的出手，最奇怪的是，他使出的這一招劍法，李尋歡看來竟熟悉得很，彷彿在什麼地方見過，而且還彷彿曾經和他交過手。

這男人已笑嘻嘻走了過來，道：「這雞炸得還不錯，李探花請嚐一塊。」

黃澄澄的炸雞串在碧森森的劍上，果然顯得分外誘人。

碧森森的劍光宛如一池秋水。

李尋歡聳然失聲，竟幾乎忍不住要叫了出來。

「奪情劍！」

這男人掌中的劍，竟是奪情劍！

望著這男人，李尋歡全身都在發冷，嘎聲道：「游龍生，閣下莫非是『藏劍山莊』的游少莊主。」

這男人笑嘻嘻道：「老朋友畢竟是老朋友，你到底還是沒有忘了我。」

他似乎笑得太多，臉上的粉都在簌簌的往下落。

這真的就是游龍生?這真的就是兩年前雄姿英發，不可一世的少年豪傑!

李尋歡只覺全身的汗毛都豎了起來，他實在夢想不到這少年竟會變成如此模樣，他不但爲他悲痛，也爲他惋惜。

但游龍生自己卻似已完全麻木了，臉上還是笑嘻嘻的，慢慢的將挑在劍尖的炸雞取下，挑了塊最肥的，放在嘴裡咀嚼著，喃喃道：「好，味道果然與眾不同，能吃到這種炸雞，真是口福不淺。」

大歡喜女菩薩笑道：「藏劍山莊的廚子做不出這麼好的炸雞來麼？」

游龍生嘆了口氣，道：「他們做出來的炸雞簡直就像木頭。」

大歡喜女菩薩道：「若不是我，你能吃到這種炸雞麼？」

游龍生道：「吃不到。」

大歡喜女菩薩道：「你跟我在一起，日子過得開心不開心？」

游龍生笑道：「開心死了。」

大歡喜女菩薩道：「藍蠍子和我，若要你選一個，你選誰？」

游龍生似乎又想爬到她腳下去，笑嘻嘻道：「當然是選我們的女菩薩。」

大歡喜女菩薩撫著肚子大笑起來，格格笑道：「好，這小子總算是有眼光的，也不枉我疼你一場！」

她忽然指著自己的咽喉，道：「來，往我這地方刺一劍，給李探花瞧瞧。」

游龍生道：「那不行，若是傷了女菩薩，那怎麼得了，我也要心疼死了。」

大歡喜女菩薩笑罵道：「小兔崽子，憑你也能傷得了我，放心刺過來吧！」

她居然抬起了頭，伸直了脖子在等。

看游龍生遲疑著，眼珠子不停的在轉，突然道：「好！」

這「好」字出口，他劍也出手！

但見寒光閃動，如驚虹，如掣電。

游龍生劍法之快，雖不及阿飛，但也可算是武林中頂尖的高手，李尋歡曾經和他交過手，對他的劍法自然清楚得很。

大歡喜女菩薩端端正正的坐在那裡，居然連動都不動，她若是個男人，倒真像一尊彌勒佛。

劍光已閃電般刺入了她咽喉！

四八　女巨人

游龍生不但劍法快，手裡用的「奪情劍」也可算是柄吹毛斷髮的利器，李尋歡對這柄劍的鋒利也清楚得很。

他不信有任何人的血肉之軀能擋得住這一劍！

只聽一聲驚呼，游龍生的人竟突然彈了出來，跌坐在李尋歡身旁的一個胖女人身上。

這女人吃吃的笑著，摟住了他。

再看那柄劍，還插在大歡喜女菩薩的咽喉上。

但大歡喜女菩薩卻還是好好的坐在那裡，笑瞇瞇的瞧著李尋歡。

李尋歡簡直說不出話來了。

這位大歡喜女菩薩，竟以脖子上的肥肉，將這柄劍夾住！這種功夫別人非但沒看到，簡直連聽都沒有聽說過。

只聽她吃吃笑道：「胖女人也有胖女人的好處，這話現在你總該相信了吧。」

劍柄一直在不停的顫動著，到此刻才停止。

李尋歡嘆了口氣，苦笑道：「女菩薩的功夫，果然非常人能及。」

這一點也不得不承認，因爲誰也沒有她那麼多肥肉。

大歡喜女菩薩笑道：「我也聽說過你的飛刀，百發百中，連我那寶貝乾兒子都躲不開你的一刀，你自己當然也覺得自己蠻不錯的，是嗎？」

李尋歡沒有說話。

大歡喜女菩薩道：「你就是仗著你那手飛刀，才敢到這裡來的，是嗎？」

她緩緩將夾在脖子上的劍拿了起來，帶著笑道：「但你那手飛刀能殺得了我麼？」

李尋歡又嘆了口氣，苦笑道：「殺不了。」

大歡喜女菩薩笑了，道：「你現在還想不想將藍蠍子帶走？」

李尋歡道：「想。」

大歡喜女菩薩臉色也不禁變了變，但立刻又笑道：「有趣有趣，你這人真有趣極了，你想用什麼法子將藍蠍子帶走呢？」

李尋歡笑了笑，道：「我慢慢的想，總會想出個法子來的。」

大歡喜女菩薩眼睛又瞇了起來，道：「好，那麼你就留在我這裡，慢慢的想吧。」

李尋歡笑道：「這裡既然有酒，我多留幾日也無妨。」

大歡喜女菩薩道：「但我這酒可不是白喝的。」

李尋歡笑道：「你想要我怎樣？」

大歡喜女菩薩瞇著眼，笑道：「本來我還嫌你稍微老了一點，但現在卻愈看你愈中意了，所以，你也用不著再想別的法子，只要你留在這裡陪我幾天，我就讓你將藍蠍子帶走。」

李尋歡還是在笑，悠然道：「你不嫌我老，我卻嫌你太胖了，你若能將身上的肉去掉一百斤，我就算陪你幾個月也無妨，現在麼……」

他搖了搖，淡淡道：「現在我實在沒有這麼好的胃口。」

大歡喜女菩薩面上驟然變了顏色，冷笑道：「你敬酒不吃，要吃罰酒，好！」

她忽然一揮手。

坐在李尋歡四側的幾個胖女人立刻站了起來。

她們的人雖然胖，但動作卻不慢，腿一伸，人已彈起，四面八方的向李尋歡包圍了過來。

這幾人中最瘦的一個，身子也有兩尺寬，一尺厚，幾個人站在一起，就像是道肉牆，連一絲穿隙都沒有。

屋頂很低，李尋歡既不能往上躍，也不能往外衝——看到這些女人身上的肥肉，他簡直一看著就噁心。

但這些女人卻愈擠愈近，竟似想將他夾在中間，他的飛刀若出手，縱能擊倒一人，別的人照樣還是要衝上來的。

若是真的被她們夾住，那滋味李尋歡簡直連想都不敢想。

只聽大歡喜女菩薩大笑道：「李尋歡，我知道連少林寺的羅漢陣都困不住你，但若你能破得了我這『肉陣』，才真的算你有本事。」

她笑聲愈來愈大，整座小樓都似已隨著她的笑聲震動起來，小樓下的木架，也被壓得「吱吱」發響。

李尋歡眼睛亮了，他忽然想起了鈴鈴。

鈴鈴根本沒有上樓。

她自然不會眼看著李尋歡被困死，她一定在想法子——

就在這時，只聽「轟」的一聲，整座樓都垮了下去，只聽「哎喲，噗咚」之聲不絕於耳，滿屋子的人也隨著跌了下去。

屋頂也裂開了個大洞。

李尋歡身形已掠起，燕子般自洞中竄出。

他以爲大歡喜女菩薩一定也跌了下去，她身子至少也有三四百斤，這一跌下去，縱然能爬起來，至少也得費半天勁。

誰知這大歡喜女菩薩不但反應快得驚人，輕功也絕不比別人差，李尋歡身子剛掠出，就聽得又是「轟」的一聲大震。

大歡喜女菩薩又將屋頂撞破了個大洞，就像是個大氣球似的飛了出來，連星光月色都被她遮住。

小樓還在繼續往下倒塌，灰土迷濛，瓦礫紛飛。

李尋歡頭也不回，「平沙落雁」，掠下地面。

只聽大歡喜女菩薩格格笑道：「李尋歡，你既已被我看上，就再也休想跑得了。」

笑聲中，她整個人已向李尋歡撲了過來。李尋歡只覺風聲呼呼，就彷彿整座山峰都已向他壓下。

他的手突然向後揮出。但見寒光一閃，小李飛刀終於出手！

出手一刀，例不虛發！

鮮血飛泉般自大歡喜女菩薩臉上標出。

這一次李尋歡飛刀取的並非她的咽喉，而是她的右眼！他的飛刀一出手，就知道絕不會落空。

他有這信心。

但大歡喜女菩薩的笑聲卻仍未停頓，笑得李尋歡有點毛骨悚然，他忍不住猝然轉身回頭。

只見大歡喜女菩薩正一步步向他走了過來，面上的鮮血流個不停，飛刀還插在她眼眶裡。

但她卻絲毫也不覺得痛苦，還是格格笑道：「李尋歡，我已看上了你，你就跑不了的，你還有幾把飛刀，一起使出來吧，像這麼大的刀，就算有一百把都插在我身上，我也不在乎！」

她忽然反手拔出那把刀，放在嘴裡大嚼起來。

一柄精鋼鑄成的飛刀，竟被她生生嚼碎。

李尋歡也不禁怔住了。

這女人簡直不是人，簡直是個上古洪荒時代的巨獸，若想要她倒下，看樣子真得用上一兩百把刀才行。

但就在這時，突聽大歡喜女菩薩發出了一聲驚天動地般的狂吼，整個樹林都似已被這吼聲震得搖動起來。

李尋歡只見到一點碧森森的劍尖忽然自她前胸突出，接著，就有一股鮮血暴雨般飛濺了出來。

然後，他才見到游龍生雙手握著奪情劍的劍柄，一把三尺七寸長的奪情劍，已全都刺入了大歡喜女菩薩的後背。

劍尖自後背刺入，前心穿出。

大歡喜女菩薩狂吼一聲，將游龍生整個人都彈了起來，飛過她頭頂，「砰」的，跌在她腳下。

她的人跟著倒下，恰巧壓在游龍生身上。

只聽「咔嚓，咔嚓」之聲一連串的響，游龍生全身的骨頭都似已被她壓斷，但他卻咬緊牙關，不出一聲。

大歡喜女菩薩牛一般的喘息著，道：「是你……原來是你！」

游龍生也在喘息著，道：「你想不到吧……」

大歡喜女菩薩道：「我……我對你不壞，你爲何要……要暗算我。」

游龍生臉上的冷汗一粒粒往外冒，咬著牙道：「我一直沒有死，就爲的是在等著這麼樣的一天……」

他已被壓得連呼吸都已將停止。眼前漸漸發黑，只覺得大歡喜女菩薩身子一陣抽搐，忽然滾了出去。

然後，他就看到了李尋歡那雙永遠都帶著一抹淡淡憂鬱的眼睛，他也感覺到有一雙穩定的手正在替他擦拭著額上的冷汗。

這雙手雖然隨時都可取人的性命，卻又隨時都在準備著幫助別人，這隻手裡有時握著的雖是殺人的刀，但有時卻握著滿把同情。

游龍生想勉強擠出一絲笑容，卻失敗了，只能掙扎著道：「我不是游龍生。」

李尋歡默然半晌，才沉重的點了點頭，道：「你不是。」

游龍生道：「游龍生早已……早已死了。」

李尋歡黯然道：「是，我明白。」

游龍生道：「你今日根本未見到游龍生。」

李尋歡道：「我只知道他是我的朋友，別的我都不知道。」

游龍生嘴角終於露出一絲淒涼的微笑，嘎聲道：「能交到你這種朋友的人，實在是運氣，我只恨……」

他只覺一口氣似已提不起來，用盡全身力氣，大呼道：「我只恨爲何不死在你手裡！」

黎明。

楓林外添了三堆新墳。是游龍生、藍蠍子、和大歡喜女菩薩的墳——掘墳的正是她自己的門下。

她們對大歡喜女菩薩的死，竟絲毫也不覺得悲憤，顯見這位女菩薩並非真的有菩薩心腸，活著時也並不討人歡喜。

使這小樓倒塌的，果然是鈴鈴。

她自己也覺得很得意：「我只不過弄鬆了一根柱子，小樓就倒了下來，若不是我見機得快，要被活活壓死。」

見到大歡喜女菩薩的門下一個個全都走了，她又覺得很奇怪！

「她們爲什麼沒有替師父報仇的意思呢？」

李尋歡嘆了口氣，道：

「這也許是因爲那位女菩薩只顧著拚命塡她們的肚子，卻忘了去照顧她們的心。」

鈴鈴笑了，道：「不錯，一個人的肚子若太飽，就懶得用心了。」

她又皺了皺眉，道：「但你爲什麼就這樣放她們走了呢？」

李尋歡淡淡一笑，道：「我養不起她們。」

鈴鈴咬著嘴唇，沉默了半晌，用眼睛瞟著李尋歡，道：「若是只養一個人，你養得起嗎？」

她眼珠子一轉，接著又道：「那人吃得並不多，既不喝酒，也很少吃肉，每天只要青菜豆腐就行了，而且她還會自己煮飯，自己炒菜，菜做得好極了，你晚上睡覺，她會替你鋪床，早上起來，她會替你梳頭。」

李尋歡笑了笑，道：「這樣的人，她自己一定會活得很愉快，用不著跟我受苦。」

鈴鈴的小嘴嘟了起來，恨恨道：「我知道你心裡只有藍蠍子，她的腰比我細。」

李尋歡苦笑道：「你認爲我心裡只有藍蠍子？」

鈴鈴道：「當然，爲了她，你不惜冒那麼大的險，不惜去拚命，其實她早已死了，根本就用不著你爲她擔心。」

李尋歡嘆道：「她活著時若是我的朋友，死了也是我的朋友。」

鈴鈴道：「那麼……我難道就不是你的朋友？」

李尋歡道：「當然是。」

鈴鈴道：「你既然肯爲死了的朋友去拚命，爲什麼不能替活著的朋友想想呢？」

說著說著，她眼圈又紅了，揉著眼睛道：「我本來就沒有親人，現在連家也沒有了，你難道真能眼看著我活在世上，每天向人家要剩飯吃？」

李尋歡只有苦笑。

他發覺現在的女孩子愈來愈會說話了。

鈴鈴往指縫裡偷偷瞟了他一眼，悠悠的接著道：「何況，你若不帶我走，怎能找到我家小姐呢？你若找不到我家小姐，又怎麼能找到你的朋友阿飛？」

阿飛正在喝湯。

牛肉湯，燉得很香，很濃。

阿飛捧在手裡慢慢的啜著，眼睛茫然直視著湯碗的邊緣，臉上一點表情也沒有，彷彿根本辨不出這碗湯的滋味。

林仙兒就坐在對面，手托著腮，溫柔地望著他，柔聲道：「最近你臉色不太好，多喝些湯吧，這湯滋補得很，你快趁著熱喝，冷了就不好吃了。」

阿飛仰起頭，將一大碗湯全都喝了下去。

林仙兒輕輕的替他抹了抹嘴，道：「好不好喝？」

阿飛道：「好。」

林仙兒道：「還要不要再替你添一碗？」

阿飛道：「要。」

林仙兒嫣然道：「這就對了，最近你飯吃得比以前少得多，就該多喝幾碗湯。」

屋子很簡陋，卻是新粉刷過的，連廚房裡的牆都還沒有被油煙燻黑，因為他們剛搬進來還不到兩天。

林仙兒又添了碗湯，捧到阿飛面前，帶著笑道：「這地方雖不大，菜市場卻不小，只不過賣肉的有點欺生，一斤肉就要多算我十文錢。」

阿飛低著頭喝了兩口湯，忽然道：「明天我們不喝牛肉湯了。」

林仙兒眨著眼道：「為什麼？你不喜歡？」

阿飛沉默了半晌，緩緩道：「我喜歡，可是我們喝不起。」

林仙兒笑了，柔聲道：「你用不著為錢發愁，這幾年狐皮衣服正風行，上個月你打的狐狸，我一共賣了二十七兩銀子，到現在還沒用完。」

阿飛道：「總要用完的，這地方又沒有狐狸可打。」

林仙兒道：「等用完時再說吧，何況，我還有些私房錢。」

阿飛道：「我不能用你的錢。」

林仙兒眼圈兒立刻紅了，低著頭道：「爲什麼不能？這些錢既不是偷來的，也不是搶來的，是我替人家縫縫補補，用十根手指頭辛苦賺來的。」

四九 各有安排

林仙兒說著說著，眼淚已流了下來，幽幽的道：「你知道，以前我那些錢，都已聽你的話分給人家了，你難道不信？」

阿飛長長嘆了口氣，柔聲道：「我不是不信，只不過……我應該養你的，我不能讓你受苦。」

林仙兒從背後緊緊摟住了他，伏在他身上，流著淚道：「我知道你是真心對我好，從來也沒有人對我這麼好，可是，我們兩人既然已這麼好了，你就不該再分什麼你的，我的……連我的心都已是你的了，你難道不知道？」

阿飛閉上眼睛，將她的一雙手緊緊握在手裡，只要能永遠握著這雙手，他再也不要什麼別的。

阿飛終於睡著了。

林仙兒將自己的手悄悄地從他手裡抽了出來。

她站在床頭，靜靜的瞧了這少年半晌，嘴角露出了一絲微笑。

她笑得那麼美，卻又那麼殘酷。

然後，她悄悄走了出去，悄悄的關起了門，回到自己屋裡，從一隻簡陋的小木箱裡，取出了個小木瓶。

她倒了杯茶，又從木瓶中倒出些閃著銀光的粉末，就著茶吞下去，這些銀粉她每天都不會忘記吃的。

因爲這是珍珠磨成的粉，據說女人吃了，就可使青春永駐。

愈是美麗的女人愈怕老，總要想盡法子，來保住青春，卻不知青春是無論什麼法子也留不住的。

望著手裡的小木瓶，林仙兒又不覺笑了。

「阿飛若知道這瓶珍珠粉値多少錢，一定會嚇一跳。」

她發覺男人都很容易受騙，尤其容易被自己心愛的女人欺騙，所以她一向覺得男人不但很可憐，也很可笑。

她還未遇到過一個從不受騙的男人。

也許只有一個──李尋歡。

一想起李尋歡，她的心就立刻沉了下去。

「今天已經是十月初五了吧……」

李尋歡是不是已死了？爲什麼到現在還沒有消息？

門外是一條很僻靜的小路。

繁星，無月，遠處的燈火已寥落。

遠處忽傳來一陣腳步聲，兩個矯健的青衣少年抬著頂小轎健步如飛而來，就在這門口停下。

過了半晌，林仙兒就悄悄走了出來，掩起門，坐上轎，將四面的簾子都放落，竹簾並不密，別人雖瞧不見她，她卻可瞧見別人。

轎子已抬起，向來路奔去。

他們走的並不是大路，轉過兩三條小徑，連寥落的燈火都已見不到了，轎夫的腳步才漸漸放緩。

四野靜寂，寂無人聲。

再往前走，就是片木葉還未凋落的密林，密林左面有個小小的土地廟，右面是一堆堆荒墳。

轎子就在這裡停了下來。

前面的轎夫，自轎底取出了個燈籠，燃起了燭火，高高挑起，燈籠是粉紅色的，上面還畫著一朵朵鮮紅的梅花。

燈籠一燃起，樹林裡，墳堆間，土地廟中，就忽然鬼魅般出現四條人影，分在四個方向，向轎子這邊奔了過來。

這四人腳步都不慢，神情似乎都顯得很興奮，但發現除了自己外還有別人時，四個人腳步都立刻變了，腳步也緩下，彼此瞪了一眼，目光中都帶著些警戒之色，還帶著些敵意。

從樹林裡走出來的是個臉圓圓的中年人，身上穿的衣服很華麗，看來就像是個買賣做得很發財的生意人。

但他的行動卻很矯健，武功的根基顯然不弱。

從墳堆間走出的有兩個人，右面的一人短小精悍，滿身黑衣，看來彷彿有些鬼鬼祟祟的，輕功卻可算是武林中的高手。

左面一人不高不矮，不胖不瘦，穿的衣服也很普通，看來絲毫不起眼，無論誰瞧見這種人，都不會多加注意。

但他的輕功卻似比那短小精悍的黑衣人還高一籌。

從祠堂裡走出的一人年紀最輕，氣派也最大，雖施展輕功，但腳步沉穩，目光炯炯，武功也顯然比別人高。

他穿著件寶藍色的長袍，腰畔懸著柄綠鯊魚皮鞘，黃金吞口的長劍，看來正是位翩翩佳公子。

林仙兒顯然知道來的是這四個人，也沒有掀簾子瞧一眼，更沒有下轎子，只是銀鈴般笑了笑，道：「四位遠來辛苦了，這裡也沒有備酒替四位洗塵接風，真是抱歉得很。」

四個人聽到她的聲音都情不自禁的露出了笑容，本來彷彿想搶著說話的，但彼此瞧了一眼，又都閉上了嘴。

林仙兒柔聲道：「我知道四位都有些話要說，但誰先說呢？」

那模樣最平凡的灰衣人臉上一點表情也沒有，還是靜靜的站在那裡，似乎不敢和別人爭先。

那藍衣少年皺了皺眉，背負著雙手，傲然轉過了頭，他顯然不屑和這些人為伍，是以也不願爭先。

那臉圓圓的中年人臉上堆滿了微笑，向黑衣人拱了拱手，道：「兄台先請。」

黑衣人倒也不客氣，縱身一躍，已到了轎前。

林仙兒已笑道：「兩個月不見，你的輕功更高了，真是可喜可賀。」

黑衣人陰鷙的臉上也不禁露出得意之色，抱拳道：「姑娘過獎了。」

林仙兒道：「我求你做的兩樣事，想必定是馬到成功，我知道你從未令我失望的。」

黑衣人自懷中取出一疊銀票，雙手捧了過去，道：「寶慶那一帶的帳已完全收齊了，這裡一共是九千八百五十兩，開的是山西同福號的銀票。」

林仙兒自轎子裡伸出一隻春蔥般的纖纖玉手，將那疊銀票全都接了過去，似乎先點了點數目，才笑道：「這次辛苦你了，我真不知道該怎麼感謝你才好。」

黑衣人眼睛還盯在林仙兒的手方才伸出來的地方，似已看得癡了，這時才勉強一笑，道：「謝字不敢當，只要姑娘還記得我這人也就是了。」

林仙兒道：「但那說書的孫老頭和他那孫女呢？你想必已追出了他們的下落吧。」

黑衣人垂下了頭，吶吶道：「我本來一直跟著他們的，但到了關中道上，這兩人就忽然失蹤了，關中道上的朋友誰也沒有看到過這麼樣的兩個人，這兩人就像……就像忽然從地上消失了。」

林仙兒不說話了。

黑衣人輕笑著道：「這兩人的行蹤實在太神秘了，表面上雖裝做不會武功，但我絕不相信，只要姑娘再給我些日子，我一定能追出他們的來歷。」

林仙兒又沉默了半晌，才嘆了口氣，道：「不必了，我也知道你一定跟不住他們的，這件事你雖未做成，我也不怪你，等會兒我還有要求你幫忙的事。」

黑衣人這才鬆了口氣，垂手站到一旁，也不敢多話了。

那臉圓圓的中年人這才向另兩人抱了抱拳陪笑道：「失禮，失禮……」

他一面向轎子這邊走過來，一面不停的打恭作揖。

林仙兒嬌笑道：「做生意講究的就是和氣生財，你現在真不愧是個大老闆的樣子。」

這人一揖到地，滿臉帶著笑，道：「我只不過是姑娘手下的一個小伙計而已，姑娘若不賞飯吃，我就得捲舖蓋，大老闆這三字，我是萬萬不敢當的。」

林仙兒柔聲道：「說什麼老闆，講什麼伙計，我的生意就是你的生意，只要好好的去做，這生意總有一天是你的。」

這中年人滿面都起了紅光，彎著腰笑道：「多謝姑娘，多謝姑娘……」

他一連謝了好幾遍，才從懷中取出疊銀票，雙手捧了過去，道：「這裡是去年一年賺的純利，也開的是同福號的銀票，請姑娘過目。」

林仙兒笑道：「真辛苦你了，我早就知道你不但老實可靠，而且人又能幹……」

她早已將銀票接了過去，一面說話，一面清點，說到這裡，她口氣忽然變了，再也沒有絲毫笑容，冷冷道：「怎麼只有六千兩？」

中年人陪笑道：「是六千三百兩。」

林仙兒道：「去年呢？」

中年人道：「九千四百兩。」

林仙兒道：「前年呢？」

中年人擦了擦汗，吶吶道：「前年好像……好像有一萬多。」

林仙兒冷笑道：「你本事可真不小，居然把買賣愈做愈回去了，照這樣再做兩年，咱們豈非就要貼老本了麼？」

中年人不停的擦汗，吃吃道：「這兩年不興緞子衣服，府綢的賺頭也不大，等到明年春天的時候，就一定會有轉機了。」

林仙兒默然半晌，聲音忽又變得很溫柔，道：「這兩年來，我知道你很辛苦，也該回家去享幾年清福了。」

中年人面色驟然大變，顫聲道：「可是……可是那邊的生意……」

林仙兒道：「那邊的生意我自然會找人去接，你也不用操心。」

中年人滿面驚恐之色，吃吃道：「姑娘莫非……莫非要……」

他身子一步步往後退，話未說完，突然淩空一個翻身，飛也似的向暗林那邊逃了出去。

但他剛逃幾步，突見寒光一閃。

慘呼聲中，血光四濺，他的人已倒了下去！

那藍衫少年掌中已多了柄青鋼長劍，劍尖猶在滴血。

那灰衣人瞧了他一眼，面上仍然不動聲色，只是淡淡道：「好劍法。」

藍衫少年連瞧都不瞧他一眼，將劍上的血漬在鞋底上擦了擦，挽手抖出了個劍花，「嗆」的，劍又入鞘。

灰衣人靜靜的站著，也不說話了。

他等了很久，見到這藍衫少年並沒有和他搶先的意思，才微微拱了拱手，慢慢的向轎子前走了過去。

林仙兒也許早已知道這人不是兩句好話就可以買動的，也沒有跟他客氣，一開口就問道：「龍嘯雲已回了興雲莊？」

灰衣人道：「已回去快半個月了，和他同行的除了胡不歸胡瘋子之外，還有個姓呂的，據說是『溫侯銀戟』呂奉先的堂弟，用的也是雙戟，看樣子武功也不弱。」

林仙兒道：「那賣酒的駝子呢？」

灰衣人道：「還在那裡賣酒，這人倒真是深藏不露，誰也猜不透他的來歷，龍嘯雲已到他那小店裡去了兩三次，看樣子也還是一點結果都沒有。」

林仙兒笑道：「但我知道你……你必定已打聽出一點來了，無論那人是什麼變的，要瞞過你這雙眼睛卻困難得很。」

灰衣人笑了笑，緩緩道：「若是我猜的不錯，那駝子必定和說書的孫老頭有些關係，說不定就是昔年那『背上一座山，山也壓不倒』的孫老二。」

林仙兒似也覺得很驚異，又沉默了半晌，才輕輕道：「你再去打聽打聽，明天……」

她聲音愈說愈低，灰衣人只有湊過頭去聽，聽了幾句，他平平板板的一張臉上竟也露出了歡喜之色，點著頭道：「我知道……我記得……我先去了。」

他走的時候，步子也變得輕快起來了。

林仙兒的確有令男人服貼的本事。

黑衣人眼睛一直盯著那灰衣人，似乎恨不得給他一刀。

但這時林仙兒已又從轎子裡伸出手，向他招了招。

春蔥般的手，在夜色中看來更是瑩白如玉。

黑衣人似又癡了，癡癡的走了過去。

林仙兒柔聲道：「你過來，我有話告訴你，後天晚上……」

她悄悄的在黑衣人耳畔說了幾句話。

黑衣人滿面都是喜色，不停的點頭道：「是，是，是，我明白，我怎會忘記。」

他走的時候，人似已長高了三尺。

等他走了，那藍衫少年才走了過來，冷冷道：「林姑娘你倒真是忙得很。」

林仙兒嘆了口氣，道：「有什麼法子呢？他們可不像你跟我……我總得敷衍敷衍他們。」

她又伸出手，握住了這少年的手，柔聲道：「你生氣了麼？」

藍衫少年板著臉，道：「哼。」

林仙兒吃吃笑道：「你瞧你，就像個孩子似的，快上轎子，我替你消氣。」

藍衫少年本來還想板著臉，卻還是忍不住笑了。

就在這時，突聽一聲淒厲的慘呼……

聲音是從樹林裡傳出來的。

灰衣人本已走入了樹林，此刻又一步步退了出來，他一步步往後退，鮮血也隨著一滴滴往下落。退出樹林，他才轉過身，想往轎子這邊逃。

夜色中，只見他滿面俱是鮮血，赫然已被人在眉心刺了一劍。

黑衣人也正想往樹林裡去，瞧見他這樣子，臉色也變了，剛停住了腳，灰衣人已倒在他腳下。

他莫非在樹林裡遇見了鬼麼？

殺人的厲鬼！

黑衣人情不自禁後退了幾步，一伸手，拔出了靴筒裡的匕首，眼睛瞬也不瞬的瞪著那黑黝黝的密林，嘎聲道：「是什麼人？」

樹林裡寂無人聲，過了半晌，才慢慢的走出一個人來。

這人高而頎長，穿著件杏黃色的長衫，長僅及膝，頭上戴著頂寬大的笠帽，緊壓在眉際，遮去了面目。

他不但走路的姿態很奇特，佩劍的法子也和別人不同，只是隨隨便便的斜插在腰帶上。

劍不長，還未出鞘。

汗。

這人看來也並不十分兇惡，但黑衣人一瞧見他，也不知怎地，全身都發起冷來，掌心也沁出了冷汗。

這人身上竟似帶著種無聲的殺氣。

荊無命。

荊無命既然還活著，死的自然是李尋歡。

林仙兒笑了。

但她只是笑在心裡，面上卻像是怕得要命，將那藍衣少年的手握得更緊，身子一直在不停的發抖，顫聲道：「這人好可怕，你知不知道他是誰？」

藍衣少年勉強笑了笑，道：「不管他是誰，有我在這裡，你還怕什麼？」

林仙兒透了口氣，嫣然道：「我不怕，我知道你一定會保護我的，只要在你身旁，就絕沒有任何人敢來碰我一根手指。」

藍衣少年挺起胸，道：「對，無論他是誰，只要他敢過來，我就要他的命！」

其實他也已被荊無命的殺氣所攝，手心裡已在冒著冷汗，只不過他還年輕，在自己心愛的女人面前，死也不肯示弱的。

荊無命已走到那黑衣人面前。

黑衣人手裡雖握著柄匕首，他用這柄匕首已不知殺過多少人了，但此刻也不知怎地，硬是不敢將這柄匕首刺出去。

他已看到了荊無命那雙死灰色的眼睛。

荊無命卻似乎根本連瞧都沒有瞧他一眼，冷冷道：「你手裡這把刀能殺得死人麼？」

黑衣人怔住了。

這句話問得實在有點令人哭笑不得，但別人既已問了出來，他也沒法子不回答，只有硬著頭皮道：「自然能殺得死人的。」

荊無命道：「好，來殺我吧。」

黑衣人又怔住了，怔了半晌，才勉強笑道：「我與你無冤無仇，爲何要殺你？」

荊無命道：「因爲你不殺我，我也要殺你。」

黑衣人不由自主後退了兩步，臉上的冷汗一粒粒往下落，突然咬了咬牙，匕首已閃電般刺出。

兵器是一寸短，一寸險，他既然敢用這種短兵器，就必定有獨特的招式，出手也自然不會慢。

但他的匕首剛刺出，劍光已飛起。

接著，就是一聲慘呼，很短促，他的人已倒下，再看荊無命的劍已又回到鞘中，彷彿根本沒有拔出來過。

「好快的劍！」

藍衣少年也是使劍的名家，自己一向覺得劍法已很夠快了，從來也不信世上還有人的劍法能比他更快。

直到現在他才相信。

林仙兒看到他眼角的肌肉在不停的跳動，忽然放開了他的手，道：「這人的出手太快，你……你還是快逃走吧，用不著管我。」

藍衣少年若已有四五十歲，就一定會聽話得很，一個人活到四五十歲時，就會懂得性命畢竟要比面子可貴得多，若有人說：

「生命固可貴，愛情價更高」，這話一定是年輕小伙子說出來的。

說這話的人一定活不到五十歲。

藍衣少年咬著牙，嘎聲道：「你用不著害怕，我跟他拚了！」

他口氣還不十分堅決，也並沒有衝過去的意思。

林仙兒眼波流動，道：「不……你不能死，你還有父母妻子，還是趕快逃回去吧，我替你擋著他，反正我只是孤伶伶一個人，死了也沒關係。」

藍衣少年突然大喝一聲，衝了過去。

林仙兒又笑了。

一個女人若要男人爲她拚命，最好的法子就是先讓他知道她是愛他的，而且也不惜爲他死。

這法子林仙兒已不知用過多少次，從來也沒有失敗過。

這一次不但心裡在笑，臉上也在笑。

因爲她知道這藍衣少年永遠也不會再看到了。

劍光如雪。

這藍衣少年不但劍法頗高，用的也是把好劍。

剎那之間，他已向荊無命刺出了五劍，卻連一句話也沒有說，他早已看出無論說什麼也沒有用。

荊無命居然沒有回手。

藍衣少年這五劍明明都是向他要害之處刺過去的，也不知怎地，竟全都刺了個空。

荊無命忽然道：「你是點蒼門下？」

藍衣少年的手停住了，第六劍再也刺不出去，這人一雙死灰色的眼睛彷彿根本就沒有看他。

他實在不懂這人怎會看出他的師承劍法。

荊無命道：「謝天靈是你的什麼人？」

藍衣少年道：「是……是家師。」

荊無命道：「郭嵩陽已死在我劍下。」

他忽然無頭無尾的說出這句來，好像前言不對後語。

但這藍衣少年卻很明白他的意思。

五十 溫柔陷阱

謝天靈乃點蒼掌門，號稱天南第一劍客，平生縱橫無敵，卻曾在郭嵩陽手下敗過三次，而且敗得心服口服。

如今連郭嵩陽都已死在他劍下，謝天靈自然更不是他的敵手，謝天靈的弟子就更不必說了。

藍衣少年的臉色變了。

無論誰都可看出荊無命絕不是個說大話的人。

荊無命道：「我一出手就可取你性命，你信不信？」

藍衣少年咬著牙，不說話。

只見劍光一閃，荊無命的劍不知何時已出手。

冰涼的劍尖，不知何時已抵住了他的咽喉。

荊無命冷冷道：「我一出手就可取你性命，你信不信？」

藍衣少年汗如雨下，嘴唇已咬得出血，嘎聲道：「你爲何不索性殺了我？」

荊無命道：「你想死？」

藍衣少年大聲道：「大丈夫死有何懼？你只管下手吧！」

他雖然拚命想裝出視死如歸的豪氣，卻裝得並不太高明。

荊無命道：「我若不想殺你，你也想死麼？」

藍衣少年怔住了。

若是還能好好的活著，有誰會真的想死？

荊無命道：「我知道你本想為她而死，要她覺得你是個英雄，但你若真的死了，她還會喜歡你麼？」

他冷冷接著道：「她若死了，你還會不會喜歡她？」

藍衣少年說不出話來了。

他覺得那冰冷的劍鋒已離開了他的咽喉。

他覺得自己就像是個呆子。

荊無命道：「在女人眼中，一百個死了的英雄，也比不上一個活著的懦夫，這正如在你眼中，一百個死了的美人，也比不上一個活著的女人……這道理你難道還不明白？」

藍衣少年擦了擦汗，勉強笑道：「我明白了。」

荊無命道：「現在你還想死麼？」

藍衣少年紅著臉道：「活著也沒有什麼不好。」

荊無命道：「很好，你總算想通了。」

他冷冷接著道：「我素來不喜多話，今日卻說了很多，為的就是要你想通這道理……等你想通這道理，我才好殺了你。」

藍衣少年駭然道：「你要殺我？」

荊無命道：「我從來只發問，不回答，只有對快死的人是例外。」

藍衣少年道：「可是……可是你既然要殺我，為何又要說那些話。」

荊無命道：「因為我從不殺自己想死的人……你若本就想死，我殺了你也無趣得很。」

藍衣少年狂吼一聲，一劍劃出。

他的吼聲也很短促，因為他的手剛抬起，荊無命的劍已劃入了他的嘴，那冰冷的劍鋒就貼在他舌頭上。

「是鹹的。」

他畢竟嚐到了死的滋味。

劍已入鞘。

荊無命有個很奇特的習慣，那就是他每次殺了個人後，一定將劍很快的插回劍鞘，就好像他已不打算再用了似的。

因為他知道別人看到他的劍還在鞘中時，總會比較疏忽大意些。

他喜歡疏忽大意的人，這種人死得通常都比較快。

林仙兒一直在瞧著他，仔細觀察著他每一個動作，她目中一直帶著溫柔的笑意，就彷彿初戀的少女在瞧著自己的情人。

荊無命卻始終沒有向她這邊瞧過一眼。

林仙兒已擺出了最動人的姿勢，在迎接著他。

他已走了過來，卻還是沒有向她瞧上一眼。

林仙兒雖還在笑著，瞳孔卻已收縮。

她已發覺有些不對了。

和她好過的男人若再見著她，那雙眼睛一定會像餓貓般盯著她，但這男人卻連眼角都未瞟過她，就好像她身上有毒一樣。

林仙兒的腰肢扭動著，那兩個年輕的轎夫眼睛早已發直了，根本未瞧見那比閃電還快的劍光。

他們的慘呼剛發出，荊無命的劍又入鞘。

他的人已到了林仙兒面前。

但他那雙死灰色的眼睛，還是空空洞洞的凝視著遠方。

遠方是一片黑暗。

林仙兒輕輕嘆了口氣，道：「你爲什麼不敢看我？難道怕看了我一眼後，就不忍殺我了麼？」

荊無命嘴角的肌肉直抽搐，過了很久，才厲聲道：「你已知道我要來殺你？」

林仙兒慢慢的點了點頭，道：「我知道……一個人無論多冷酷、多無情，但要殺他自己所愛的人時，神色看來總會有些不同的。」

她淒然一笑，接著道：「我只想問你一句話，我既然也快死了，你總該回答我吧？」

荊無命又沉默了很久，才冷冷道：「你問吧，對將死的人，我從不說謊。」

林仙兒凝視著他的臉，一字字道：「我只問你，是誰要你來殺死我的？爲了什麼？」

荊無命的手緊握，厲聲道：「沒有別人，也沒有理由。」

林仙兒道：「一定有別人……要殺我的人，一定不是你自己。」

她笑了笑，笑得更淒涼、更美，然後才幽幽的接著道：「我知道你愛我，絕不忍殺我。」

這「愛」字在別人嘴裡說出，一定會令人覺得很肉麻，但在她嘴裡說出，這一個字彷彿變成了音樂。因爲她在說這個字時，不但用她的嘴、她的舌頭，還用了她的手、她的腿、她的腰肢，她的眼睛……

要說這「愛」字，並不是件容易的事，有些人不願說，有些人不敢說，有些人一生也學不會該怎麼樣說。

世上只怕再也不會有人說得比她更好的了。

荊無命的手握得更緊，幾乎已可聽到他的骨節在響。

但他面上還是毫無表情，反而冷笑道：「你真的知道？你有把握？」

林仙兒道：「我有把握，你若不愛我，就不會殺死這些人了。」

荊無命居然沒有打斷她的話，反而在等著她說下去。

林仙兒道：「你殺他們，只因你在嫉妒。」

荊無命道：「嫉妒？」

林仙兒道：「只要碰過我的人，甚至看過我的人，你就想要他們的命，這就是嫉妒，就是吃醋，你若不愛我，怎麼會吃醋？」

荊無命的臉色發白，冷冷道：「我只知道我要殺你，我要殺的人，就再也休想活下去！」

林仙兒道：「你若真要殺我？爲什麼連看都不看我？你不敢？」

荊無命的手緊緊握著劍柄，甚至在這種黯淡的燈光下，也可看出他臉上正在一粒粒的冒著汗。冷汗！

林仙兒盯著他的臉，緩緩道：「你若連看都不敢看我，就算殺了我，也一定會後悔的。」

她試探著，慢慢的伸出了手。

荊無命沒有動。

林仙兒的手終於握住了他的手，然後她的人也偎入了他懷裡，她的手也從他手臂滑上他的胸膛，柔聲道：「你自己若拿不定主意，就帶我去見他吧。」

她的手指動得很靈巧，而且總知道應該在什麼地方停住。

荊無命的呼吸和肌肉都已緊張，嘎聲道：「你……你要去見誰？」

林仙兒道：「去見那要你來殺我的人，我一定可以讓他改變主意……」

她咬著他的耳朵輕輕的接著道：「你放心，我絕不會讓你後悔的。」

荊無命還是沒有看她，卻緩緩轉過頭，望著那黝黑的樹林。

林仙兒眼珠子一轉，悄悄道：「他……他就在那樹林裡？」

荊無命沒有回答，也已用不著回答。

林仙兒柔聲道：「好，我去見他，他若一定不肯放過我，你再殺我還來得及。」

荊無命等著她轉過身，目光才終於投注在她的背影上，他那雙死灰色的眼睛裡，第一次有了感情。

是什麼感情呢？是歡愉？是悲傷？還是悔恨？

這連他自己也分不清。

黝黑的樹林裡，看不到一點光。

林仙兒雖然走得並不快，還是幾乎撞在一個人的身上。

這人站在那裡，就像是一座山，冰山。

其實他的身材也不算十分高大，但看起來卻令人覺得高不可攀。

林仙兒本來當然可以避開的，但她並沒有這麼樣做，「嚶嚀」一聲，整個人已倒入了這人的懷裡。

這人居然沒有伸手去扶她。

林仙兒喘息著，自己站穩了，喘息著道：「這裡真黑……真對不起……。」

她站得和這人距離還不到一尺，她相信這人一定可以嗅得到她的呼吸，她相信她的呼吸一定可令男人心動。

這人卻只是緩緩道：「你能令荊無命不殺你，用的就是這種法子？」

林仙兒眨著眼，道：「要他殺我的人就是你？你就是上官幫主？」

這人道：「不錯，我可以告訴你，你這種法子，對我是沒有用的。」

他的聲音既不冷酷，也不陰森，只是平平淡淡的，絕不帶絲毫感情，無論說什麼話，都好像是在唸書。

林仙兒眼波流動，道：「那麼，我要用什麼法子，才能打動你呢？」

上官金虹道：「你有什麼法子，不妨都用出來試試。」

林仙兒道：「我也知道你絕不會很容易就被女人打動的，但你爲什麼要荆無命殺我？」

上官金虹道：「隨時要殺人的人，就不能有感情，要訓練出一個全無感情的人並不容易，我不能看著他毀在你手上。」

林仙兒笑了，道：「但你若要他殺了我，你的損失就更大。」

上官金虹道：「哦？」

林仙兒道：「我自然比荆無命有用得多。」

上官金虹道：「哦？」

林仙兒道：「荆無命只會殺人，我也會殺人，他殺人還要用劍，還要流血，這已經落了下乘，我殺人非但看不見血，也用不著刀。」

上官金虹道：「他殺人至少比你快。」

林仙兒道：「快固然不錯，但慢也有慢的好處，你說是麼？」

上官金虹沉默了半晌，道：「你除了會殺人外，還有什麼好處？」

林仙兒道：「我很有錢，我的錢已多得連數都數不清，多得可以要人發瘋。」

上官金虹道：「這好處的確不小。」

他聲音裡似已有了笑意，因爲他很了解錢的用處。

林仙兒道：「我當然也很聰明，可以幫你做很多事。」

上官金虹道：「不錯，你一定很聰明，笨人是絕不會有錢的。」

林仙兒道：「除此之外，我當然還有別的好處……」

她聲音忽然變得很低、很媚，媚笑著道：「只要你是男人，很快就會知道我說的不假，只要你願意，我這些好處，就全部都是你的。」

上官金虹又沉默了半晌，才一字字緩緩道：「我是男人。」

樹林裡，已開始有霧。

荊無命全身已被霧水濕透。

他還是動也不動的站在那裡，就像是已完全痲木。

霧很濃，什麼都瞧不見。

是什麼聲音？是呻吟？還是喘息。

是林仙兒在笑，她嬌笑著道：「你果然是男人，而且像你這樣的男人世上還不多……我真沒有想到你會是這麼樣一個男人。」

上官金虹道：「因爲你是這樣的女人，所以我才會是這樣的男人。」他的聲音居然還是很平靜，這倒的確不容易。

林仙兒道：「但天已快亮了，我還是要回去了。」

上官金虹道：「爲什麼？」

林仙兒道：「因爲有人在等我。」

上官金虹道：「誰？」

林仙兒道：「阿飛，你當然聽說過他。」

上官金虹道：「我只奇怪你爲何還沒有殺了他，你殺人的確太慢了。」

林仙兒道：「我不能殺他，也不敢。」

上官金虹道：「爲什麼？」

林仙兒道：「因爲我若殺了他，李尋歡就一定會殺死我！」

上官金虹忽然不說話了。

林仙兒嘆了口氣，道：「我知道你也沒有殺死李尋歡，否則也就不會要荊無命來殺我了，你就是要荊無命去對付李尋歡，所以才怕他變得軟弱。」

上官金虹沉默了很久，道：「你很怕李尋歡？」

林仙兒嘆道：「簡直怕得要命。」

上官金虹道：「他比我如何？」

林仙兒道：「他比你還可怕，因爲我可以打動你，卻絕對無法打動他。」

她又嘆了口氣，接著道：「他這人什麼都不要，這就是他最可怕的地方。」

上官金虹：「他也是人，他想必也有弱點。」

林仙兒道：「他唯一的弱點就是林詩音，但我卻也不敢用林詩音去要脅他。」

上官金虹道：「爲什麼？」

林仙兒道：「因爲我沒把握，只要他的刀在手，我無論做什麼事都沒把握。」

她長長嘆息了一聲，道：「所以只要他活著，我就不敢動。」

上官金虹沉默了很久，緩緩道：「你放心，他活不長的。」

落。

霧淡了。

荊無命還是動也不動的站在那裡，那雙死灰色的眼睛，正茫然望著一滴露水自他的笠帽邊緣滴落。

他似乎沒有看到上官金虹一個人走出了樹林。

上官金虹也沒有瞧他一眼，不快不慢的從他面前走過，淡淡道：「今天有霧，一定是好天氣。」

荊無命默然半晌，緩緩道：「今天有霧一定是好天氣。」

他終於轉過身，不快不慢的跟在上官金虹身後，兩人一前一後，終於都消失在淡淡的晨霧中。

五一　奇峰迭起

這條街鬧得很，幾乎就和北平的天橋一樣，什麼樣的玩意買賣都有，現在雖然還沒到正午，但街道兩旁已擺起各式各樣的攤子，賣各式各樣的零食，耍各式各樣的把戲，等待著各式各樣的主顧。

到了這裡，鈴鈴的眼睛都花了，簡直從來也沒這麼開心。

她畢竟還是個孩子。

李尋歡會帶她到這裡來逛街，她實在沒想到。

「原來他也有些孩子氣。」

看到李尋歡手裡還拿著串糖葫蘆，鈴鈴就忍不住想笑。

糖葫蘆是剛買來的，買了好幾串，鮮紅的山楂上，澆著亮晶晶的冰糖，看來就像是一串串發光寶石。

沒有一個女孩不愛寶石，鈴鈴吵著將剛做好的幾串全買了下來，只可惜她只有兩隻手，拿不到這麼多。

女孩子買東西，只會嫌少，絕不會嫌多的。

李尋歡只有替她拿著。其實他自己也買過糖葫蘆，那自然已是很久很久以前的事了，那時他還不知道什麼叫憂愁？什麼叫煩惱。

現在呢？

現在他也沒有空煩惱，他一直在盯著一個人，已盯了很久。

這人就走在他前面，身上背著個破麻袋，腳下拖著一雙爛草鞋，頭上壓著頂舊毡帽，始終也沒有抬起過頭，就好像見不得人似的。

他走起路來雖然彎腰駝背，連脖子都縮了起來，但肩膀卻很寬，若是挺直了腰，想必是條很魁偉的漢子。

無論如何，這人看來並沒有什麼特別，最多也只不過是個落拓失意的江湖客，也許只不過是個乞丐。

但李尋歡一看到他，就盯上他了。

他走到那裡李尋歡就盯到那裡，所以才會到這條街來。

奇怪的是，盯著他的，居然還不止李尋歡一個人。

李尋歡本來想趕過去瞧瞧他的臉，卻忽然發現他後面還有個人一直在暗暗的尾隨他。

這人很瘦，很高，腳步很輕健，穿的雖是套很普通的粗布衣服，但日光閃動間，精氣畢露。

李尋歡一眼就看出他絕不是普通人。

他倒並沒有留意李尋歡，因爲他全副精神都已放在前面那乞丐身上，那乞丐走得快些，他也走得快些，那乞丐停下腳，他也立刻停下腳，裝做在拍衣服，提鞋子，一雙眼睛卻始終未曾放鬆。

他看來正是個尾隨盯梢的大行家。

這麼樣的一個人，爲什麼要盯著個窮乞丐呢？

李尋歡沉住了氣，似乎一心想瞧個究竟。

他又是爲了什麼？

他和前面那乞丐又有什麼關係？

那乞丐卻似全不知道後面有人在尾隨著他，只是彎著腰，駝著背，在前面慢慢的走著，從來也未曾回頭。

路上有人給他錢，他就收下，沒人給他錢，他也不討。

鈴鈴眼珠子不停的轉，忽然拉住李尋歡衣角，悄悄道：「我們是釘那要飯的梢麼？」

這小姑娘倒真是個鬼靈精。

李尋歡只好點了點頭，輕聲道：「所以你說話一定要小聲些。」

鈴鈴眨著眼，道：「他是什麼人？爲什麼要釘他的梢？」

李尋歡道：「你不懂的。」

鈴鈴道：「就因爲我不懂，所以才要問，你不告訴我，我就要大聲問了。」

李尋歡嘆了口氣，苦笑道：「因爲他看來很像我一個多年不見的朋友。」

鈴鈴更奇怪了，道：「你的朋友？難道是丐幫的門下？」

李尋歡道：「不是。」

鈴鈴道：「那麼他是誰呢？」

李尋歡沉下了臉，道：「我說出他的名字，你也不會知道。」

鈴鈴嘟起嘴，沉默了半晌，還是忍不住道：「我們前面也有個人在盯著他，你看出來了沒有？」

李尋歡笑了笑，道：「你眼光倒不錯。」

鈴鈴也笑了，又道：「那人又是誰呢？也是你朋友的朋友？」

李尋歡道：「不是。」

鈴鈴眼珠子又在轉，道：「不是他的朋友？難道是他的仇家？」

李尋歡道：「也許……」

鈴鈴道：「那麼你爲什麼不去告訴他？」

李尋歡嘆了口氣，道：「我那朋友脾氣很奇怪，從不願別人幫他的忙。」

鈴鈴道：「可是他……」

這句話說了一半，她的嘴終於也閉上了。

因爲這時她已在忙著用眼睛去瞧，她眼睛已瞧得發直。

這條街很長，他們走了很久，才走了一半。

那乞丐正走到一個賣餛飩的攤子前面。

離餛飩攤不遠處，有個人正挑著擔子在賣酒，幾個人正蹲在擔子前喝酒，其中還有個賣卜算命的瞎子，臉色似乎有些發青。

街對面，屋簷下，站著個青衣大漢。

一個賣油炸臭豆腐干的正挑著擔子，往路前面走了過來。

另外還有個很高大的婦人，一直低著頭站在花粉攤子前面買針線，此刻一抬頭，才看出她眼睛已瞎了一隻。

那乞丐剛走到這裡……

賣酒的忽然放下擔子。

喝酒的瞎子也立刻放下酒碗。

青衣大漢一步往屋簷下竄出。

獨眼婦人一轉身，幾乎將花粉攤子都撞翻了。

再加上那一直盯在後面的瘦長江湖客，幾個人竟忽然分成四面八方的向那乞丐包圍了過去。

那賣臭豆干的擔子一橫，正好擋住了那乞丐的去路！

街上雖不止這幾個人，但這幾人卻無疑分外令人矚目。

連鈴鈴都已看出不對了，李尋歡面上更不禁已變了顏色，他早就覺得這乞丐看來很像鐵傳甲，現在更毫無疑問。

他更不敢輕舉妄動。

因爲他知道這幾人和鐵傳甲都有著不可化解的深仇大恨，這次出手，必已計劃得極爲周密，絕不容鐵傳甲再逃出他們的掌握，若知道有人出手救他，也許就會不顧一切，先置他於死地了。

李尋歡寧可自己死，也不能讓鐵傳甲受到任何傷害，他生平只欠過幾個人的情，鐵傳甲正是其中之一。

他絕不能損失鐵傳甲這個朋友。

就在這一瞬間，幾個人已將那乞丐擠在中間。

寒光閃動，已有三柄利刃抵住了他的前心和後背，四下的人這才發覺是怎麼回事，立刻紛紛散開。

誰也不願捲入這種江湖仇殺的事件中。

只聽那賣卜的瞎子冷冷道：「慢慢的跟著我們走，一個字都不要說，明白了嗎？」

那青衣大漢咬著牙，厲聲道：「你老老實實的聽話，還可多活些時，若是敢亂打主意，咱們立刻就要你的命。」

那乞丐反應似乎遲鈍已極，直到現在才點了點頭。

獨眼婦人用力在他肩上一推，咬著牙道：「快走，還等什麼？」

她不推也就罷了，這一推，幾個人全都怔住了。

那乞丐頭上的破毡帽已被推得跌了下來，露出了臉。

黃滲滲的一張臉，彷彿大病初癒，中間卻有個紅通通的酒糟鼻子，正咧開大嘴，瞧著這幾人嘻嘻的傻笑。

這那裡是鐵傳甲，簡直活脫脫像是個白癡。

李尋歡幾乎忍不住要笑了出來。

那獨眼婦人已氣得全身都在發抖，厲聲道：「老五，這，這……是怎麼回事？」

瘦長的江湖客臉色發綠，就像是見了鬼似的，顫聲道：「明明是鐵傳甲，我一直沒有放開過他，怎麼會……怎麼會變……變了。」

青衣大漢恨恨跺了跺腳，反手一掌，摑在那乞丐臉上，大吼道：「你是誰？究竟是誰？」

那乞丐手捂著臉，還是在傻笑，道：「我是我，你是你，你爲什麼要打我？」

賣酒的漢子道：「也許這廝就是鐵傳甲改扮的，先剝下他臉上一層皮再說。」

賣卜的瞎子忽然冷冷道：「用不著，這人絕不是鐵傳甲。」

直到現在，只有他臉上還是冷冰冰的不動聲色。

青衣大漢道：「二哥聽得出他的聲音？」

瞎子冷冷道：「鐵傳甲寧死也不會被你打一巴掌不回手的。」

他板著臉，緩緩接道：「老五，你再想想，這是怎麼回事？」

瘦長的江湖客臉上陣青陣白，道：「這人一定是和鐵傳甲串通好了的，故意掉了包，將我們引到這裡，好讓那姓鐵的乘機逃走。」

獨眼婦人怒道：「你是幹什麼的？怎會讓他們掉了包？」

那江湖客垂下了頭，道：「也許……他上廁所的時候，我總不能……」

青衣大漢怒吼道：「原來你和那姓鐵的是同黨，我宰了你。」

他搶著根扁擔，就往那乞丐頭上打了下去。

到了這時，李尋歡已不能不出手了。

無論這乞丐是不是真的癡呆，是不是鐵傳甲的朋友，他總算幫了鐵傳甲的忙，李尋歡總不能眼見著他被人打死。

何況，若想知道鐵傳甲的消息，也得從這人身上打聽。

李尋歡的身子已滑了出去。

但他一步剛滑出，突又縮回，這一收一發，一動一靜當真是變化如電，別人根本就未看出。

他已用不著出手。

只聽「格」的一聲，那青衣大漢打下去的扁擔突然平空斷成了兩截，青衣大漢一下子打空，自己身子險些栽倒。

誰也沒看清是什麼東西將這根扁擔打斷的，每個人面上都不禁變了顏色，情不自禁各後退了半步，紛紛喝道：「是什麼人敢多事出手？」

屋簷下一人淡淡道：「是我。」

大家一起隨聲望了過去，才發現說話的是個長身玉立的白衣人，正背負著雙手，仰面觀賞著掛在屋簷下的一排鳥籠。

籠中鳥語啁啾。

這白衣人似乎覺得鳥比人有趣多了，連眼角都未向這些尋仇的江湖客們瞧一眼。

他眼角也有了皺紋，但劍眉星目，面白如玉，遠遠看來仍是位翩翩濁世的佳公子，誰也猜不出他的年紀。

青衣大漢大吼道：「就是你這小子打斷了我的扁擔？」

白衣人這次連話都不說了。

青衣大漢、獨眼婦人，紛紛怒喝著，似乎已想衝出去。

突聽那賣卜的瞎子輕叱道：「停住！」

他已自地上拾起了錠銀子，冷冷道：「這位公子雖打斷了你的扁擔，但這錠銀子要買百把根扁擔也足足有餘，你不多謝人家，還敢對人家無禮？」

青衣大漢瞧瞧手裡半根扁擔，又瞧了瞧瞎子手裡的銀錠，似乎再也不信這文質彬彬的白衣人能用小小的一錠銀子打斷他的扁擔。

白衣人忽然仰面大笑起來，朗聲道：「好，想不到你這瞎子的眼睛竟比別的人都有用，這錠銀子，就歸你吧。」

賣卜的瞎子神色不變，冷冷道：「老朽眼睛雖瞎，心卻不瞎，從不敢做昧心的事。」

他將銀子在手裡掂了掂，緩緩道：「扁擔只要一錢銀子一條，這錠銀子卻足足有十兩重，公子就算要賠我們的扁擔，也用不了這許多。」

他一面說話，一面將手裡的銀子搓成條銀棍，左手一拗，拗下了一小塊，冷冷的接道：「這一錢銀子老朽拜領，多下的還是物歸原主！」

但見銀光一閃，他的手一揮，三尺長的銀棍已夾帶著風聲向白衣人刺出，用的赫然竟是武當「兩儀劍法」中的一招妙著。

但見銀光閃動，一招間已連刺白衣人前胸五六處大穴。

直等銀棍刺到眼前，白衣人突然伸出中食兩指在棍頭一夾，他兩根手指竟宛如精鋼利劈，隨手一剪，就將銀棍剪下了一截。

白衣人淡淡笑道：「你劍法倒也不弱，只可惜太慢了些。」

他說一個字，手指一剪，說完了這句話，一根三尺長的銀棍已被他剪成十六七節，「叮叮噹噹」落了滿地。

鈴鈴遠遠的瞧著，此刻也不禁倒抽了口涼氣，悄悄道：「這人的手難道不是肉做的？」

別人看著那瞎子手裡剩下的一小段銀棍，一個個都已面如死灰，那裡還說得出半句話來。

白衣人又背負起雙手，冷冷道：「銀子我已送出，就是你的，你還不撿起來？」

賣卜的瞎子臉色更青得可怕，忽然彎下腰，將地上的銀子一塊塊撿了起來，一言不發，扭頭就走。

青衣大漢、獨眼婦人們也垂著頭，跟在他身後。

鈴鈴悄笑道：「來得威風，去得稀鬆，這些人至少還不愧爲識時務的俊傑。」

李尋歡沉吟著忽然道：「你看到那邊賣包子水餃的小吃舖了麼？」

鈴鈴笑道：「不但早就看到了，而且早就想去嚐嚐。」

李尋歡道：「好，你就在那裡等我。」

鈴鈴呆了呆，道：「你要去追那要飯的？」

那乞丐爬了起來，正笑嘻嘻的往前走，既沒有過去向那白衣人道謝，也沒有瞧別人一眼，剛才發生的事，似乎都與他無關。

李尋歡點了點頭，道：「我有話要問他。」

鈴鈴的眼圈兒已有些紅了，低著頭道：「我不能陪你去麼？」

李尋歡道：「不能！」

鈴鈴幾乎已快哭了出來，道：「我知道，你又想甩開我了。」

李尋歡嘆了口氣，柔聲道：「我也想吃水餃，怎麼會不回來。」

鈴鈴咬著嘴唇，道：「好，我就相信你，你若騙我，我就在那裡等你一輩子。」

那乞丐走得並不快。

李尋歡卻也並不急著想追上他，這條街的人實在太多。人多了說話有些不便，何況，他發覺那白衣人的眼睛竟一直在盯著他，彷彿忽然覺得他這人畢竟還是比鳥有趣得多。

李尋歡也很想仔細看看這白衣人，方才他露的那手「指剪銀棍」的功夫，實在已引起了李尋歡的興趣。

武林中像他這樣的高手並不多。

事實上，李尋歡根本就想不出世上誰有他這樣的指上功力——鈴鈴形容的話並不過份！

「這人的手指簡直不像是肉做的。」

只要是練武的人，遇著這種身懷絕技的高手，不是想去和他較量較量，就是想去和他結交結交。

若換了平日，李尋歡也不會例外。

現在他卻沒有這種心情，他尋找鐵傳甲已有很久，始終也得不到消息，這一次機會他絕不能錯過。

白衣人已向他走過來了，似乎想攔住他的去路。

幸好方才散開的人群現在又聚了過來，爭著一睹那白衣人的風采，李尋歡就趁著這機會，擠出了人叢。

再抬頭看時，那乞丐竟已走到街的盡頭，向左轉了過去。

左邊的一條街，人就少得多了，也不太長。

李尋歡大步趕了過去，那乞丐竟已不見，一直走完這條街，再轉過另一條街，竟還是瞧不見那乞丐的影子。

他怎會忽然失蹤了？

李尋歡沉住了氣，沿著牆角慢慢的向前走。

這條街上兩旁都是人家的後門，前面一個門洞裡，似乎蹲著個人，手裡也不知拿著個什麼東西，正在往自己身子上擦。

李尋歡還未看到他的人，已看到那頂破毡帽。

那乞丐原來躲到這裡來了。

他在幹什麼？

李尋歡不想驚動他，慢慢的走了過去。

那乞丐還是吃了一驚，趕緊將手裡的東西往背後藏。

只不過李尋歡的眼睛可比他的手快多了，早已看到他手裡拿著的是一小段銀子，顯然就是方才那白衣人剪下來的，已被他擦得雪亮。

李尋歡笑了笑，道：「朋友貴姓？」

那乞丐瞪著他，道：「我不是你的朋友，你也不是我的朋友，我不認得你，你也不認得我。」

李尋歡還是微笑著，道：「我想向你打聽一個人，那人你一定認得的。」

五二　陷阱

那乞丐搖著頭，道：「我什麼人也不認得，什麼人也不認得我，我一個人也不認得，一個人也不認得我。」

這人果然有些癡癡呆呆，明明是很簡單的一句話，他卻要反反覆覆說上好幾次，而且說話時嘴裡就像是含著個雞蛋似的，含糊不清。

李尋歡正想用別的法子再問問他時，他卻已往李尋歡脅下鑽了過去，一溜煙似的跑了。

他跑得很快，卻絕不像是有輕功根基的人，天下的乞丐都跑得很快，這似乎早已變成乞丐的唯一本事。

但李尋歡自然比他還要快得多。

那乞丐一面跑，一面喘著氣，道：「你這人想幹什麼？想搶我的銀子？」

李尋歡笑了笑，忽然一伸手，竟真的將他握在手裡的銀子搶了過來。

那乞丐大叫道：「不得了，不得了，有強盜在搶銀子呀！」

幸好這條路很僻靜，不見人蹤，否則李尋歡倒真不知該怎麼辦才好，若連乞丐的銀子都要搶，豈非變成了第八流的強盜。

那乞丐叫的聲音更大，道：「快把銀子還給我，不然我跟你拚命。」

李尋歡道：「只要你回答我幾句話，我不但將這點銀子還給你，還送你一錠大的。」

那乞丐眨著眼，似乎考慮了很久，才點頭道：「好，你要問我什麼？」

李尋歡道：「你可是鐵傳甲的朋友？」

那乞丐搖頭道：「我沒有朋友……窮要飯的都沒有朋友。」

李尋歡道：「那麼，你爲何要幫他的忙？」

那乞丐頭搖得更快，道：「誰的忙我也不幫，誰也沒幫過我的忙。」

李尋歡沉吟著，道：「你今天難道沒有見到過一個身材很高大，皮膚很黑，臉上長著絡腮大鬍子的人麼？」

那乞丐想了想，道：「我好像看到過一個。」

李尋歡大喜道：「你在那裡看到他的？」

那乞丐道：「在茅房裡。」

李尋歡道：「茅房？」

那乞丐道：「茅房就是大便的地方，我正在大便，那小子忽然闖了進來，問我想不想賺幾斤酒喝。」

李尋歡笑道：「誰不想賺幾斤酒喝。」

那乞丐道：「但我看那小子穿得比我還破爛，那裡像有錢買酒給我喝的樣子。」

李尋歡笑道：「愈有錢的人，愈喜歡裝窮，這道理你不明白？」

那乞丐也笑了，道：「一點也不錯，那小子果然有錠銀子，而且還給我看了，我就問他要我怎麼樣才能賺得到這錠銀子。」

李尋歡道：「他怎麼說？」

那乞丐笑道：「我以爲他一定有什麼稀奇古怪的花樣，誰知他只是要我跟他換套衣服，然後低著頭走出去，千萬不要抬頭。」

李尋歡笑道：「這銀子賺得倒真容易。」

他這次真是往心裡笑出來的，像鐵傳甲那樣的人，現在居然也會用這「金蟬脫殼」之計了，實在是令人歡喜。

那乞丐笑得更開心，道：「是呀，所以我看那小子一定有毛病。」

李尋歡笑道：「我也有毛病，我的銀子比他的更好賺。」

那乞丐道：「真的？」

李尋歡把身上所有的銀子都拿了出來——他將家財分散的時候，鐵傳甲堅持爲他留下了些生活的必需費用。

這些年來，他就是以此度日的，否則他莫說喝酒，連吃飯都要成問題，這也是他要感激鐵傳甲的許多種原因之一。

那乞丐望著他手裡的銀子，眼睛都直了。

李尋歡微笑道：「只要你能帶我找到那有毛病的小子，我就將這些銀子都給你。」

那乞丐立刻搶著道：「好，我帶你去，但銀子你卻一定要先給我。」

李尋歡立刻用兩隻手將銀子捧了過去。

只要能找得到鐵傳甲，就算要他將心捧出來，他也願意。

那乞丐笑得連口水都流了出來，一面將銀子手忙腳亂地往懷裡揣，一面嘻嘻的笑著道：「我看你這銀子一定是偷來的，否則怎會如此輕易就送人。」

他搶銀子的時候，自然難免要碰到李尋歡的手。

他的手剛碰到李尋歡的手，五指突然一搭、一勾——

李尋歡只覺手腕上像是突然多了道鐵箍。

接著，他的人竟被拎了起來！

這乞丐不但出手快得駭人，這一搭、一勾，兩個動作中，竟包藏了當代武林中四種最可怕的武功。

他手指剛搭上李尋歡手指時，就使出了內家正宗「沾衣十八跌」的內力，無論任何人被他沾著，都再也休想甩開。

接著，他就使出了傳自武當的「七十二路擒拿手」，搭住了李尋歡的脈門，無論任何人的脈門被他扣住，真力就再也休想使得出。

然後，他再以「分筋錯骨手」錯開李尋歡的筋骨。

來。

最後他那一招，用的卻是塞外摔跌的手法，無論任何人只要被他拎起、摔下，就再也休想爬得起來。

這四種功夫有的是少林正宗，有的是武當真傳，有的是內家功夫，有的是外家功夫，但無論那一種，都不是輕易可以學得到的。就算能學到，也不容易練成，就算能練成，至少也得下十年八年的苦功。

這乞丐卻將每種功夫都練得爐火純青，有十足十的火候。

李尋歡就算已看出他不是常人，卻也絕對看不出他是這樣的高手，就算知道他身懷武功，卻也絕對想不到他會暗算自己。

李尋歡這一生中，從來也沒有如此吃驚過。

李尋歡竟像條死魚般被摔在地上，摔得他兩眼發花，幾乎暈了過去，等他眼前的金星漸漸消散時，他瞧見那乞丐的臉就在他面前，正蹲在他身旁，用一隻手扼住了他咽喉，笑嘻嘻瞧著他。

「這人究竟是誰？爲什麼要暗算我？」

「難道他早已認出我是誰了？」

「他和鐵傳甲又有什麼關係？」

李尋歡心裡雖然有很多疑問，卻連一句也沒有問出來。

在這種情況下，他覺得自己還是閉著嘴好些。

那乞丐卻開口了，笑嘻嘻道：「你爲什麼不說話？」

李尋歡笑了笑，道：「閣下的脖子若被人扼住，還有什麼話好說？」

那乞丐道：「若有人暗算了我，又扼住了我的脖子，我一定要將他祖宗八代都罵出來。」

李尋歡道：「我眼睛並沒有瞎，卻未看出閣下是身懷絕技的武林高手，要罵也只能罵我自己。」

那乞丐笑了，搖著頭笑道：「你果然是個怪人，像你這樣的怪人我倒未見過……你再說兩句，就只怕要臉紅了！」

他忽然大聲道：「這人不但是個君子，而且還是個好人，這種人我一向最吃不消，你們再不出來，我可不管了。」

原來他還有同黨。

李尋歡實在猜不出他的同黨是誰，只聽「呀」的一聲，旁邊的一道小門忽然開了，走出了六、七個人來。

看到這幾人，李尋歡才真的吃了一驚。

他永遠想不到這幾人也是那乞丐的同黨。

原來這件事從頭到尾都是他們早已計劃好的圈套。

第一個從小門裡走出來的，竟是那賣卜的瞎子。

接著，就是那獨眼婦人、青衣大漢、賣臭豆干的小販……

李尋歡嘆了口氣，苦笑道：「妙計妙計，佩服佩服。」

瞎子面上仍是毫無表情，冷冷道：「不敢。」

李尋歡道：「原來這件事根本就和鐵傳甲全無關係。」

瞎子緩緩道：「關係是有的，只不過……」

那乞丐搶著道：「只不過我從來未曾見過鐵傳甲，也不知道他是何許人也，方才找他們演了那齣戲，完全是爲了要你看的。」

李尋歡苦笑道：「那倒的確是齣好戲。」

瞎子道：「戲倒的確是齣好戲，否則又怎能叫李探花上當？」

李尋歡道：「原來各位非但早就知道我是誰了，而且還早已見到了我。」

瞎子道：「閣下還未入城，已有人見到了閣下。」

李尋歡道：「各位怎會認得我的？」

瞎子道：「在下等雖不認得你，卻有人認得你。」

李尋歡道：「各位既然不認得我，爲何對我如此照顧？」

瞎子道：「爲的就是鐵傳甲。」

他冷漠的臉上忽然露出一絲怨毒之意，接著道：「在下等對他都想念得很，只苦找不到他，但他若知道李探花也和在下等在一起，就會不遠千里而來與我等相見了。」

李尋歡笑了笑，道：「他若不來呢？各位豈非白費了心機？」

瞎子冷冷道：「他的事你絕不會不管，你的事他也絕不會置之不理，兩位的關係，在下等早已清楚得很，否則又怎會定下此計？」

李尋歡淡淡笑道：「閣下能想得出這樣的妙計，倒也真不容易。」

瞎子沉默了半晌，緩緩道：「在下若有如此智謀，這雙眼睛只怕也就不會瞎了。」

李尋歡道：「定計的人不是你？」

瞎子道：「不是。」

那乞丐笑道：「也不是我，我腦袋一向有毛病，一想到要害人，就會頭疼。」

李尋歡默然半晌，道：「原來各位幕後還另有主謀之人……」

瞎子道：「你也用不著問他是誰，反正你總會見著他的。」

他手中竹杖一揚，已點了李尋歡左右雙膝的「環跳」穴，冷冷接著道：「你見著他時，也許就會覺得活在世上根本就是多餘的，不如還是早些死了的好。」

門雖小而牆高。

門內庭院深沉，悄無人聲。

穿曲徑走迴廊，走了很久，才走到前廳。

只聽屏風後一人朗聲笑道：「各位已將我那兄弟請來了麼？」

一聽到這聲音，李尋歡連指尖都已冰冷。

這赫然竟是龍嘯雲的聲音。

主謀定計的人，竟是龍嘯雲。

瞎子在屏風前就已停住了腳，沉聲道：「在下等幸不辱命，總算已將李探花請來了。」

話未說完，屋後已搶步走出了一個人來，鮮衣華服，滿面紅光，不是一別經年的龍嘯雲是誰？

他一衝出來，就緊緊握住了李尋歡的手，笑道：「一別又是兩年，兄弟你可想煞大哥我了。」

李尋歡也笑了，道：「大哥若是想見我，只要吩咐一聲，我立刻就到，又何必勞動這麼多朋友的大駕呢？」

那乞丐忽然大笑了起來，拍手道：「說得好，說得好，連我的臉都被你說紅了，聽了這話能面不改色的人，我真是佩服得很。」

龍嘯雲卻像是忽然變成了聾子，他們說的話，他竟似連一個字都沒有聽見，還是握著李尋歡的手，道：「我早已算準了兄弟你一定會來，早已準備好接風的酒，你我兄弟多年不見，這次可得痛痛快快的喝幾杯。」

他一面搶著扶起了李尋歡，一面含笑揖客，道：「各位快請入座，請，請。」

瞎子的腳卻像是已釘在地上了。

他不動，他的兄弟自然也不會動。

龍嘯雲笑道：「各位難道不肯賞光麼？」

瞎子緩緩道：「在下等答應龍大爺做這件事，為的完全是鐵傳甲，如今在下等任務已了，等那鐵傳甲來時，只望龍大爺莫要忘記通知一聲。」

他沉下了臉，冷冷接著道：「至於龍大爺的酒，在下等萬萬不敢叨擾，龍大爺這樣的朋友，在下等也是萬萬高攀不上的。」

他竹杖點地，竟頭也不回的走了出去。

大廳中果然已擺起了一桌酒。

菜是珍餚，酒是佳釀，龍四爺請客的豪爽，是江湖聞名的。

那乞丐也不客氣，搶先往首席上一坐，喃喃道：「老實說，我本來也想走的，但放著這麼好的酒菜，不吃豈非可惜。」

他忽然向李尋歡舉了舉杯，又道：「你也喝一杯吧，這種人的酒你不喝也是白不喝，喝了也是白喝。」

龍嘯雲搖著頭笑道：「這位胡大俠，兄弟你只怕還不認得……」

李尋歡道：「胡大俠？台甫莫非是『不歸』二字？」

那乞丐笑道：「一點也不錯，胡不歸就是我！你嘴裡雖稱我胡大俠，心裡一定在想：哦，原來這人就是胡瘋子，難怪做事說話都有些瘋瘋顛顛的……是不是？」

李尋歡笑了笑，道：「是。」

胡不歸大笑道：「好，你這人有意思，看來只怕也是個瘋子……你若不瘋，也不會跟龍嘯雲這樣的人交上朋友了，是不是？」

李尋歡微笑不語。

胡不歸道：「但你千萬莫要以爲我也是他的朋友，我幫他這次忙，只因爲我欠過他的情，這件事做完，我和他就再也沒有半點關係。」

他忽然一拍桌子，又道：「只不過這件事做得實在有欠光明，實在丟人，實在差勁，實在不是東西，實在混帳已極……」

說著說著，他竟給了自己十七、八個耳括子，又伏在桌上大哭起來，龍嘯雲似乎早已見怪不怪，居然充耳不聞，視若無睹。

李尋歡反倒覺得有些過意不去了，笑道：「無論如何，胡兄最後那出手一擊，我縱有防備，也是萬萬閃避不開的。」

胡不歸突又一拍桌子，大怒道：「放屁放屁，簡直是放屁，我若不用奸計，那裡能沾得著你，我害了你，你反來安慰我，你這是什麼意思？」

李尋歡只有不說話了。

胡不歸喃喃道：「我這人神魂不定，喜怒無常，黑白不分，顛三倒四，說哭就哭，說笑就笑，實在他媽的不是東西。」

他忽然瞪起眼睛，瞪著龍嘯雲道：「但你卻比我更不是東西，你兒子比你還不是東西，他明明有兩條腿，卻要學狗在地上爬，難道想在桌子下面撿骨頭吃麼？」

龍嘯雲臉上也不禁紅了紅，低下頭一看，龍小雲果然已偷偷鑽到桌下，手裡還拿著把刀，已爬到李尋歡面前。

龍嘯雲一把將他揪了出來，沉著臉道：「你想幹什麼？」

龍小雲居然神色自若，從容道：「大丈夫恩怨分明，這句話你老人家說對不對？」

龍嘯雲道：「自然是對的。」

龍小雲道：「江湖英雄講究的也是有仇必報，有恩必償，他廢去了孩兒一身武功，令孩兒終生殘廢，孩兒想要他兩條腿，也是天經地義的。」

龍嘯雲臉色已有些發青，道：「你想復仇，是麼？」

龍小雲道：「不錯。」

龍嘯雲厲聲道：「但你可知道他是誰麼？」

龍小雲道：「我只知道他是我的仇人……」

這句話還未說完，龍嘯雲的手已摑在他臉上，怒道：「但你可知他是你父親的八拜之交？他無論怎麼教訓你，都是應該的，你怎可對他有復仇之心？怎敢對他無禮？」

龍小雲被打得呆了半晌，眼珠子一轉，忽然向李尋歡跪了下去，道：「侄兒已知道錯了，侄兒年紀還小，李大叔千萬莫要和姪兒一般見識，就饒了姪兒這一次吧。」

李尋歡滿腹辛酸，正不知該說什麼，胡不歸已跳了起來，大叫道：「這父子兩人我實在受不了，我想吐，想吐……」

他嘴裡大呼大叫，人已衝了出去。

五三　騙局

龍嘯雲勉強一笑，道：「一個人的名字也許會起錯，但外號卻是絕不會起錯的，有的人明明其笨如牛，也可以起個名字叫聰明，但一個人的外號若是瘋子，他就一定是個瘋子。」

李尋歡本來不想說話的，卻忍不住道：「但一個人若是太聰明了，知道的事太多，也許慢慢就會變成個瘋子。」

龍嘯雲道：「哦？」

李尋歡苦笑道：「因爲到了那種時候，他就會覺得做了瘋子就會變得快樂些，所以有些人最大的痛苦就是他明明想做瘋子，卻做不到。」

龍嘯雲又笑了，道：「幸好我一向不是個聰明人，也永遠不會有這種煩惱。」

他當然不會有這種煩惱，他根本不會有任何一種煩惱。

因爲他已將各種煩惱全都給別人了。

李尋歡沉默了很久，低著頭，慢慢的喝了杯酒。

龍嘯雲只是靜靜的瞧著，等著。

因爲他知道李尋歡酒喝得很慢的時候，心裡一定有句很重要的話要說。

又過了很久，李尋歡才抬起頭，道：「大哥……」

龍嘯雲道：「嗯。」

李尋歡果然道：「我心裡一直有句話要說，卻不知該不該說出來。」

龍嘯雲道：「你說。」

李尋歡道：「無論如何，我們已是多年的朋友。」

龍嘯雲道：「不是朋友，是兄弟。」

李尋歡道：「我是個怎麼樣的人，大哥你也該早已明白。」

龍嘯雲道：「是——」

雖然只說了一個字，卻說得很慢，很慢，而且目中還似乎帶著些慚愧。

他畢竟也是個人。

無論什麼樣的人，多少總有些人性。

李尋歡道：「那麼，大哥你無論要我做什麼，都該當面對我說明才是，只要我能做到的，我一定會去想法子做到。」

龍嘯雲慢慢的舉起酒杯，彷彿要用酒杯擋住自己的臉。

李尋歡爲他做的，實在已太多了。

過了很久，他才長長嘆了口氣，緩緩道：「我明白你的意思，可是……時間有時會改變許多事。」

李尋歡目中的痛苦之色更重，黯然道：「我也知道大哥你對我有些誤會……」

龍嘯雲道：「誤會？」

李尋歡道：「是誤會，完全是誤會，但有些事，大哥你本不該誤會我的。」

龍嘯雲目中突也露出了一絲痛苦之色，沉默了很久，才一字字緩緩道：「但也有件事我絕沒有誤會。」

李尋歡道：「那件事？」

這句話問出來，他已後悔了。

因爲他已知道龍嘯雲說的是那件事。

他本就該知道的，可怕的是，龍小雲這十來歲的孩子，居然也像是猜出了他父親要說的是什麼了，彎著腰，悄悄的退了出去。

龍嘯雲又沉默了很久，道：「我知道你這些年來一直都很痛苦。」

李尋歡勉強笑了笑，道：「大多數人都有痛苦。」

龍嘯雲道：「但你的痛苦比別人都深得多，也重得多。」

李尋歡道：「哦？」

龍嘯雲道：「因爲你將你最心愛的人，讓給了別人做妻子。」

杯中的酒潑出，因爲李尋歡的手在抖。

龍嘯雲道：「但你的痛苦還不夠深，因爲一個人若是肯犧牲自己，成全別人，他就會覺得自己很偉大，這種感覺就會將他的痛苦減輕。」

這話不但很尖銳，而且也不能說沒道理。

只不過這種道理並不是「絕對」的。

龍嘯雲的手也在抖，道：「真正的痛苦是什麼，也許你還不知道。」

李尋歡道：「也許……」

龍嘯雲道：「當一個男人知道他的妻子原來是別人讓給他的，而且他的妻子一直還是在愛著那個人，這才是最大的痛苦！」

這的確是最大的痛苦。

不但是痛苦，而且還是種羞辱。

這種話本是男人死也不肯說出來的，因爲這種事對他自己的傷害實在太大、太深、太重！

沒有人能忍心對自己如此羞辱，如此傷害。

但龍嘯雲現在卻將這種事說了出來，在李尋歡面前說了出來。

李尋歡的心在往下沉。

他從龍嘯雲的這句話中，發現了兩件事：第一：龍嘯雲的確也很痛苦，而且痛苦也很深，所以他才會變，變得這麼厲害，若是換了別的男人，或許也會變成這樣子的。

李尋歡忽然覺得他也是個很可憐的人。

可憐的人，做出來的事往往就會很可怕。

第二：龍嘯雲既已在他面前說出了這種話，只怕就絕不會再放過他！

生死之間，李尋歡看得本很淡。

但現在他能死麼？

話說得並不多。

但每句話都說得很慢，而且每句話說出來之前，都考慮得很久，停頓得很久。

是陰天，天很低。

所以雖然還沒到掌燈的時候，天色已不知不覺很暗了。

龍嘯雲的面色卻比天色還暗。

他舉起酒杯，又放下，舉起，再放下……

他並不是不能喝酒，而是不願喝，因爲他覺得喝酒會使人變得衝動，最冷酷的人，若是衝動起來，也會變得有些感情了。

又過了很久，龍嘯雲才終於緩緩道：「今天我說的話，本是不該說的。」

李尋歡淡淡的笑了笑，道：「每個人偶爾都會說出一些他不該說的話，否則他就不是人了。」

龍嘯雲道：「今天我請你來，也不是爲了要說這些話。」

李尋歡道：「我知道。」

龍嘯雲道：「你可知道我請你來是爲了什麼？」

李尋歡道：「我知道。」

龍嘯雲第一次露出了驚訝之色，動容道：「你知道？」

李尋歡又重覆了一句，道：「我知道。」

他沒有等龍嘯雲再問，接著又道：「你認爲『興雲莊』園中真有藏寶？」

龍嘯雲這次考慮得更久，才回答了一個字。

「是。」

李尋歡道：「你認爲我知道藏寶在那裡？」

龍嘯雲道：「你應該知道。」

李尋歡笑了笑，道：「我這人一向有個毛病……」

龍嘯雲道：「毛病？什麼毛病？」

李尋歡道：「我的毛病就是不該知道的事我全知道，該知道的我反而不知道。」

龍嘯雲的嘴閉上了。

李尋歡道：「其實你也應該知道，這件事從頭到尾就是個騙局……」

龍嘯雲突然打斷了他的話，道：「我相信你，因爲我知道你絕不會說謊。」

他凝視著李尋歡，緩緩道：「若說這世上還有一個我可以信任的人，那人就是你，若說這世上我還有一個朋友，那人也是你！我說的任何話也許都是假的，但這句話卻絕不是騙你。」

李尋歡也在凝視著他，長長嘆息著，道：「我也相信你，因爲……」

他沒有說完這句話，又不停的咳嗽起來。

等他咳完了，龍嘯雲才替他接了下去，道：「你相信我，因爲你知道你已沒有被我利用的價值，我已不必再騙你，是不是？」

李尋歡以沉默回答了這句話。

龍嘯雲站了起來，慢慢的踱了兩個圈子。

屋子裡很靜，他的腳步聲卻愈來愈重，顯見他的心也有些不安——也許只不過是故意讓李尋歡覺得他的心很不安。

然後，他突然停下腳步，停在李尋歡面前，道：「你一定認爲我會殺你。」

李尋歡的神情很平靜，平靜得令人無法想像，淡淡道：「無論你怎麼樣做，我都不怪你。」

龍嘯雲道：「但我絕不會殺你。」

李尋歡道：「我知道。」

龍嘯雲道：「不錯，你當然知道，你一向很了解我。」

他突又變得有些激動，接著道：「因爲我縱然殺了你，也挽不回她的心，只有令她更恨我。」

李尋歡長長嘆了口氣，道：「人生中本有些事是誰也無可奈何的。」

「無可奈何。」

這四字看來雖平淡，其實卻是人生中最大的悲哀、最大的痛苦。

遇著了這種事，你根本無法掙扎，無法奮鬥，無法反抗，就算你將自己的肉體割裂，將自己的心也割成碎片，還是無可奈何。

就算你寧可身化成灰，永墮鬼獄，還是挽不回你所失去的——也許你根本就永遠未曾得到。

龍嘯雲的拳緊握，聲音也嘶啞，道：「我雖不殺你，也不能放你。」

李尋歡慢慢的點了點頭。

「因為我還有被你利用的價值。」

但這句話他並沒有說出來。

無論龍嘯雲如何傷害他，出賣他，但直到現在，他還沒有說過一句傷害到龍嘯雲的話。

龍嘯雲的拳反而握得更緊，因為只有在李尋歡面前，他才會覺得自己的渺小，自己的卑賤。

所以李尋歡那種偉大的友情非但沒有感動他，反而會更憤怒。

他緊握著拳，瞪著李尋歡，緩緩道：「我要帶你去見一個人，這人早就想見你了，你……你或許也很想見他。」

屋子很大。

這麼大的屋子，只有一個窗戶，很小的窗戶，離地很高。

窗戶是關著的，看不到窗外的景色。

門也很小，肩稍寬的人，就只能側著身子出入。

門也是關著的。

牆上漆著白色的漆，漆得很厚，彷彿不願人看出這牆是石壁、是土，還是銅鐵所築。

角落裡有兩張床。

木床。

床上的被褥很乾淨，卻很簡樸。

除此之外，屋裡就只有一張很大的桌子。

桌上堆滿了各式各樣的帳冊、卷宗。

一個人正站在桌子前翻閱著，不時用硃筆在卷宗上勾劃、批改，嘴裡偶爾會露出一絲得意的笑容。

他是站著的！

因爲屋裡沒有椅子，連一張椅子都沒有。

他認爲一個人只要坐下來，就會令自己的精神鬆弛，一個人的精神若鬆弛，就容易造成錯誤。

一點微小的錯誤，就可能令數件事失敗——這正如堤防上只要有一個很小的裂口，就可能崩潰。

他的精神永不鬆弛。

他永無錯誤。

他從未失敗！

還有個人站在他身後。

這人的身子站得更直、更挺，就像是槍杆。

他就這樣站著，也不知站了多久，連一根手指都沒有動過。

也不知從那裡飛來一個蚊子，在他眼前飛來飛去，打著轉。

他眼睛連瞬都未瞬。

蚊子停留在他鼻尖上，開始吸血。

他還是不動。

他整個人似已完全痲木，既不知痛癢，也不知哀樂。

他甚至不知道自己是爲什麼活著的。

五四 交換

這兩人自然就是荊無命和上官金虹。

像他們這樣的人，世上也許還找不出第三個。

江湖中聲名最響，勢力最大，財力也最雄厚的「金錢幫」幫主，住所竟如此粗陋，生活竟如此簡樸。

這簡直是誰也無法想像的事。

因爲金錢在他眼中只不過是種工具，女人也是工具。

世上所有的享受在他眼中都是種工具，他完全不屑一顧。

他唯一的愛好就是權力。

權力，除了權力外，再也沒有別的。

他爲權力而生，甚至也可以爲權力而死！

除了翻動書冊時發出的「沙沙」聲之外，就沒有別的聲音。

靜。

燈已燃起。

他們在這裡，已不知工作了多久，站了多久，只知道窗外的天色已由暗而明，又由明而暗。

他們似乎永遠不知道疲倦，也覺不出飢餓。

這時門外突然有了敲門聲。

只有一聲，很輕。

上官金虹手沒有停，也沒有抬頭。

荆無命道：「誰？」

門外應聲道：「一七九。」

荆無命道：「什麼事？」

門外人道：「有人求見幫主。」

荆無命道：「是什麼人？」

門外人道：「他不肯說出姓名。」

荆無命道：「爲什麼事求見？」

門外人道：「他也要等見到幫主之面時才肯說出來。」

荆無命不說話了。

上官金虹忽然道：「人在那裡？」

門外人道：「就在前院。」

上官金虹手未停，頭未抬，道：「殺了他！」

門外人道：「是。」

上官金虹突又問道：「人是誰帶來的？」

門外人道：「第八舵主向松。」

上官金虹道：「連向松一起殺！」

門外人道：「是。」

荊無命道：「我去！」

這兩字說出，他的人已在門口，拉開門，一閃而沒。

要殺人，荊無命從不落後，何況，向松號稱「風雨流星」，一雙流星鎚在「兵器譜」中排名十九，要殺他並不容易。

來找上官金虹的是誰？

找他有什麼事？

上官金虹竟完全不在意，這人竟連一絲好奇心都沒有。

這人實已沒有人性。

他的頭還是未抬，手還是未停。

門開，荊無命一閃而入。

上官金虹並沒有問「死了麼？」

因爲他知道荊無命殺人從不失手。

他只是說：「去！向松若未還手，送他家屬黃金萬兩，向松若還手，滅他滿門。」

荊無命道：「我沒有殺他。」

上官金虹這才霍然抬頭，目光刀一般瞪著他。

荊無命面上毫無表情，道：「因爲他帶來的人，我不能殺。」

上官金虹厲聲道：「世人皆可殺，他爲何不能殺？」

荊無命道：「我不殺孩子。」

上官金虹似也怔住，慢慢的放下筆，道：「你說要見我的人只是個孩子？」

荊無命道：「是。」

上官金虹道：「是個怎麼樣的孩子？」

荊無命道：「是個殘廢的孩子。」

上官金虹目中射出了光，沉吟著，終於道：「帶他進來！」

居然會有孩子來求見上官金虹，這種事簡直連上官金虹自己都無法相信——這孩子若非太大膽，就是太瘋狂。

但來的確是個孩子。

他臉色蒼白，幾乎完全沒有血色。

他目中也沒有孩子們的明亮光采，目光呆滯而深沉。

他行走得很慢，背也是佝僂著的。

這孩子看來就像是個老人。

這孩子竟是龍小雲。

無論誰見到龍小雲這樣的孩子都忍不住要多瞧幾眼的。

上官金虹也不例外。

他的目光就像是刀鋒般射在龍小雲臉上。

無論誰見到上官金虹這種鋒利逼人的目光，縱不發抖，也會嚇得兩腿發軟，說不出話來。

龍小雲卻是例外。

他慢慢的走進來，躬身一禮，道：「晚輩龍小雲，參見幫主。」

上官金虹目光閃動，道：「龍小雲？龍嘯雲是你的什麼人？」

龍小雲道：「家父。」

上官金虹道：「是你父親叫你來的？」

龍小雲道：「是。」

上官金虹道：「他自己爲何不來？」

龍小雲道：「家父若來求見，非但未能見幫主之面，而且還可能有殺身之禍。」

上官金虹厲聲道：「你認為我不會殺你？」

龍小雲道：「三尺童子，性命早已懸於幫主指掌之間，幫主非不能殺，乃不屑殺！」

上官金虹面色居然緩和了下來，道：「你年紀雖小，身體雖弱，膽子倒不小。」

龍小雲道：「一個人若有所求，無論誰的膽子都會大的。」

上官金虹道：「說得好。」

他忽然回頭向荊無命笑了笑，道：「你只聽他說話，能聽得出他是個孩子麼？」

荊無命面上全無表情，冷冷道：「我沒有聽。」

上官金虹凝視著他，面上那一絲難見的笑容突然凍結。

龍小雲雖然垂著頭，卻一直在留意著他們的表情，對這兩人之間的關係似乎很感興趣。

上官金虹終於開了口，緩緩道：「不說話，是你最大的長處，不聽人說話，卻可能是你的致命傷。」

荊無命這次索性連話都不說了。

又沉默了很久，上官金虹才回過頭，道：「你們求的是什麼事？」

龍小雲道：「每件事都有很多種說法，晚輩本也可將此事說得委婉些，但幫主日理萬機，晚輩不敢多擾，只能選擇最直接的說法。」

上官金虹道：「很好，對付說話嚕嗦的人，我只有一種法子，那就是將他的舌頭割下來。」

龍小雲道：「晚輩此來，只是要和幫主談一筆交易。」

上官金虹道：「交易？」

他臉色更冷，緩緩道：「以前也有人和我談過交易，你可願知道我對付他們的法子！」

龍小雲道：「晚輩在聽著。」

上官金虹道：「我對付他們，也只有一種法子，亂刀分屍！」

龍小雲神色不變，淡淡道：「但這交易卻和別人不同，否則晚輩也不敢來了。」

上官金虹道：「交易就是交易，有何不同？」

龍小雲道：「這交易對幫主有百利而無一害。」

上官金虹道：「哦？」

龍小雲道：「幫主威震天下，富可敵國，世上所有的東西，幫主俱可予取予求。」

上官金虹道：「確是如此，所以我根本不必和人談交易。」

龍小雲道：「但世上還是有樣東西，幫主未必能得到。」

上官金虹道：「哦？」

龍小雲道：「這樣東西本身價値也許並不高，但在幫主說來，就不同了。」

上官金虹道：「爲什麼？」

龍小雲道：「因爲世上只有得不到的東西，才最珍貴。」

上官金虹道：「你說那是什麼？」

龍小雲道：「李尋歡的命！」

上官金虹冷漠的目光突然變得熾熱，厲聲道：「你說什麼？」

龍小雲道：「李尋歡的命已在我們掌握之中，只要幫主願意，晚輩隨時可將他奉上。」

上官金虹又沉默了下來。

過了很久很久，等到他熾熱的目光又冷漠，他才淡淡道：「李尋歡何足道哉？我根本就從未將他放在眼裡。」

龍小雲道：「既是如此，晚輩告退。」

他再也不說第二句話，長長一揖，轉過身走了出去。

他走得很慢，卻絕未回頭。

上官金虹也沒有再瞧他一眼。

龍小雲慢慢的走到門口，拉開了門。

上官金虹突然道：「慢著。」

龍小雲目中露出一絲得意之色，但等他回過頭時，目光已又變得恭謹而呆滯，躬身道：「幫主還有何吩咐？」

上官金虹並沒有看他，只是凝視著案前的燭火，緩緩道：「你想以李尋歡的命來換什麼？」

龍小雲道：「家父久慕幫主聲名，只恨無緣識荊。」

上官金虹冷冷道：「這是廢話，我只想聽你要求的是什麼？」

龍小雲道：「家父但求能在天下英雄面前，與幫主結爲八拜之交。」

上官金虹目中突又射出怒火，但瞬即平息，淡淡道：「看來龍嘯雲倒也不愧是個聰明人，只可惜這件事卻做得太笨了。」

龍小雲道：「這種做法的確很笨，但最笨的法子，往往最有效。」

上官金虹道：「你有把握這交易能談成？」

龍小雲道：「若無把握，晚輩何必冒死而來？」

上官金虹道：「龍嘯雲只有你這一個獨子，是麼？」

龍小雲道：「是。」

上官金虹道：「既是如此，他就不該要你來的。」

龍小雲道：「這只因若是換了別人前來，根本無法見到幫主之面。」

上官金虹道：「你們本是交易的買主，但你一來，情況就變了。」

龍小雲道：「幫主認爲可以用我來要脅家父，逼他交出李尋歡來？」

上官金虹道：「正是如此。」

龍小雲忽然笑了笑，道：「幫主素有知人之明，但對家父，卻看錯了。」

上官金虹冷笑道：「難道他寧可讓我殺了你，也不肯交出李尋歡？」

龍小雲道：「正是。」

上官金虹道：「難道他不是人？」

切。」

人。」

龍小雲道：「是人，但人卻有很多種。」

上官金虹道：「他是那一種？」

龍小雲道：「家父和幫主正是同樣的一種人，爲了達到目的，不擇一切手段，也不惜犧牲一切。」

上官金虹的嘴閉上了，閉成一條線。

過了很久，他才緩緩道：「近二十年來，已沒有人敢在我面前說這種話了。」

龍小雲道：「就因爲幫主是這種人，是以晚輩才敢說這種話，也只有這種話，才能打動幫主這種人。」

上官金虹盯著他，道：「我若不答應，你們難道就要放了李尋歡？」

龍小雲道：「是。」

上官金虹冷笑道：「你不怕他殺了你們復仇？」

龍小雲道：「他是另一種人，絕不會做這種事的。」

他笑了笑，接著道：「他若會做這種事，遭遇也不會有今日之悲慘。」

上官金虹厲聲道：「你們縱然放了他，又怎知我不能親手殺他？」

龍小雲淡淡道：「小李飛刀，例不虛發。」

上官金虹道：「你認爲連我也躲不過他的那一刀？」

龍小雲道：「至少幫主並沒有十分的把握，是麼？」

上官金虹道：「哼。」

龍小雲道：「千金之子，坐不垂堂，以幫主現在的身分地位，又何必冒這個險？」

上官金虹的嘴又閉上。

龍小雲道：「何況，家父武功雖不甚高，但聲望地位、心計機智，都不在別人之下，幫主與他結為兄弟，也是有利而無害的。」

上官金虹又沉默半晌，忽然問道：「李尋歡也是他的兄弟，是麼？」

龍小雲道：「是。」

上官金虹冷笑道：「他既能出賣了李尋歡，又怎知不會出賣我？」

龍小雲笑了笑，道：「因為幫主不是李尋歡。」

這種話說得很簡單，也很尖銳。

上官金虹突然縱聲而笑，道：「不錯，龍嘯雲就算有膽子敢出賣我，也沒有那麼大的本事。」

龍小雲道：「幫主答應了？」

上官金虹驟然頓住笑聲，道：「我怎知李尋歡已在你們掌握之中？」

龍小雲道：「只要幫主發出請帖，邀請天下英雄來參與家父與幫主結拜之盛典……」

上官金虹道：「你認為他們敢來？」

龍小雲微笑道：「來不來都不重要，只要大家都知道這件事就行了。」

上官金虹冷笑道：「你考慮得倒很周到。」

龍小雲道：「這件事幫主也許還要考慮，晚輩就落腳在城中的『如雲客棧』，等候幫主的消息。」

他慢慢的接著又道：「只要幫主請帖發出，有人收到，晚輩隨時都可將李尋歡帶到幫主這裡來。」

上官金虹道：「帶到這裡來？……哼，你父子只怕還沒有這麼大的本事。」

龍小雲道：「這點晚輩自然也知道，連少林心眉大師和田七爺都做不到的事，晚輩自然更做不到了，只不過……」

上官金虹道：「不過怎樣？」

龍小雲道：「一路上若有荆先生護送，就可萬無一失了。」

上官金虹沉吟著，還未說話。

荆無命突然道：「我去。」

龍小雲面上初次露出喜色，一揖到地，道：「多謝。」

上官金虹又默然良久，忽然問道：「你武功已被廢，永難復瘉，下手的人是李尋歡？」

龍小雲蒼白的面色一下子又變爲鐵青，垂下頭，道：「是。」

上官金虹盯著他的臉，一字字問道：「你恨他？」

龍小雲的拳已握，沉默了很久，終於又回答了一個字：「是。」

上官金虹道：「其實你非但不該恨他，還該感激他才是。」

龍小雲愕然抬頭，道：「感激？」

上官金虹冷冷道：「若非他已廢去你的武功，今日你已死在這裡。」

龍小雲的頭又垂下。

上官金虹道：「你小小年紀，已如此陰沉狠毒，不出二十年，就可與我爭一日之雄長，若非你已殘廢，我怎麼能放過你？」

龍小雲緊咬著牙，牙根已出血。

但他的頭始終未曾抬起。

五五　蕩婦

黑暗。

黑暗中有人在呻吟，喘息……

然後一切聲息都沈寂。

過了很久很久，有女人的聲音輕輕道：「有時我總忍不住想要問你一句話。」

這女人聲音甜笑而嬌弱，男人若想抵抗這種聲音的誘惑魅力，只有變成聾子。

一個男人的聲音道：「你爲什麼不問？」

這男人的聲音很奇特，你在很近的地方聽他說話，聲音卻像是來自很遙遠之處，你在很遠的地方聽，聲音卻彷彿近在耳畔。

女人道：「你究竟真的是個人？還是鐵打的？」

男人道：「你感覺不出？」

女人的聲音更甜膩，道：「你若真是個人，爲什麼永遠不會累？」

男人道：「你受不了？」

女人吃吃的笑著，道：「你認爲我會求饒？你爲何不再試試？」

男人道：「現在不行！」

女人道：「爲什麼？」

男人道：「因爲現在我要你去做一件事。」

女人道：「無論你要我做什麼，我都答應。」

男人道：「好，你現在就去殺了阿飛。」

女人似乎怔住。過了半晌，才嘆了口氣，道：「我早就對你說過，現在還沒有到殺他的時候。」

男人道：「現在已到了。」

女人似又楞了楞，道：「爲什麼？難道李尋歡已死了？」

男人道：「雖還未死，已離死不遠。」

女人道：「他……他現在那裡？」

男人道：「已在我掌握之中。」

女人笑了，道：「這幾天，我幾乎天天晚上跟你在一起，你用什麼法子將他抓來的？難道你會分身術。」

男人道：「我要的東西，用不著我自己動手，自然會有人送來。」

女人道：「誰送來的？誰有那麼大的本事能抓住李尋歡？」

男人道：「龍嘯雲。」

女人似又吃了一驚，然後又笑了，道：「不錯，當然是龍嘯雲，只有李尋歡的好朋友，才能害得了李尋歡，若想打倒他，無論用什麼樣的兵器都很困難，只能用情感。」

男人冷冷道：「你倒很了解他。」

女人笑道：「我對敵人一向比朋友了解得清楚，譬如說……我就不了解你。」

她立刻改變了話題，接著道：「我也很明白龍嘯雲的爲人，他絕不會平白無故將李尋歡送來給你。」

男人道：「哦？」

女人道：「他不願自己殺死李尋歡，所以才借刀殺人。」

男人道：「你認爲他只有這目的？」

女人道：「他還想怎樣？」

男人道：「他還要我做他的結拜兄弟。」

女人嘆了口氣，道：「這人倒真會佔便宜，可是你……你難道答應了他？」

男人道：「嗯。」

女人道：「你難道看不出他是想利用你。」

男人道：「哼。」

他突又冷笑了一聲，道：「只不過他想得未免太天真了些。」

女人道：「天真？」

男人道：「他以爲做了我的結義兄弟，我就不會動他了，其實，莫說結義兄弟，就算親兄弟又如何？」

女人嬌笑道：「不錯，他可以出賣李尋歡，你自然也可以出賣他。」

男人道：「龍嘯雲在我眼中雖一文不値，但他的兒子，卻真是個厲害角色。」

女人道：「你見過那小鬼？」

男人道：「這次龍嘯雲並沒有來，是他兒子來的。」

女人又輕輕嘆了口氣，道：「不錯，那孩子的確是人小鬼大。」

男人沉默了半晌，忽然道：「好，你走吧。」

女人道：「你不想我多留一會兒？」

男人道：「不想。」

女人幽幽的道：「別的男人跟我在一起，總捨不得離開我，多陪我一刻也是好的，只有你，每次只要一做完事，你就趕我走。」

男人冷冷道：「因爲我既不是別的男人，也不是你的朋友，我們只不過是在互相利用而已，既然我們心裡都很明白，又何必還虛情假意，肉麻當有趣。」

屋子裡很暗，屋子外面卻有光。

淡淡的星光。

星光下木立著一個人，守候在屋子外，一雙死灰色的眼睛茫然地注視著遠方，整個人看來就像是用一塊灰石刻出來的。

但現在，這雙死灰色的眼睛中卻帶著種無法形容的痛苦之色。

他簡直無法再站在這裡。

他無法忍受屋子裡發出的那些聲音。

但他必須忍受。

他這一生，只忠於一個人——上官金虹。

他的生命，甚至連他的靈魂都是屬於上官金虹的。

門開了。

一條窈窕的人影悄悄來到他身後。

星光映上她的臉，清新、美麗、純真，無論誰看到她，都絕對想不到她方才做過了什麼事。

仙子的外貌，魔鬼的靈魂——除了林仙兒還有誰？

荊無命沒有回頭。

林仙兒繞到他面前，脈脈地凝視著他。

她的眼波溫柔如星光。

荊無命仍然凝視著遠方，似乎眼前根本沒有她這個人存在。

林仙兒的纖手，搭上了他的肩，慢慢的滑上去，輕撫著他的耳背——她知道男人身上所有敏感的部位。

荆無命沒有動，似已麻木。

林仙兒笑了，柔聲道：「謝謝你，在外面爲我們守護，只要知道有你在外面，我就會有種安全感，無論做什麼事都愉快得很。」

她忽又附在他耳邊，悄悄道：「我還要告訴你個秘密，他年紀雖然大，卻還是很強壯，這也許是因爲他的經驗比別人豐富。」

她銀鈴般嬌笑著，走了。

荆無命還是沒有動，但身上的每一根肌肉都已在顫抖。

如雲客棧是城裡最大的、最昂貴的客棧，也是最花錢的客棧。

你若住在這客棧裡，只要你有足夠的錢，根本用不著走出客棧的門，就可以獲得一切最好的享受。

在這裡，只要你開口，就有人會將城裡最好的菜、最出名的歌妓、最美的女人送到你屋裡來。

在這裡，白天每間屋子裡的門都是關著的，幾乎聽不到任何聲音。

但一到了晚上，每扇門都開了。

最先你聽到的是嗽洗聲、吆喝伙計聲、送酒菜來時的謝賞聲、女人們嬌笑著喚「張大爺，王三爺」的請安聲。

然後，就是猜拳行令聲、碰杯聲、少女們吃吃的笑聲和歌聲、男人們的吹牛聲、擲骰子聲……

在這裡，一到了晚上，你幾乎就可以聽到世上所有不規矩的聲音。

只有一間屋子，卻從沒有聲音。

有的只是偶爾傳出的一兩聲短促的女人呻吟、哀喚聲。

這屋子的門也始終是關著的。

每天黃昏時，都會有人將一個小姑娘送進去，這些小姑娘當然都很美，而且很年輕、很嬌小。

她們進去的時候，當然都打扮得漂漂亮亮、乾乾淨淨，而且臉上當然都帶著笑，縱然是被訓練出來的職業性笑容，但呈現在少女們的臉上，看來就非但不會令人討厭，而且還相當動人。

但等到第二天早上她們走出這屋子的門時，情況就不同了。

本來整整齊齊的頭髮，到這時已蓬亂，甚至還被扯落了些，本來很明亮的一雙眼睛，已變得毫無神采，連眼眶都陷了下去。

本來充滿了青春光采的臉，也已憔悴，而且還帶著淚痕。

七天，七天來都如此。

開始時，還沒有人注意，但後來大家都覺得有些奇怪了。

出來尋歡作樂的人，對這種事總是特別留意的。

大家都在猜測：「這屋子裡究竟是什麼人？如此厲害？」

大家都在想：「這一定是個魁形大漢，強壯如牛。」

於是大家開始打聽。

打聽出來的結果，使每個人都大吃一驚。

「原來這屋子裡的人，只不過是個發育不全的小孩子！」

於是大家更好奇，有的人就將曾經到過那屋子的小姑娘召來問。

只要一問到這件事，小姑娘們就會發抖，眼淚就開始往下流，無論如何也不肯再提起一個字。

被問得急了，她們只有一句話：「他不是人……他不是人……」

又是黃昏。

這屋子的門仍是關著的。

對著門有扇窗子，一個臉色發白的孩子坐在窗子前，目光茫然望著窗外的一株梧桐，已有很久很久沒有移動。

他的目光雖呆滯，但卻不時會閃動出一絲狡黠而狠毒的光。

龍小雲。

桌子上的酒菜，卻幾乎沒有動過。

他吃得很少，他在等，等更大的享受，對於「吃」他一向不感興趣，他認爲一個人吃得若太多，腦袋就會被塞住。

終於有了敲門聲。

龍小雲並沒有回頭，只是冷冷道：「門是開著的，你自己進來。」

門開了，腳步聲很輕、很慢。

來的顯然又是個很嬌小的女孩子，而且還帶著七分畏怯。

這正是龍小雲所喜歡的那種女孩子。

因爲他很弱，所以他喜歡做「強者」，也只有在這種女孩子面前，他才會覺得自己是個強者。

腳步聲在桌子旁停下來。

龍小雲道：「帶你來的人，已跟你說過價錢了麼？」

那女孩子道：「嗯。」

龍小雲道：「這價錢比通常高兩倍，是不是？」

那女孩子道：「嗯。」

龍小雲道：「所以你就該聽我的話，絕對不能反抗，你懂不懂？」

那女孩子道：「嗯。」

龍小雲道：「好，你先把衣服脫下來，全脫下來。」

那女孩子沉默了很久，忽然道：「我脫衣服的時候，你不看？」

聲音美得出奇、甜得出奇。

龍小雲彷彿楞了楞。

那女孩子柔聲笑著，道：「看女孩子脫衣服，也是種享受，你爲什麼放棄？」

龍小雲似已覺得有什麼不對了，驟然回頭。

然後他整個人都怔住。

來的這「女孩子」，竟是林仙兒！

林仙兒臉上仍帶著仙子般的笑容。

龍小雲的臉卻已僵木。

但那也只不過是短短一刹那間的事，他瞬即笑了，站起來，笑道：「原來是林阿姨在開小侄的玩笑。」

林仙兒笑得更嫵媚，道：「到現在你還要叫我阿姨？」

龍小雲陪著笑，道：「阿姨總是阿姨。」

林仙兒眼波流動，瞟著他道：「但現在你已是大人了，是嗎？」

她輕輕嘆了口氣，悠悠的接著道：「才兩三年不見，想不到你長得這麼快。」

龍小雲很巧妙的避開了這句話，道：「這兩三年來，我們始終打聽不出阿姨你的消息，一直都想念得很。」

林仙兒嫣然道：「但我卻聽說過你許多事，聽說……你對女孩子，比大多數年紀比你大的男人都強得多。」

龍小雲垂下頭，卻忍不住笑了，道：「但阿姨面前，我還是個孩子。」

林仙兒瞪起了眼，嬌嗔道：「你還叫我阿姨，難道我真的那麼老了？」

龍小雲忍不住抬起頭。

林仙兒就站在他面前，隨隨便便的站著，但那種風情、那種神采、那種說不出的誘惑，一千萬個女人中也找不出一個。

龍小雲呆滯的眼睛發了光。

林仙兒咬著嘴唇，道：「聽說你喜歡的都是小姑娘，而我……我卻是個老太婆了。」

龍小雲只覺自己的心在跳，忍不住道：「你一點也不老。」

林仙兒道：「真的？」

龍小雲垂下頭，道：「若有人說你老了，那人不是呆子，就是瞎子。」

林仙兒媚笑道：「你瞎不瞎？呆不呆？」

龍小雲當然不瞎，更不呆。

林仙兒離開他的時候，竟也似覺得很痛苦。

這「孩子」既不是孩子，也不是瞎子，更不是呆子，只不過是個瘋子！

可怕的瘋子。

連林仙兒都沒有遇到過這樣的瘋子。

但她目中，卻閃動著一種得意愉快的光芒。

她畢竟還是得到了她所想得到的消息。

對男人，她從沒有失敗，無論那男人是呆子、是君子，還是瘋子！

天雖已亮了，對面的屋子裡卻還有人在喝酒。

一個人正在大聲笑著，道：「喝酒要就不喝，要喝就喝到天亮、喝到躺下去為止……」

這句話他並沒有說完，好像已經躺了下去。

聽到這句話，林仙兒忽然想起了一個人。

他彷彿又聽到那人的咳嗽聲。

想起了這個人，她就恨。

因為她知道她縱然可以征服世上所有的男人，卻永遠也得不到他。

因為她得不到他，所以一心只想毀了他！

她得不到的，也不願別人得到。

她咬著牙，在心裡說：「我雖然想你死，但現在卻不能讓你死，尤其不能讓你死在上官金虹手上，否則這世上，就再也沒有什麼能令他顧慮的了。」

「但總有一天，我要叫你死在我手上，慢慢的死……慢慢的……」

五六　出鞘劍

劍。

一柄很薄的劍，很輕，連劍柄都是用最輕的軟木夾上去。

沒有劍鍔護手。

因為他的劍刺出，沒有人能削到他的手。

無論任何兵器，都可將這柄劍擊斷。

但他的劍刺出，沒有人能擋得住。

這是柄很奇特的劍，世上只有一個人能用這種劍，敢用這種劍。

劍，就放在床邊的矮桌上，和一套很乾淨的青布衣服放在一起。

阿飛醒來時，第一眼就看到了這柄劍。

他的眼睛立刻發了光。

看到了這柄劍，就好像看到了他久別重逢的愛侶、多年未見的好友一樣，他心裡彷彿驟然覺得有一陣熱血上湧。

慢慢的伸出手，取劍。

他的手甚至已有些顫抖。

但等到他手指接觸到那薄而鋒利的劍鋒時，就立刻穩定下來。

他輕撫著劍鋒，目光似乎變得很遙遠……很遙遠……

他的心似已到了遠方。

他想起第一次使用劍的時候，想起鮮血隨著他劍鋒滴落的情況，想起那許許多多死在他劍下的人——可惡的人。

他的血已沸騰。

那段時候雖然充滿了不幸和災難，但卻是多采的、輝煌的！

「快意恩仇」，這四字是何等豪壯！

但那畢竟都已過去，過去了很久。

他已答應過他最心愛的人，永遠將以前的事忘記！

現在的生活雖平淡，甚至有些寂寞，但那又有什麼不好，能平靜安詳的度過一生，豈非正是世上大多數人的希望？

沒有腳步聲，林仙兒已出現在門口。

她看來雖有些疲倦，有些憔悴，但笑容仍如春花般鮮美清新。

無論犧牲了什麼，只要每天能看到這春花般的笑容，就可以補償一切。

阿飛立刻放下了劍，笑道：「今天你可比我起得早，我好像愈來愈懶了。」
林仙兒沒有回答這句話，卻反問道：「你喜不喜歡這柄劍？」
阿飛也沒有回答這句話，因爲他不能說實話，又從不說謊。
林仙兒道：「你可知道這柄劍是那裡來的？」
阿飛道：「不知道。」
林仙兒慢慢的走過去，坐在他身旁道：「這是我昨天晚上特地替你去找人鑄的。」
阿飛顯得很吃驚，道：「你？」
林仙兒取起劍，柔聲道：「你看，這柄劍是不是和你以前使用的一樣？」
阿飛沉默。
林仙兒道：「你不喜歡？」
阿飛又沉默了很久，才問道：「你爲什麼要替我做這柄劍。」
林仙兒道：「因爲我要你用它！」
阿飛的身子似乎有些僵木，道：「你……你要我去殺人？」
林仙兒道：「不是殺人，是救人！」
阿飛道：「救人？救誰？」
林仙兒道：「你生平最好的朋友……」
這句話還未說完，阿飛已跳了起來，失聲道：「李尋歡？」

林仙兒默默的點了點頭。阿飛蒼白的臉已發紅，道：「他在那裡，又出了什麼事？」

林仙兒拉著他的手，柔聲道：「你先坐下來，慢慢的聽我說，這種事著急也沒有用。」

阿飛長長吸了口氣，終於坐下。

林仙兒道：「這世上除了你之外，還有四個最厲害的高手，你知道是誰？」

阿飛道：「你說。」

林仙兒道：「第一個自然是『天機老人』，第二個上官金虹，當然李尋歡李大哥也不會比他們差。」

阿飛道：「還有一個呢？」

林仙兒嘆了口氣道：「這人叫荆無命，年紀最輕，也最可怕。」

阿飛道：「最可怕？」

林仙兒道：「因爲他根本不是人，沒有人性，他一生最大的目的是殺人，最大的享受也是殺人，除了殺人外，他什麼都不懂，也不想去懂。」

阿飛的眼睛裡閃著光，道：「他用的兵器是什麼？」

林仙兒放下那柄劍道：「是劍！」

阿飛的手不由主握起了劍，握得很緊。

林仙兒道：「據說，他的劍法和你同樣辛辣，也同樣快。」

阿飛道：「我不懂劍法，我只懂如何用劍刺入仇人的咽喉。」

林仙兒道：「這就是劍法，無論什麼樣的劍法，最後的目的都是這樣的。」

阿飛道：「你的意思是說……李尋歡已落到這人手上？」

林仙兒嘆息著道：「不但他，還有上官金虹……但上官金虹也許不會在那裡，你只要對付他一個人。」

她不讓阿飛說話，很快的接著又道：「沒有見過這人的，永遠不知道這人有多可怕！你的劍也許比他快，可是，你是人……」

阿飛咬著牙，道：「我只想知道這人現在在那裡？」

林仙兒輕撫著他的手，道：「我本不願你再使劍，再殺人，更不願你去冒險，可是為了李大哥……我……我不能不讓你去，我不能那麼自私。」

阿飛瞧著她，目中充滿了感激。

林仙兒目中已有眼淚流下，垂著頭，道：「我可以答應你，告訴你如何去找他，可是你……你也得答應我一件事。」

阿飛道：「你說。」

林仙兒將他的手握得很緊，帶淚的眼淚凝視著他，一字字道：「你一定要答應我，你一定要回來，我永遠在等著你……」

車廂很大。

龍小雲坐在角落裡，瞧著面前的一個人。

這人是站著的。

乘車時，他竟也不肯坐下。

無論車馬顛簸得多劇烈，這人始終筆直的站著像一桿槍。

龍小雲從未見過這種人，甚至無法想像世上會有這種人。

他本覺得世上大多數人都是呆子，都可被他玩弄於股掌之上。

但也不知爲了什麼，在這人面前，他心裡竟帶著幾分畏懼。

只要有這人在，他就會覺得有一股不可形容的殺氣！

但他卻又很得意。

他所要求的，上官金虹都已答應。

英雄帖已發出，已有很多人接到，結義的盛典，訂在下月初一。

現在，有荆無命和他同去，李尋歡必死無疑。

他想不出世上還有什麼人能救得了李尋歡！

他吐了口氣，閉起眼睛，眼前立刻泛起了一張甜而美的笑臉，正躺在他懷裡，對他低低蜜語：

「你真的已不再是個孩子了，你懂得的事比任何人都多，我真想不出，這些事你是從那裡學來的？」

想到這裡，龍小雲面上不禁露出了微笑。

「有些事是根本不必學的，到了時候，自然就會知道。」

他覺得自己的確已是個大人了。

這種感覺已足以令大多數還未真的長大的少年陶醉。

孩子拚命想裝成大人的模樣，老人拚命想讓別人覺得他孩子氣——這也是人類許多種無可奈何的悲哀之一。

若是換了別人，想到這裡既已陶醉，就不會再想下去。

但龍小雲想得卻更深一層：「她為什麼要這樣對我？」

「是不是為了要打聽李尋歡的下落？」

想到這裡，他就清醒了很多：「她為什麼要打聽李尋歡的下落？」

「難道她想救李尋歡？」

這當然絕無可能，龍小雲也知道林仙兒對李尋歡的痛恨，也知道她曾經設計要上官金虹和荊無命殺死李尋歡。

「那麼，她是為了什麼？」

他無法再想下去，因為他想不通。

他不知道現在情況已變了，那時林仙兒雖然想借上官金虹之手殺死李尋歡，但現在情況卻變得更微妙。

她若想和上官金虹保持均衡的局勢，就不能讓李尋歡和阿飛兩個人死！

否則上官金虹就會踩在她頭上，因為上官金虹自己已露出了口風，他的意思她已經非常了解：

「我就是我，既不是荊無命，也不是阿飛，我們只不過是在互相利用而已，等到這利用的價值消失，就可以再見！」

江湖風雲的變化，正和女人的心一樣，絕不是任何人所能猜透的。

車馬在城市中心最繁華熱鬧的地區中停下，停在一家氣派很大的綢緞莊門口。

李尋歡就被藏在這裡麼？

龍嘯雲父子果然不愧為厲害人物，很了解「小隱隱於山，大隱隱於市」這句話，知道最熱鬧的地方，愈容易避人耳目。

龍小雲站起來，陪笑道：「請。」

荊無命道：「你先走。」

到現在為止，他只跟龍小雲說了這一句話。

他不願走在別人前面，不願有任何人跟在他的身後。

他們在掌櫃的和店伙們的奉迎禮笑中穿過店舖。

後面就是堆存綢緞的倉庫。

李尋歡被藏在綢緞倉庫裡麼？這倒真是個好地方。

但龍小雲還是沒有停留，又走了過去。

再後面就是後門。

後門外也停著同樣一輛馬車。

龍小雲這次並沒有再說什麼，向荊無命躬身一禮，就上了車。

原來李尋歡並沒有被藏在這裡。

龍小雲這樣做，只不過是躲避追蹤的煙幕。

這父子兩人想得比任何人都更深一層。

車馬自後街轉出，顛向郊外。

然後就停在郊外的一家米倉前，但這米倉也不是囚禁李尋歡的地方。

他們在這米倉後門，又換了次車。

這次換的是輛運米進城的牛車。米包堆中，只有兩人容身之地。

龍小雲陪笑道：「委屈了。」

荊無命連一個字都沒有說。

牛車又馳回市區。

他們不但計劃周密，行動迅速，路線的轉變，更出人意外。

就算是以追查賊蹤名震黑道的九城名捕，人稱「九鼻獅子狗」的萬無失，追到這裡，也萬萬追不下去了。

龍小雲也知道荊無命絕不會誇讚他的，只不過希望他面上能多少露出一絲讚美的神色。

做了得意事的人得不到別人誇讚，就好像穿了最得意的衣服的女人去會見情人時，她的情人連瞧都沒有瞧她衣服一眼。

尤其龍小雲畢竟還沒有完全長大。

在男人們眼中，孩子和女人的心理往往差不多。

荆無命臉上偏偏連一點表情也沒有。

牛車轉入一條幽靜的長街，這條街只有七戶人家。

這七戶人家不是王侯貴冑，就是當朝大員。

走上這條街，其中有一家的偏門突然開了。

牛車竟直馳而入。

這一家誰都知道是當今清流之首，左都御史樊林泉的居處。

江湖豪傑絕不可能和這種當朝清要搭上關係。

李尋歡難道會被藏在這裡？

這簡直絕無可能。

但站在大廳石階上含笑相迎的，卻偏偏是龍嘯雲。

荆無命一下牛車，龍嘯雲就迎了上去，長揖含笑道：「久聞荆先生大名，今日得見，快慰平生，只因此行必須避人耳目，是以有失遠迎，恕罪恕罪。」

荆無命死灰色的眼睛只是凝視著自己的手，連瞧都沒有瞧他一眼。

龍嘯雲還是笑容滿面，道：「堂上已擺了迎風之酒，但請荆先生喝兩杯，稍滌征塵。」

荆無命站著，動也不動，只是冷冷道：「李尋歡就在這裡？」

龍嘯雲笑道：「這裡本是樊林公的寓所，只因樊老先生日前突然動了遊興，皇上也特別恩准給假三月。」

說到這裡，他面上不禁露出了得意之色，接著道：「樊林公獨居終生，他老人家既已出遊，這裡的管家又恰好是在下的好友，是以在下才有機會借這地方一用。」

說穿了，他能借得到這地方並不稀奇，因爲「有錢能令鬼推磨」，但別人卻的確是永遠想不到的。

這也實在難怪龍嘯雲得意。

荆無命還是在凝視自己的手，突然道：「你以爲沒有人能追蹤到這裡？」

龍嘯雲臉色變了變，瞬即笑道：「若是真的有人能追蹤到這裡，在下情願向他叩頭爲禮，以示敬意。」

荆無命冷冷道：「好，你準備叩頭吧。」

龍嘯雲笑道：「若是……」

只說了這兩個字，他面上的笑容突然凍結。

龍小雲隨著他父親的日光轉首瞧了過去，蒼白的臉色也發了青。

牆角站著一個人。

這人不知什麼時候來的，也不知那裡來的。

請續看多情劍客無情劍（下）

多情劍客無情劍（中）

作者：古龍
發行人：陳曉林
出版所：風雲時代出版股份有限公司
地址：10576台北市民生東路五段178號7樓之3
電話：(02) 2756-0949　　傳真：(02) 2765-3799
封面原圖：明人出警圖（原圖為國立故宮博物館典藏）
封面影像處理：風雲編輯小組
執行主編：劉宇青
業務總監：張瑋鳳
出版日期：古龍珍藏限量紀念版2024年4月二刷
ISBN：978-626-7369-32-6

風雲書網：http://www.eastbooks.com.tw
官方部落格：http://eastbooks.pixnet.net/blog
Facebook：http://www.facebook.com/h7560949
E-mail：h7560949@ms15.hinet.net
劃撥帳號：12043291
戶名：風雲時代出版股份有限公司

風雲發行所：33373桃園市龜山區公西村2鄰復興街304巷96號
電話：(03) 318-1378　　傳真：(03) 318-1378
法律顧問：永然法律事務所 李永然律師
　　　　　北辰著作權事務所 蕭雄淋律師

行政院新聞局局版台業字第3595號 營利事業統一編號22759935

定價：340元　　**版權所有　翻印必究**

國家圖書館出版品預行編目資料

多情劍客無情劍／古龍 著.　-- 三版.--
臺北市：風雲時代出版股份有限公司，2024.01
冊；公分.（I小李飛刀系列）古龍珍藏限量紀念版
ISBN 978-626-7369-31-9（上冊：平裝）
ISBN 978-626-7369-32-6（中冊：平裝）
ISBN 978-626-7369-33-3（下冊：平裝）
857.9　　112019701